赤鼻のトナカイの町②

サンタクロースの一大事?

ヴィッキ・ディレイニー　寺尾まち子 訳

We Wish You a Murderous Christmas

by Vicki Delany

コージーブックス

挿画／嶽まいこ

謝辞

愛するおば、ジョーン・ホールへ、あなたの支えに愛と感謝をこめて。

ミステリ作家である喜びのひとつは、北米じゅうで開催される会議に参加して、すてきな読者のみなさまとお会いすることです。そのひとりであるアーリーン・ヴィーンは、ミステリ小説の大会、レフト・コースト・クライムで同じテーブルになり、本書に名前が登場することになりました。アーリーン、あなたが〝わたしの〟アーリーンを好きになってくれますように。

また、このすばらしいミステリ界に身を置いているあいだに、多くの友人にも恵まれました。なかでも感謝しているのがシェリリル・フリードマンです。シェリルは原稿を読み、とても貴重な提案をしてくれました。ありがとう、シェリル。

サンタクロースの一大事？

主要登場人物

メリー・ウィルキンソン……………クリスマスグッズ専門店の店主
マッターホルン（マティー）…………メリーの愛犬。セントバーナード
ジャッキー・オライリー……………メリーの店の従業員
ノエル・ウィルキンソン……………メリーの父。元ルドルフ町長。町議会議員
アリーン・ウィルキンソン…………メリーの母。声楽教室の先生。元オペラ歌手
ヴィクトリア・ケイシー……………メリーの親友。焼き菓子店の店主
ジャック・オルセン…………………ホテルの経営者。支配人
グレース・オルセン…………………ジャックの妻
ゴードン・オルセン…………………ジャックの息子
レニー・オルセン……………………ゴードンの妻
マーク・グロッセ……………………ホテルのレストランの新任料理長
アラン・アンダーソン………………木製玩具職人。メリーの高校時代のボーイフレンド
ラッセル（ラス）・ダラム…………地元紙の編集発行人
ベティ・サッチャー…………………メリーのライバル店の店主
クラーク・サッチャー………………ベティの息子
スー＝アン・モロー…………………ルドルフ町長代理
カイル・ランバート…………………ジャッキーの恋人
ダイアン・シモンズ…………………ルドルフ警察の刑事
キャンディス・キャンベル…………ルドルフ警察の巡査

1

決断力、決断力よ。

ボリュームたっぷりの伝統的な冬のご馳走にするか、それともオンタリオ湖岸の夏を思い出す料理にするか。

つまり、プライムリブの焼き野菜添えか、グリルしたサーモンのピラフ添えか。

「いつかは決めなきゃいけないのよ、メリー」ヴィクトリアはウエイトレスにメニューを返した。「わたしは仔羊のすね肉にする」

「おいしそう。わたしにも同じものを」

「いつも真似をするんだから」ヴィクトリアが言った。

「だって、自分じゃ決められないのよ」

ウエイトレスは上等な赤ワインを手に戻ってきて、栓を抜いてからテイスティングまでの一連の儀式を行った。そして、わたしたちがまだひと口目のワインを楽しんでいるあいだにあふれんばかりの料理がのった大皿を運んできてテーブルに置いた。シャルキュトリ――パテやテリーヌなどに、さまざまな種類のチーズ、ピクルスとナッツ、焼きたての分厚いバゲットが添えられている。

「おいしそうね」ヴィクトリアが言った。「でも、テーブルを間違えているみたい。わたしたちは注文していないから」

「シェフからです」ウエイトレスがにっこり笑った。

「まあ、すてき」わたしは大皿にのっていた小さなナイフで、青い斑点が入ったなめらかなチーズを少し取った。「新しいシェフを雇ったらしいわよ。目をみはるほどお料理がおいしくなったって、母が言ってたわ。だから、あなたもここで食べてみたかったの？　うわあ、これ、最高よ」濃厚で強烈な風味をじっくりと味わった。舌が大喜びしている。そのとき、親友の顔がほんのり赤らんでいることに気がついた。「ああ、そういうこと」

ヴィクトリア・ケイシーとわたしは特別に豪華なディナーを食べにホテル〈ユーレタイド・イン〉のレストランにきていた。十二月半ばの火曜日の夜で、ふたりとも仕事でへとへとだったけれど、この狂乱めいたクリスマスシーズンの忙しさに耐えるには息抜きが必要だと、ヴィクトリアに説得されたのだ（とはいえ、説得はそれほど難しくなかったはずだ）。わたしはニューヨーク州ルドルフ、別名アメリカのクリスマス・タウンで〈ミセス・サンタクロースの宝物〉という店を経営している。そして彼女は〈ヴィクトリアの焼き菓子店〉の店主兼ベイカー長だ。クリスマスシーズンの疲れを癒すために特別な女子会をやろうと言いだしたのはヴィクトリアだった。額にかかる紫色の髪にまったくそぐわない真っ赤な頬を見たかぎりでは、どうやら隠れた動機があるらしい。

「こんばんは」〝隠れた動機〟が低い声で挨拶をしてきた。

白い上着とグレーの縦じまのズボンという料理人の制服を着た男性がテーブルの横に立っていた。上着には〈ユーレタイド・イン〉のロゴマークの刺繡《ししゅう》が入り、その下に彼の名前が筆記体で記されている。〝料理長マーク・グロッセ〟

町の女性たちはみな、彼の噂をしていた。今回ばかりは噂よりも実物のほうが勝っている。すらりとした長身に短く刈った黒髪、緑色の斑点が散る茶色の大きな目、高い頰骨、まばゆいほど真っ白な歯。

「こんばんは」ヴィクトリアがうわずった声で言った。「これ、ありがとう」

「気に入ってもらえるといいんだけど」マークはヴィクトリアにほほ笑みかけた。

「ごちそうさまです」口をはさんだりしなきゃよかった。どちらもわたしのことなんて、これっぽっちも気にしていないのだから。マークはヴィクトリアに笑いかけ、ヴィクトリアはマークに笑い返している。

「ああ、そうそう」ヴィクトリアがやっと礼儀作法を思い出した。「マーク、友だちのメリー・ウィルキンソンよ」

マークがわたしのほうを向いた。笑顔に目がくらみそう。「初めまして、メリー。あなたも料理を？」

「ええ、お湯を沸かすのが得意よ」

「そろそろ厨房に戻らないと。メリー、会えてよかった。ヴィクトリア、バゲットに気づいてくれたよね」

「もちろん」

「それじゃあ、どうぞごゆっくり。デザートが入るようにお腹を空けておいて。ジンジャーブレッドケーキが最高だから」マークは一流レストランの厨房という謎めいた場所へ急ぎ足で戻っていった。

わたしはバゲットをちぎって口に放りこんだ。外はカリカリ、なかはやわらかくてしっとりしている。おいしい。「あなたのお店の？」

「そうなの。ジンジャーブレッドケーキもよ」

「ここのデザートは全部あなたのお店から仕入れているの？」

「焼き菓子だけだけど、ほとんどね。ルドルフの名物だから、ジンジャーブレッドケーキも買ってくれているの」

わたしはワインをひと口飲んだ。「かっこいいわね」

「彼？」ヴィクトリアはグラス半分のワインを一気に飲んだ。「気づかなかったわ」

わたしは店内を見まわした。満席で、ヴィクトリアが何とか予約できたのは、ふたり掛けのテーブルのキャンセルが出たからだ。片側の壁にある大きな開放型暖炉では薪が燃えている。その隣には背が高くどっしりとした本物のモミの木があり、枝が垂れさがるほどたくさんのオーナメントや上品な白色電球が飾られていた。テーブルは糊《のり》の利いた真っ白なクロスで覆われ、その上では一本の円筒形キャンドルがクリスタルと銀器をやわらかく照らしている。ガラスの燭台には切ったばかりのヒイラギの枝。店内は光と笑い声、温かさと芳《かぐわ》しいにおい、そしてこの季節には欠かせない特別なもので満ちていた。そう、クリスマスの魔法だ。わたしは満ちたりた気分でため息をもらし、椅子にゆったりともたれた。

「お店はどう？」ヴィクトリアが尋ねた。

「大忙し。目がまわりそうよ。ショービジネスでよく言われるけど、確かに〝どんな宣伝も、良い宣伝〟ね。あの雑誌記者が殺されてこの町が注目されたから、たくさんの町のなかで目立っているんだもの。殺人犯が逮捕されて、とりあえずルドルフの汚名はそそがれたわけだし。クリスマスのまえに在庫がなくなりそうで心配よ」

「うれしい心配ね」ヴィクトリアは言った。「身動きできないほど在庫がぎっしり残るよりいいじゃない」

わたしたちはシャルキュトリの皿をきれいに空にした。空いた皿をさげるとき、ウエイトレスがもう一本ワインを持ってくるかと尋ねた。ヴィクトリアとわたしは互いに問いかけるように目を見あわせ、「お願い！」と同時に言った。仔羊のすね肉が運ばれてきた。付けあわせは風味のいいジャガイモと焼き野菜で、とてもおいしい。わたしたちはゆっくり時間をかけて食事をして、一緒にくつろいで過ごせる機会を心の底から楽しんだ。

これまで数えきれないくらいヴィクトリアのジンジャーブレッドケーキを食べているけれど、それでもまったく飽きない。だからデザートにジンジャーブレッドケーキを選ぶと、ヴィクトリアはキャンディケイン・チーズケーキを頼んだ。ジンジャーブレッドケーキにはしつかり泡立てたクリームが山のようにのり、チーズケーキには砕いたキャンディがちりばめられている。

「料理長によろしくね」それぞれが自分のクレジットカードを探しているとき、ヴィクトリアが言った。

ウエイトレスはおそらく五十歳くらいだというのに、まるでフットボールチームのキャプテンの話をしている十代の娘みたいにくすくす笑って赤くなった。「彼って、すてきよね？彼みたいなひとがきてくれるなんて運がいいわ」

ヴィクトリアが携帯電話を出して、タクシーを呼んだ。ふたりとも運転は無理だ。はちきれそうなほどお腹がいっぱいで、かなり酔っぱらった状態で、親友とわたしはよろよろとレストランのドアからホテルのロビーへ出た。

〈ユーレタイド・イン〉のロビーもやはり美しくクリスマスの飾りつけがされていた。アンティーク（あるいはアンティーク風）のオーナメントがたくさんぶら下がった巨大なクリスマスツリー。奥行のある石の窓枠に気をつけの姿勢で並んでいる木の兵隊たち。暖炉に下がっている赤い靴下。ピンク色の花が咲いたクリスマス・カクタスや赤と白のポインセチアであふれそうになっているテラコッタの植木鉢。ロビーの中央にでんと置かれた大きな丸テーブルにのった、金銀のボールがいっぱいに入ったさまざまな大きさのガラスのボウル。サイドテーブルにつくられたかわいらしいクリスマスの村では、店や家の屋根に雪が積もり、窓の明かりが灯っていた。

「何だ、おまえたちもきていたのか」バリトンの声が響いた。

「こんばんは、パパ、ママ」両親とはきのう会ったばかりだが、わたしたちは心をこめて抱きあい、キスをした。両親はヴィクトリアにも同じように挨拶し、わたしとヴィクトリアは両親と一緒にいた夫婦と握手した。〈ユーレタイド・イン〉の経営者、ジャックとグレースのオルセン夫妻だ。

「これから夕食?」わたしは尋ねた。「パパにしてはずいぶん遅いんじゃない?」

「食べ終わったところだ」父は満足げにほほ笑んで、丸い腹をさすった。

「気づかなかったわ」

「個室だったの」母が答えた。「オーナーと知りあいなおかげでね」この二組の夫婦はとても親しいのだ。

「お料理、とてもおいしかったです」ヴィクトリアが、あんなに食べたのに引き締まったままの平らなお腹を叩いた。「今度の料理長は本当に最高ですね」

グレースとジャックはにっこり笑った。「いい評判しか耳に入ってこないんだ」ジャックが言った。「こう言ってはなんだけど、まえの料理長のあとだから、よけいにほっとしたよ」非難するように唇の片側をゆがめた。ジャックは年齢のわりには、しっかりとしたあごときらきらとした青い目をした見栄えのいい男性だった。

「元日まで予約がいっぱいなの」グレースが付け加えた。「もう来年の予約をしてくれたひともいるのよ」

「そいつはよかった」父が言った。「〈ユーレタイド・イン〉にとっていいことは……」

「ルドルフにとってもいい」みんながいっせいに言った。

父が声をあげた。「ホー、ホー、ホー」父は十二月二十五日に生まれてノエルと名付けられた。ふっくらとした赤い頬に丸いお腹、白くて長いひげ、たっぷりとしたくるくるの白髪、ぼさぼさの白い眉。赤い上下の服、黒いベルトとブーツ、ポンポンが付いた帽子という衣装を着ていなくても、ノエル・ウィルキンソンはおとぎ話のサンタクロースそっくりだった。少なくとも、わが町ではサンタクロースそのものなのだ。今夜、父は茶色のコーデュロイのズボン（一九八〇年代のもの）をはき、角《つの》にヒイラギの枝が巻きつき、鼻に大きな赤い毛糸のポンポンが付いたトナカイが描かれた赤いセーターを着ていた。ロビーを歩くひとたちは父を横目で見ては、笑顔になっている。遅い時間なので近くには子どもたちがいないけれど、もしここにいたら、父はぜったいにウインクをして「ホー、ホー、ホー」と大きな声を発したはずだ。

ヴィクトリアとわたしは笑って、互いに寄りかかった。

いつも父より物事を深刻に考える母が険しい目つきで言った。「運転するつもりじゃないでしょうね」

「タクシーを呼んだから平気よ、アリーン」ヴィクトリアが答えた。

「送っていってやろう」父が言った。「ちょうど帰るところだから」

「ありがとう、パパ。でも、すぐにタクシーがくるから。外で待つわ。おやすみなさい」

ヴィクトリアと正面玄関へ向かうと、ジャック・オルセンが話す声が聞こえた。「わたしが海軍にいたときに、サンタクロースが船を訪ねてきたときの話をしたかな。我々はフィリピンにいたんだが、サンタクロースといっても名ばかりのもので……」

うっという声がして、話し声がとつぜんやんだ。そしてドスンという大きな音がしたあと、何かが割れた音が響いた。グレースが悲鳴をあげ、父は叫んだ。「ジャック！」

ふり向くと、ジャックが床に倒れていた。身体が崩れ落ちるときにサイドテーブルを倒したらしく、明かりのついていたクリスマスの村が床に落ちていた。小さな建物の多くが粉々に割れ、電気コードがコンセントから抜けたせいで、村が暗闇のなかへ放りだされている。ジャックは胸をつかんでいた。苦しさと恐怖に白目を剝《む》いている。グレースが膝をついた。

「また心臓発作を起こしたみたい。ジャック、ジャック、しっかりして」

ジャックがうなった。

「九一一に電話して」わたしは受付の女性に叫んだが、彼女はもう受話器を手にしていた。

父が友人の隣で膝をついた。ジャックはグレーのスーツに白いシャツを着て、縦じまのネクタイをしていた。父はそのネクタイをゆるめて、首のボタンをふたつはずした。「アリーン、きみのコートを貸してくれ」

母は何も言わずにケープをぬいだ。エメラルドグリーンのシルクの裏地と飾りボタンが付いた黒いウールの華やかなケープだ。父はケープをジャックにかけた。「身体を温めるんだ。がんばれよ、ジャック。すぐに救急車がくるから」

グレースは夫の手を握り、声を出さずに泣いている。

「呼吸をしているかって訊いています！」受付の女性が叫んだ。

レストランから女性が早足で出てきた。「わたしは医師です。お手伝いします」ジャック に覆いかぶさると、真紅のサテンがまわりに広がった。「身体を起こして」

幸いにもルドルフ病院はホテルの近くにあり、数分もすると待ちかねていたサイレンの音が近づいてきた。わたしは外へ急ぎ、救急救命士をジャックのもとへ案内した。

救急車に続いて、タクシーも到着した。「わたしたちには何もできないから」ヴィクトリアが言った。「帰ったほうがいいわ」

「すぐに戻るから」わたしはロビーへ駆けだした。「タクシーがきたの。ママ、一緒に乗っていく？」

わたしは寄りかかってきた母を抱きしめた。母の身体は震えていた。「グレースのそばにいるわ」

「何かわかったら、すぐに電話して」

わたしはタクシーのヴィクトリアの隣にすばやく乗りこんだ。「ジャックは平気かしら」ヴィクトリアが訊いた。

「わからない。グレースがまた心臓発作を起こしたと言ったのが聞こえた？　そうなると、かなり難しいかも」

「うちの兄貴は心臓発作で死んだんだ」運転手が言った。「そのまえに、親父も心臓で死んでいる。悪いけど……」

家に着くまで、わたしもヴィクトリアもひと言も口をきかなかった。

忙しいクリスマスシーズンでも、店は週半ばの午前中はいつも暇だった。でも、ディスプレーを変えたり、商品を補充したりできるので、そのほうが都合がいい。きょうもそろそろお昼だというときにショーウインドーの陳列を直していると、母が近づいてくるのが見えた。

母はいつだって目につく。もとオペラ歌手で最盛期はメトロポリタン・オペラのまさに歌姫《ディーヴァ》だった。いまは引退して父の故郷であるルドルフで声楽教室を開いているが、本人はいまだにスポットライトを浴びて当然だと思っている。きょうの母は特大の赤いボタンが付いた、くるぶしまである黒のウールのロングコートに、暖かさと優雅さを兼ね備えた、赤い飾りが付いた黒い帽子、赤い革手袋、赤いブーツという出で立ちだった。昨夜、わたしがベッドのパートナーと――マッターホルンという名のセントバーナードの仔犬だ――添い寝をしているところへ父から電話があり、ジャックは手術の準備に入っており、母と一緒にグレースのそばにいるつもりだと聞いていた。

母はひと晩じゅう起きていたとは思えない軽やかさで店に入ってきた。「おはよう、メリー」

「おはよう、ママ。ジャックのことで何か知らせがあった?」

「手術は成功して、いまは落ち着いて眠っているそうよ」

「よかった。グレースは？」

「ものすごく心配しているわ。かわいそうに。これから〈ユーレタイド・イン〉に行って、グレースを乗せて病院へ行く予定なの」

「また心臓発作を起こしたって、グレースは言っていたわよね？」

「ジャックは一年くらいまえに軽い心臓発作を起こしたの。でも、ゆうべの発作は軽くなかった。三カ所のバイパス手術を受けたのだから」

「治るまでには時間がかかりそうね。ジャックがいなくても、ホテルはやっていけそう？」

「どうかしら。ジャックはホテルの日常業務に深く関わっていたから。経営者というだけでなく、支配人でもあったでしょ。ホテルの仕事はジャックにはもう荷が重いって、グレースが何度も言っていたわ。注文が多いお客につねに気を遣わなければならないし、ホテルの経営には休みがないし、心配事もあるから」

「心配事？　経営がうまくいっていないの？」

「とても順調なはずよ。でも、自分で商売をしていれば、逃げられないわけだから」

「確かに。わたしもやってみて初めてわかったけど」わたしが〈ミセス・サンタクロースの宝物〉を開店したのはわずか二カ月まえで、クリスマスシーズンを迎えるのは今回が初めてだ。店で扱っている商品は地元の職人の手によるものが中心だけれど、ピンとくるものがあれば地元以外から仕入れることもある。自分の感覚を信じて、自分が好きなものと、ほかのひとが好きになりそうなものしか仕入れない。売り物はすべて自分の目でていねいに選び、好きなように並べている。この店を経営することが大好きなのだ。自分が経営者で、すべてを思いどおりにできることが。責任は重いけれど、とても誇りを抱いている。でも、仕事量は半端なく多い。「グレースはどうやってホテルをやっていくつもり？　いつだってたいへんでしょうけど、これから一年で一番忙しい時期がやってくるのよ」

「ゆうべ、義理の息子に電話していたわ。ジャックの最初の結婚で生まれたお子さん。カリフォルニアに住んでいるんだけど、すぐにこっちにきて、必要なだけいてくれるって」

「そのひとのこと、知っているかも。何という名前？」

「ゴードン」

「ああ。ゴードン・オルセンね。学校で一緒だった。ご両親が離婚したときに転校して、お母さんとカリフォルニアへ引っ越したのよ。向こうに行ったらサーフィンしたり映画スターに会ったりできるんだって自慢していたっけ」ゴードンがいなくなって、みんなが清々していたことも覚えている。ゴードン・オルセンはいやなやつだった。最悪のいじめっ子で、先生のまえでは自分は何もしていないと嘘をつくくせに、舌の根の乾かぬうちに低学年の子からお昼代をまきあげるのだ。でも、すべて昔の話であり、ゴードンも変わったにちがいない。

「そう聞いて安心したわ。ホテルのことを心配しないでいられたら、ジャックも治療に専念できるでしょうから」

「病院のあと、グレースを乗せてシラキュース空港までふたりを迎えにいくの」

「ふたりって？」

「ゴードンは奥さんを連れてくるでしょ」

「ふたりとも仕事か何かあるんじゃない？」

母はロングコートをゆったりとまとった肩をすくめた。常勤という考えになじみがないのだ。「今夜七時頃に〈ユーレタイド・イン〉にくれば、ゴードンたちに会えるわよ。ふたりともこの町に落ち着かなければならないだろうし、地元で商売しているひとたちと顔をあわせたいでしょうから」

「ジャッキーに電話して、今夜は閉店まで働いてほしいと頼んでみる。承知してくれたら行くわ」

「お願いね」母は革手袋に包まれた手をふって店を出た。

そして歩道に足を踏みだした瞬間に、隣の〈ルドルフズ・ギフトヌック〉の店主ベティ・サッチャーに捕まった。ベティは日がな一日〈ミセス・サンタクロースの宝物〉に起こることを見張って（文句を言って）いるようだった。きっとジャック・オルセンが心臓発作を起こしたというニュースが広まったので、噂話のタネをひろいにきたにちがいなく、わたしは仕事に戻った。

そして常勤の従業員、ジャッキー・オライリーに電話して、閉店まで働いてくれないかと頼んだ。予想どおり、ジャッキーは残業代を稼げる機会に飛びついてきた。午後一時半になり、ドアの外の札を〝準備中〟にひっくり返してから、お昼に食べるものを買いに走った。

昨夜は家に帰る道すがら、新しく町にやってきたシェフのマーク・グロッセのことでヴィクトリアをからかうつもりだった。けれども、ジャックがあんなことになったことと、心臓発作を起こした親戚のことを次から次へとしゃべりつづけるタクシー運転手のせいで、ヴィクトリアをからかう雰囲気は〈ユーレタイド・イン〉に飾られていたクリスマスの村の窓あかりのようにすっかり消え失せていた。

いま〈ヴィクトリアの焼き菓子店〉へ行ってみるのもいいかもしれない。

わたしはヴィクトリアの店のまえの階段を駆けあがってドアを開けた。焼きたてのパンと、温かいペストリーと、ショウガと、シナモンのおいしそうなにおいが押し寄せてきた。思わず深く吸いこんだ。ときどき思うのだけれど、天国はヴィクトリアの店のようなにおいがするにちがいない。

お昼どきの忙しさが落ち着き、ヴィクトリアのおば、マージョリーがテーブルをふき、空いた皿を片づけていた。「お昼を食べにきたの？　あまり残っていないのよ」

「スープはある？」わたしは手袋をはずし、コートをぬいだ。

「エンドウ豆のスープだけ。ハムとチーズのクロワッサン・サンドならつくれるけど」

「おいしそうね」わたしは椅子にすわり、カウンターの上の棚を見ないようにした。棚にはルドルフ・サンタクロース・パレード最優秀フロート賞の大きなトロフィーがふたつ誇らしげに飾られている。ルドルフでは十二月の第一土曜日に催される大きなパレードだけでなく真夏にもパレードが行われるので、最優秀賞もふたつあるのだ。ルドルフは一年じゅうクリスマスを祝える場所として町を売りこんでいる。このふたつのトロフィーのうち、ひとつはわたしのものになるはずだった。もし、ある人物がルドルフのクリスマスをぶち壊すためにわたしのフロートを妨害したりしなければ。そう思うと、まだ腸《はらわた》が煮えくり返る。

「聞き覚えのある声がするなと思ったのよ」ヴィクトリアが小麦粉のついた手を長いエプロンでふきながら奥から出てきた。

「マージョリー、やっぱり替えるわ」わたしは声を張りあげた。「まだ残っていたら、バゲットにして」

「売り切れよ」

「あーあ、残念。〈ユーレタイド・イン〉の分はたくさんあるといいけど」

「知りたいなら教えてあげるけど、今朝の配達はわたしが行ってきたわ」

「誰かを行かせるんじゃなくて、わざわざ自分で届けるなんてずいぶん親切ね。もしかして、料理長が出てきた？」わたしは眉を上下に動かした。

「彼って、すてきよね？」マージョリーが湯気の立っているスープをわたしのまえに置いた。

「たまたまね」ヴィクトリアは顔を真っ赤にして答えた。「食材が配達されると、一流のシェフは自分できちんと立ちあって点検したがるものだから」

「きっと、時間をかけて点検したんでしょうね」

ヴィクトリアは鋭く反撃する言葉を考えているようだった。だが、言い返さずに笑いだした。「わかったわ。あなたの勝ち。そう、わたしはマークが好きだし、マークもわたしが好きだと思う。ママには言わないでよ、マージョリーおばさん」

「この店であったことは噂したりしないわよ」

ヴィクトリアは信じられないというように目を剝き、わたしがすわっているテーブルの空いた席に腰をおろした。「でもね、シェフとは付きあいたくないのよ。とんでもない時間に働いているから」

ヴィクトリアは目にかかった、ひと房だけ長い紫色の髪を払った。残りの髪は生まれつき真っ黒で、頭皮が見えるほど短く刈りあげている。サファイアのような青い目のまわりにはいつも強烈な黒いメイクをしているし、右手首にはジンジャーブレッドマンのクッキーのタトゥーが入っているし、店にいるときは隠しているけれど、ほかにもいくつもタトゥーを入れている。ハート形の顔をしたヴィクトリアはほほ笑むと、サンタクロースの助手のなかでも最も年少でやんちゃな妖精《エルフ》のように茶目っ気がある。身長百八十センチで棒のように細いので、一日じゅうおいしい菓子を焼いている女性というより、スーパーモデルのような体型なのだ。いっぽう、ぎりぎり百六十五センチというわたしはスーパーモデルの体格とは言えない。

「わたしが知っているなかでは、あなたこそとんでもない時間帯に働いていると思うわよ。彼とぴったりあうんじゃない？」

「レストランとベーカリーでは働く時間が正反対なのよ。わたしは真夜中にパンを焼いて夕方まえにはお店を閉めるでしょ。マークはお昼近くから働きはじめて、お店を閉めるのは午前零時をまわることもあるの」

「先走りすぎよ、メリー。わたしたちはまだふたりでお茶さえ飲んでいないんだから」

「何とかなるわよ」

「あら、飲んだじゃない」マージョリーがカウンターの向こうから口をはさんだ。「感謝祭のまえに」

「あれは仕事よ。いつもの注文について話をしにきたんじゃない。マージョリーおばさん、仕事はもう終わったの？」

「片づけは話しながらできるわ」

「ゆうべ、あなたを見ていたマークの視線からすると」わたしは言った。「心配は無用ね。年が明けてクリスマスシーズンの忙しさが落ち着いたら、きっと電話をしてくるわ」

ヴィクトリアの顔が明るくなった。「そう思う？」

「もちろん。でも、いまは二十一世紀なのよ。あなたから電話したっていいじゃない」

「そのとおり！」マージョリーおばさんが叫んだ。

わたしはお昼を食べ終え、残っていた数少ないデザートのひとつだったチョコレートブラウニー三つを優雅に食べると、お昼の日課のために自宅へ向かった。

何が起こっているのか自分でもよくわからないうちに、どういうわけか、セントバーナードの仔犬がわたしの生活に入りこんでいた。わたしの心にも。セントバーナードの名前はマッターホルンで、いつもはマティーと呼んでいる。やっと三カ月になったばかりだ。大勢いるヴィクトリアのいとこのひとりが、この心やさしい大型犬を繁殖させている。あるとき、ドッグショーの常連であるマティーの母親が血統書のない犬に〝孕《はら》まされて〟しまったのだ。ヴィクトリアによると、女王の孫がパンクロックの歌手と駆け落ちしてもこんなには騒がないだろうというほどのスキャンダルだった。いとこの顧客は誰もマティーやそのきょうだいたちを欲しがらなかったので、ヴィクトリアが仔犬たちにふさわしい里親を探したのだ。

わたしは心ならずも考えてみると言ってしまい、犬舎に連れていかれた。溶けたカラメル色の大きな目で見つめられ、大きなピンク色の舌でぺろりと舐められた瞬間に、恋に落ちてしまった。そして、マティーを連れてかえった。

これ以上悪いときはないという時期に。いまは店にとって一年でいちばん忙しい時期なのだ。マティーは落ち着きのない仔犬なうえ、基本的な躾《しつけ》もまだできていないので、留守番をさせるときはケージに入れておかなければならない。ということは、昼に一度マティーに外でおしっこをさせるために店から家へ戻らなければならない。それに十二時間以上立ちっぱなしの長い一日の最後に、かなり長い距離を散歩させてやる必要がある。

家に着くと、マティーはいつものように自由奔放に熱意をこめてわたしに挨拶してから、裏庭に深く積もった雪のうえでしばらく飛びはねていた。躾をする時間はあまりないけれど（年が明けたらトレーニング教室に通う予定ではある）、マティーは賢く、相手を喜ばせるのが好きなので、たいていはそれほど押しこまなくてもケージに入ってくれる。きっと、とてつもなく大きく成長するだろうけれど。

マティーの世話をして〈ミセス・サンタクロースの宝物〉へ戻ってくると、それを聞きつけたベティ・サッチャーが店から飛びだしてきた。ベティの店〈ルドルフズ・ギフトヌック〉は大量生産の安いクリスマス用品を売っている。それはかまわない。わたしとは商売敵ではないし。でも、ベティはわたしが店をたたんで夜逃げでもすれば、お客が〈ルドルフズ・ギフトヌック〉に殺到すると考えているらしい。

「やっと帰ってきた！」ベティが金切り声で言った。「商売をやるつもりなら、昼日中に休みは取れないと覚悟するものよ」

「お昼を食べにいっていたの」

「そんなのは言い訳にならないわ。わたしは昼休みなんて取らないんだから。家からサンドイッチを持ってきているの。あなたもそうすればいいのよ」

「ええ、そうよね」

「わたしはあなたの秘書じゃないのに」

「ええ、そうよね」

「この一時間、いつになったら隣の店が開くんだって、客が何人もうちの店に訊きにきたんだから」

わたしはドアに目をやった。紙の時計がぶら下がっている。針が二時半を指し、その下に〝戻ってきます〟と表示してある。今度は腕時計に目をやった。二時二十九分。

「ジャッキーはどうしたの？」ベティが訊いた。

「もう少ししたらくるわ」

ベティが鼻を鳴らした。「いけ好かない娘よね。言わせてもらえば、男の客に色目を使ってばかりじゃない。奥さん連中に好かれないわよ」

「ご忠告ありがとうございます」わたしは店の鍵を開けた。

だが、ベティの話はまだ終わっていなかった。「信用できる店員が必要なら、うちのクラークが仕事を探しているから」

クラークはベティの息子だ。年じゅう職探しをしているのは勤務態度に問題があるせいで――本人もベティもそうは思っていないけれど――仕事が長続きしない。〈ユーレタイド・イン〉にも勤めたことがあってうまくいかなかったという話だが、詳しいことは知らない。近頃は母親の店を手伝っているようだが、ベティが休憩を取っている様子はまったくない。

「頭に入れておくわ」わたしは言った。

「そうして」ベティが店に戻ると、わたしも自分の店に入った。

午後は客足が伸び、売上げもあがった。六時になってジャッキーが店に出てくると、わたしは家に帰ってマティーに食事をさせて散歩に連れていってから、車で〈ユーレタイド・イン〉へ向かった。

〈ユーレタイド・イン〉の長くカーブした私道に入った頃には、日はとっぷりと暮れていた。ホテルはかわいらしい白い照明で飾られ、広い庭のあいだを曲がりくねって進む道沿いの木々には色鮮やかな電球がぶら下がっている。夏の華やかなホテルの敷地はルドルフのなかでもとりわけ観光客を惹きつける場所のひとつだ。だが、冬であっても、彫刻のようなオークやカエデの裸の枝や、雪をかぶったマツやトウヒなどの針葉樹を眺めながら散歩するのに格好の場所だ。庭の中心には人工池があり、冬になるとホテルの従業員たちがスケートができるように整備する。わたしがロビーへの階段をのぼっていくときも、家族連れがうしろを歩いていた。冬のさわやかな空気のなかを散歩してきたらしく、頬をピンク色に染め、暖かい格好をした母親と父親、それに笑い声をあげているふたりの子どもたちだ。

「メリー・ウィルキンソン、相変わらずきれいだな！」ロビーに入っていくと、大きな声がした。そして、ものすごい力で抱きしめられた。「会えてうれしいよ」男は身体を離した。ゴードン・オルセンは同級生だった頃よりかなり肉づきがよくなっていた。百七十センチには届かない身長にしては付きすぎだ。目は小さくて色はほぼ黒、唇は薄くて、金髪はかなり速いスピードで後退している。どうやら母親似らしく、ジャックと似ているのは四角いあごだけだ。

「わたしもよ、ゴードン。お父さんの具合はどう？」

「〝安定している〟というのが医師の言葉だ。いまはそれ以上は望めないみたいだ。ああ、きみもこっちにおいで。紹介したいひとがいるから。メリーとぼくは同級生だったんだ。メリー、このきれいな女性がぼくの奥さん、レニーだ」

わたしはレニー・オルセンと握手した。夫より背が高く、それを隠す気もないらしく、とびきり高いピンヒールのブーツをはいている。年はゴードンと同じくらい、つまりわたしとも同じで三十代だろう。ブロンドの長い髪、まぶしいほど白い歯、よく灼けた肌。いかにもカリフォルニアの住人だ。やや太めかもしれないけれど、ひとのことを言える立場なの？（〈ヴィクトリアの焼き菓子店〉のお得意さまのくせに）。握手するレニーの手に力はなく、目は笑っていなかった。「お会いできてうれしいわ」いまにもあくびをしそうな様子で言った。

わたしはグレースのほうを向いてハグした。「だいじょうぶ？」

「どうにかかね。ノエルとアリーンが力になってくれているから」

わたしは両親を見てほほ笑んだ。

「これで全員そろったから、そろそろ行きましょうか」グレースが言った。

そのとき、わたしはほかのみんながディナーにふさわしい装いであることに気がついた。母は仕立てのいいパンツスーツ、グレースは華奢《きゃしゃ》な身体を際立たせる細身のドレス、ゴードンはスーツにネクタイ、父はこのあいだとはちがう、ぞっとするほどダサい（つまり完璧な）クリスマスセーター、そしてレニーは膝丈の青いドレスに金色のアクセサリーを着けている。

わたしは仕事用の服からマティーの散歩用に着がえていた。古いジーンズに黒いTシャツを着て、ほんの少しみすぼらしいセーターを重ね、雪の積もった公園で犬を散歩させるのに最適などっしりとした冬用ブーツをはいている。「食事をするとは思わなくて」わたしはもごもごと言った。「きちんとした格好をしてこなかったの」

「仕方ないわね」母が言った。

わたしたちはメインルームの奥の小さな個室に案内された。照明はやわらかく、クリスマスの飾りつけも控えめだった。テーブルに着くとすぐに、ゴードンはワインを二本頼んだ。そしてメニューを開いてじっくり見た。「ずいぶんと法外な値段だね、グレース」

「腕のいいシェフがいるの。とてもすばらしい経歴の持ち主で、ニューヨーク・シティからきたのよ。できるかぎり、地元の食材を使ってくれているわ。こんな時期でも、ルドルフの近くの農場で必要な食材のほとんどがそろうから。たとえば、仔羊はここから三十分も走らない場所で手に入るの」

「とてもおいしいのよ」わたしは言った。「ゆうべ、いただいたの」

「そいつはけっこうだけど」ゴードンはわたしを無視して続けた。「高すぎる」

「メインルームを見て」グレースは言った。「満席よ。今月はほとんど毎晩満席になっているわ」

「そうだろうさ」ゴードンは言った。「クリスマスまではね。でも、クリスマスの繁忙期が過ぎてもまだこんなに高かったら、誰もこない」

「ジャックは」グレースがすばやく言った。「このメニューに賛成してくれたわ」

「もちろんそうだろうとも、グレース」ゴードンは言った。「ただ、ぼくはもっと効率化できるところがあると指摘しているだけだ」

「わたしは仔羊をいただくわ」レニーが言った。

料理は昨夜と同じく最高だったが、雰囲気は最悪だった。ゴードンはルドルフでの商売の様子を知りたくてわたしたちに会いたがったのだと思っていた。けれども、この町に戻ってきてまだ四時間しかたっていないというのに、父親がいないあいだにやりたいことがもう決まっているようだ。

グレースはみんなのためにシャルキュトリを注文していた。それが運ばれてくると、ゴードンはバゲットを取ってひっくり返しながら、じっくり見た。そしてバゲットの真ん中に指を突っこんでちぎり、口に放りこんだ。「このパンはどこから買っているんだい？」口を動かしながら訊いた。

「〈ヴィクトリアの焼き菓子店〉」わたしが答えた。「ニューヨーク州北部でいちばんのベーカリーよ」

「こいつも高いんだろうな」ゴードンは上着の胸ポケットに手を入れ、ｉＰｈｏｎｅを取りだして親指を滑らせた。

「〈ヴィクトリアの焼き菓子店〉はルドルフの人気店のひとつよ」

「もっと大きなベーカリーはこの辺にいくらでもある」ゴードンはｉＰｈｏｎｅに入力しながら言った。わたしは彼の隣だったので、何とかのぞいてみた。ゴードンはメモ帳のアプリを開いていた。「きっといいところが見つかるだろう。どうせ、パンなんてどれも変わらないんだから」

わたしは父に目をやった。顔が赤く染まりつつあるが、いつもの陽気なサンタクロースに変わったわけではない。「ルドルフは地元を大切にする町だ。クリスマス・タウンだからね。

ルドルフのひとたちは〝上げ潮はすべての船を持ちあげる〟と信じている。みんながお互いの商売を支えあっている。そうやって、みんなが利益を得ているんだ」

ゴードンは笑った。「お互いの洗濯物を引き受けて生計を立てていた昔の西部の町みたいだ」

わたしはテーブルを見まわした。父の顔は真っ赤で、首の血管が脈打っているのがわかる。母は人生の奥義が書いてあるかのようにナプキンをじっと見つめている。そしてグレースはぞっとした顔で義理の息子を見つめている。

「グレース、ロビーに飾ってある本物のクリスマスツリーは見た目は悪くないけど」レニーが口を開いた。テーブルを包んでいる雰囲気にはまったく気づいていないらしい。「毎年使えるプラスチックのツリーに替たほうがいいわ。最初から飾りがついていて、わざわざ飾りをつけたりはずしたりしなくてすむから。そういうのって時間を取られるし、時は金なりって言うでしょ。そうよね、ハニー?」

「ああ、そのとおり」ゴードンが答えた。

「ご注文はお決まりですか?」父がいまにもジャックがいる心臓病専門病棟に送られるのではないかと心配になってきたところに、折よくウエイトレスがやってきた。

グレースと母は見事にその場を取り仕切っていた。来シーズンのメトロポリタン・オペラやグレースとジャックが秋に行ったモントリオール旅行の思い出に話題をうまく変えたのだ。ゴードンは食事のあいだも店内を見まわしてはｉＰｈｏｎｅに何かをメモしていた。このお店の値段は気に食わないかもしれないが、食べている様子を見たところ、料理は気に入ったようだ。ワインも追加していたが、最低価格のものではない。

料理の皿が下げられると、ウエイトレスが全員のまえにデザートとアルコールのメニューを置いた。断らなかったのはゴードンだけだった。ゴードンはウエイトレスにお勧めは何かと尋ねた。

わたしはウエイトレスの代わりに答えた。「どれもおいしいわよ。でも、ジンジャーブレッドケーキは食べてみるべきね。ルドルフの昔ながらのデザートだから」

「いいね。それをもらおう。それから、ポートワインも。みんなは？」

「デカフェのコーヒーをいただくわ」レニーが言った。

ほかの者は飲み物も断った。両親もグレースも——わたしと同じように——早くこの場から逃げだしたくてたまらないのだろう。

ジンジャーブレッドケーキが運ばれてきて、ゴードンが口にした。「うまいな」ホイップクリームをフォークですくった。「食べてごらん、ベイビー」妻に言った。レニーがテーブルの向こうから身を乗りだして口を開けると、ゴードンがフォークを差し入れた。驚きのあまり、母は口を大きく開けたままだ。

「おいしい！　本物のホイップしたクリームね」

「もちろん本物よ」グレースが応じた。

「そのようだ」ゴードンは言った。「スプレーのホイップクリームのほうが安い。ケーキにもっと砂糖を入れれば、たいていの客は気づかないさ」

グレースが椅子を引いて立ちあがり、テーブルががたんと鳴った。「もう、たくさん」

「無理はない」ゴードンが言った。「疲れているんだよ。寝たほうがいい。明日の朝、病院に行くなら、ぼくもあとで行くと父さんに伝えておいて」

父と母も立ちあがった。わたしも急いであとを追った。

ゴードンはテーブルに残ってｉＰｈｏｎｅにメモを取りつづけ、レニーはグラスにワインを注ぎたした。

2

一年の大半は、犬がいったい何をしているのか、まったく見当がつかない。とつぜんひどく興奮して全速力で森へ駆けだしていったかと思えば、鼻を地面に近づけて歩きまわる範囲をどんどん狭めていったりする。

でも冬になると、犬が嗅いでいるものが目に見える。マティーは頭を下げ、鼻をひくひくさせ、お尻を震わせながら、黄色い雪のまわりを歩いていた。そして足をあげ、近所の犬たちへニュースを発信した。さっき家を出た直後には、庭を猛然と走りだして、裏庭のフェンスまで続いているウサギの足跡を追いかけていこうとした。ウサギはフェンスの下をくぐっていた。マティーは追いかけていこうとした。まだ自分の体格をきちんと理解していないのだ。

コートのポケットの奥で携帯電話が鳴った。わたしは携帯電話を取りだして画面を見た。

「いま、どこ？」ヴィクトリアが言った。

「マティーと公園よ」

「五分で迎えにいく」

「どうして？」

「いろんな車に乗って、いろんな場所に行くのがマティーにとっていいことだからよ――言ったでしょ」

「ええ。でも、どうしていまなの？　それにどこへ行くつもり？」

「ないしょ。野外音楽堂の横で待ってて」電話は切れた。

これがヴィクトリアだ。ヴィクトリアはいつだって思い立ったらすぐに行動するたちで、知りあってからこれだけ長い年月がたっているというのに、わたしが自分とはちがうことを理解してくれない。

初めて会った日のことをよく覚えている。幼稚園の入園初日だ。ヴィクトリアはわたしに近づいてくると、まだくびれていない腰に両手をあてて、いまからわたしたちは親友よと言ったのだ。ヴィクトリアは紫色のTシャツにオレンジ色のジーンズと緑色の靴下をはき、短い黒髪を逆立てていた。その日は母がオペラのツアーに出ていたので、父は入園初日の準備にまじめに取り組んでいた。一生懸命にわたしの髪をとかし、目が吊りあがるまで髪を引っぱってポニーテールに結ったのだ。わたしは茶色のワンピースに茶色のセーターを着て、茶色の靴下と黒い靴をはいていた。そして、ヴィクトリアを見あげて――当時すでに、彼女はわたしより背が高かった――〝いいよ〟と答えた。たぶん、ほかに何と言ったらいいのかわからなかったから。

それ以来、わたしたちはずっと親友だ。

マティーとわたしはヴィクトリアの車を待つために、道路のほうへ歩きはじめた。昨夜ひと晩でかなりの雪が降り、公園には足跡ひとつない新雪が広がっていた。東では弱々しい白っぽい太陽がやっと木々を照らしはじめたところで、北にはオンタリオ湖が水平線まで黒く広がっている。野外音楽堂横にある町のクリスマスツリーの明かりに近づいたところで、わたしは懐中電灯を消した。

道路の近くと野外音楽堂の周囲はひとと犬の足跡で雪がかき乱されていたので、ヴィクトリアを待っているあいだ、マティーに思う存分においを嗅がせることにした。

二分もすると、ヴィクトリアがいつもベーカリーの配達に使っている白い小型バンでやってきた。マティーとわたしは助手席に飛びのった。うしろに座席はなく、パンのあいだにマティーを乗せるわけにもいかないので、わたしは膝に抱いてその上からシートベルトを締めようとした。だが、簡単にはいかなかった。マティーはヴィクトリアが大好きで、運転を手伝うつもりでいるからだ。こうなると、もうわたしの仇敵《きゅうてき》キャンディス・キャンベル巡査に出くわさないことを祈るだけだ。キャンディは大喜びでシートベルトの不適切な使用で違反切符を切るだろうから。

「あと一週間たったら」わたしはマティーの頭の上からまえを見ようとしながら、もごもごと言った。「もっと大きくなって、この方法は採れなくなるわね」

「まだ小さなうちに楽しんでおきなさいな」ヴィクトリアは小型トラックのまえにぎりぎりで車を割り込ませた。小型トラックとは数センチしか離れていない。「とりあえず、母はレベッカにいつもそう言っているわ。双子の片方がミルクを吐きだしている隣で、もうひとりがもっと飲ませろって泣いているから、レベッカは〝もっとひどくなるの?〟って言っているけど」

「そろそろ白状して」マティーが膝でやっと落ち着いて外の景色を眺めはじめると、わたしは言った。「いったい、何なの?」

「これから配達なの。あなたも一緒にきたいんじゃないかなと思って。マティーも外の世界を探検できるし」

「あなたが配達するの? ライアンの具合でも悪いの?」ライアンはヴィクトリアのいとこのひとりだ。いつも朝はライアンがトラックを運転して配達するのだ。

「ううん。ライアンにはこの商売についてもっと教えたほうがいいと思ったから、マージョリーおばさんが朝食の準備を手伝わせているのよ」

ヴィクトリアがギアを低速に入れて道の真ん中でUターンすると、車はタイヤをきしらせ、片側の車輪だけで町の外へ飛びだしていった。わたしはマティーにひしと抱きついた。

わたしは探偵でも何でもないけれど、どこへ配達に行くのかすぐにわかった。「どうしてわたしを〈ユーレタイド・イン〉へ連れていくの?」

「言ったでしょ、ドライブを楽しめるんじゃないかと思ったって」ヴィクトリアはほとんどスピードを落とさないまま、もう一度ギアを入れかえて〈ユーレタイド・イン〉のきちんと除雪されて砂がまかれた私道に車を入れた。わたしは背中を座席に押しつけ、足を助手席の床で踏んばった。

「ブレーキを踏んでくれなくてもいいのよ」ヴィクトリアが言った。

「踏むわよ」

マティーが小さくうなった。

ヴィクトリアはホテルの裏へまわる小道に乗り入れ、粗大ゴミ置き場とゴミ箱の隣に車を停めた。まえのバンパーの一部が欠けている小型車と、幸せな家族が乗っていることを想像させる、人形が飾りつけられたバンの隣に、ぴかぴかに輝くシルバーのBMWが駐まっている。

「いい車」わたしは言った。「シェフってもうかるのね」

「あら」ヴィクトリアは言った。「マークの車だと思う？　こんなに早くから何をしているのかしらね」

「ヴィクトリア、どうしてわたしを連れてきたの？」

彼女はため息をついた。「マークのことがすごく好きだから。だから、怖いの。わかった？」

わたしはヴィクトリアの手に触れた。「わかった」

マークは自らわたしたちを迎えてくれた。二時間も寝ていないだろうに晴れやかな顔をしているし、きびきび動いている。それに、わたしたちと会えてうれしそうだ。つまり、ヴィクトリアに会えてということだけれど。わたしはおじゃまだったかも。マークは百八十センチちょっとの身長で、ヴィクトリアとはお似あいだ。ふたりは異性でも好きになれる相手がいることに気づいた六年生のカップルのように互いににっこり笑いあった。

わたしはマティーを車から降ろさなければならなかった。そうしないと自分も降りられないから。マティーはないがしろにされるのを許せるたちではなく、楽しそうに吠えながらマークのほうへ駆けだした。

マークはヴィクトリアから視線を引きはがした。「やあ、ひとなつっこい子だね」しゃがんで、興奮しているマティーの頭をなでた。「きれいな犬だ。いくつ？」

「三カ月」わたしは答えた。

「三カ月！　じゃあ、まだまだ大きくなるね」

「そのとおり」

ヴィクトリアがにっこり笑った。頭のなかが読めそうだ。車好きで犬好きで、料理ができて、おまけにイケメン。マーク・グロッセはヴィクトリアの理想ぴったりの相手とまではいかないとしても、かなり近い。マークはマティーの尻をやさしく叩いて立ちあがった。「まだほかにも配達先があるんだろう？　パンを運ぶのを手伝うよ。うちの分はぼくが持っていく。そうすれば、このまま配達にいける」

ふたりはまだほほ笑みあっている。「わたしが運びましょうか？」わたしはついに言った。

「ああ、悪いね」マークが答えた。

犬は厨房に入ることを禁じられているので、わたしはマティーをバンの助手席に乗せてから、たっぷりと種がかかったウィートブレッド、薄い生地でできているクロワッサン、長細いバゲット、ふっくらとしたジンジャーブレッドケーキ、そして当然ながらトナカイ形ジンジャーブレッドクッキーの詰めあわせがのったトレーを運ぶのを手伝った。広い業務用厨房は清潔できちんと整頓されていた。ステンレスはぴかぴかに磨きこまれている。ふたりのウエイトレスはすでに仕事中で、コーヒーを淹れ、大皿にのせる果物を切っていた。厨房にはマフィンが焼けるにおいが漂っている。レストランは昼にならないと開店しないが、ホテルの宿泊客に簡単な朝食を出すのだ。わたしたちは厨房の真ん中のアイランド型カウンターにトレーを置いた。

「おいしそうね」ウエイトレスのひとりが言った。「きのうもクロワッサンをほめられたのよ」

「おはよう、おはよう。ひとが早起きして元気に仕事に精を出している様子を見るのは、いつだって楽しいものだね」ゴードン・オルセンがダイニングルームとのあいだを隔てているスイングドアから入ってきた。とつぜんの乱入にマークの整った顔がこわばったところを見ると、雇い主の息子とはもう顔をあわせているらしい。

ヴィクトリアは何も気づかず、にっこり笑ってまえに進みでた。「ルドルフで〈ヴィクトリアの焼き菓子店〉を経営しているヴィクトリア・ケイシーです」

ふたりは握手をした。

「お父さんのことを聞きました。お気の毒に」ヴィクトリアは言った。「でも、快方に向かっているようですね」

「たぶん」ゴードンは答えた。「でも、回復はゆっくりで、きっと長くかかるでしょう。ミズ・ケイシー、あなたに会えてちょうどよかった。あとで電話しようと思っていたんです。まだカリフォルニア時間のままなものだから、ゆうべは遅くまで起きていて、何とか父の仕事をそのままうまく引き継ごうと考えた。でも、残念ながら無理なんだ。もし父が仕事に復帰できなかったり、復帰する意欲を失ったりしたらどうなってしまうのか、ぼくらは考えなければならない」もったいぶって間をあけてから続けた。「きみの店の商品はあまりにも高い」

「高い？　うちの商品はすべて店で焼いていることを考えれば、高くなんてないわ。最高の品質の材料しか使っていないし、できるかぎり地元のものを手に入れているんだから」

「ヴィクトリアの焼き菓子は最高よ」ウエイトレスが言った。「みんな、そう言っているわ」

「はいはい、そうだろうとも」ゴードンは手をふってウエイトレスの言葉を一蹴した。「確かにそのとおりなんだろうが、効率化を図るなら、レストランから手を着けることになる。そうなれば、きみと仕入れ値の交渉をせざるを得ない」

「ちょっと待った」マークが口を開いた。「厨房はぼくの管轄だ」

「料理がきみの管轄だ」ゴードンは言った。「法外なきみの給料についてもあとで話しあおう」

「ぼくは……」

ヴィクトリアはマークの言葉をさえぎった。「価格交渉なんてごめんよ。というより、交渉のやり直しはしないと言ったほうが正確かしら。価格はすべて、このホテルに商品を納めることになったときにジャックとグレースと交渉したうえで決めたものよ。うちの価格は適正だわ。わたしには経営しなければならない店も、給料を支払わなければならない従業員も、買わなければならない材料や消耗品もあるし、支払わなければならない家賃だってあるんだから」

「そんなことはぼくには関係ない」ゴードンが言った。「そうだな……価格をいまより五十パーセント下げてもらえないなら、焼き菓子とパンはほかから調達する」

「五十パーセント！　ばかを言わないで。それならただであげたほうがまだましよ」

「言うわね！」ウエイトレスが言った。

ゴードンがウエイトレスのほうを向いた。「きみたちにはやるべき仕事がないのか？　きみたちの雇用だって見直しをするつもりだ」

ウエイトレスふたりは果物を盛りつけた大皿を持って、そそくさとダイニングルームへ出ていった。

「そんなのは考えるまでもない」マークが言った。「ぼくの店で大量生産品のパンやデザートを出すつもりはない」

「そうなると、もうすぐきみの店ではなくなるかもしれないな。ゆうべ、きみの契約書も読んだんだ」

マークの身体がこわばると、ゴードンはかなりの身長差を埋めあわせようとして伸びあがった。ふたりはまるで頭を下げて角で突くまえに互いのことを見極めあっている二頭のヘラジカのようで、一瞬わたしはふたりが殴りあいをはじめるのではないかと考えた。烈火のごとく怒っているヴィクトリアも加わって。

そのとき、スイングドアがまた開いて、グレース・オルセンが厨房へ入ってきた。真紅のパンツスーツをきちんと着て、髪も化粧も完璧に整えていたが、どんなに身なりを整えても、冬の暗雲の色をした目の下の隈と口もとの陰のある細いしわは隠せなかった。

「いったい、どうしたの?」グレースが言った。「ダイニングルームにいても、あなたたちの声が聞こえたわよ。そろそろ朝食のコーヒーとペストリーを提供する時間なのに」

「あなたには関係ありません」ゴードンが言った。

「関係ないかどうかはわたしが決めます」グレースは答えた。

「あなたの言うとおりだ、グレース。このひとたちには自分の仕事をしてもらいましょう」ゴードンはグレースの肩に腕をまわした。グレースはその手を払った。「このホテルはあなたにとって、とても大切なものでしょう」ゴードンはサンタクロースになった父がむずかる二歳の子どもを膝に乗せるときに使う声色で続けた。「だから、ここであなたを手伝うことができて、とてもうれしいんですよ。でも、父が作成した委任状によれば、いまこのホテルを託されているのはぼくだということを忘れないほうがいい」

「冗談でしょ」グレースは言った。「ジャックの入院中に重大なことなんて決められないわ。

きっとすぐに退院するし、そうなればすべていままでどおりに戻るんだから。あなたにお願いしたいのは――」あくまでも社交辞令であり、本気でないのは顔を見ればわかった。「――わたしがジャックに付き添っているあいだのホテルの日常業務だけだから」

ゴードンはため息をついた。「グレース、ぼくたちには父さんがよくなるよう祈ることしかできない。でも、父さんが仕事に復帰するまで、ぼくは父さんの信頼に応えるために、できるだけのことをするつもりだ。父さんのためにやっているんだ。もちろん、あなたのためでもあるけど。これから病院？　何も心配いらないと伝えておいて。ぼくは呑みこみが早いから」

ゴードンはグレースと一緒に歩きはじめ、ふり返って言った。「五十パーセントだ、ミズ・ケイシー。お昼までに決めて連絡してほしい。もし必要になったら、明日のパンをほかの業者に注文しないといけないから。このあたりにはうちとの取引を望む業者はいくらでもあるからね」

ヴィクトリアは驚きのあまり呆然としていた。

グレースと義理の息子が出ていき、スイングドアが閉まった。「何てこと……」それ以上、言葉が出てこなかった。

「無理よ……」ヴィクトリアが言った。

「そうよね」

「だいたい、そんな値引きをする必要なんてない」マークが言った。「きみの店のパンにはそれだけの価値がある。〈トゥインキー〉みたいな大量生産のスポンジケーキを出すはめになったら、ぼくはその日にエプロンをはずすよ」

「〈トゥインキー〉にスプレーのホイップクリームをかけて出すのかしら」わたしは言った。

「何だい？」

「ううん、気にしないで」

ウエイトレスたちがそっと戻ってきて、尋ねるような目でマークを見た。

「何も心配いらないから」マークはそう言ったが、ふたりは信じていないようだった。

「きみたちも仕事に戻らないと」マークは言った。「出口まで送るよ」

「本当にゴードンにできるの？」わたしは訊いた。「これまでとやり方を変えるなんてことが」

「わかってもらえるよう話してみるよ」マークは言った。「でも、ぼくが話したところで何か変わるのかはわからない。ジャックが早く回復してくれることを祈ろう。ぼくはこのホテルにくるために、ニューヨーク・シティの店を辞めてきたんだ。アパートメントを売って、家財道具一式を持って。だから、ここの仕事は必要だけど、ゴードンの下で働けるとは思えない」

「わたしにはこのホテルとの取引が必要よ」ヴィクトリアは言った。

マークはヴィクトリアを抱きよせた。ヴィクトリアが首もとに顔をうずめると、マークはわたしを見た。

「マティーの様子を見てこないと」わたしは厨房からそそくさと出た。

町へ戻る車のなか、ヴィクトリアとわたしはほとんど口をきかなかった。わたしの家のまえで車が停まると、わたしは口を開いた。「もし〈ユーレタイド・イン〉との取引がなくなったら、かなりの痛手になる？」

ヴィクトリアは肩をすくめた。「痛手がないとは言えないでしょうね。繁忙期ほど観光客がこないショルダーシーズンの大きな収益源なのよ。だからといって言いなりになるつもりはないけど。マークは好きなように料理をつくらせてもらえなければ、きっと辞めるでしょうね」

わたしはヴィクトリアの膝を叩いた。「何かできることがあったら、電話して」

ヴィクトリアは無理をしてほほ笑んだ。「わかった。ありがとう、メリー」


週末に近づくにつれて、店は繁盛しはじめた。金曜日にはルドルフの目抜き通りであるジングルベル通りを車が絶えることなくゆっくりと進むようになり、ジャッキーとわたし、それにアルバイト店員のクリスタルはかなり忙しく、わたしはとても満足だった。

「大晦日はどうするの？」土曜日の朝の準備をしているとき、ジャッキーが訊いた。

「さあ、まったく決めてないの。クリスマスの次の日まで生きていられたら、そのときに考えるわ」クリスマスはわたしらしくもなく衝動に駆られて、自宅でパーティーを開くことにした。母と父、弟のクリスとわたしだけなら、簡単だろうと考えてのことだ。母がクリスマスをひとりで過ごすひとたちを招待することを忘れていた。いま、招待する客は十二人まで増えていた。うちには十二枚の皿さえないのに。「大晦日までには、家で静かに夜を過ごせるようになっているでしょうから」

「ええっ？　大晦日にデートしないなんて嘘でしょ！　そんなの、最悪よ」

「ご心配ありがとう」わたしは鼻を鳴らして言った。「でも、大晦日を特別だと思ったことなんて一度もないのよ。カレンダーに載っている一日に過ぎないって感じ」

「嘘ばっかり」ジャッキーは言った。「わたしはカイルと一緒にジョーニーの家でやるパーティーへ行くの。よかったら、きてもいいわよ」

これ以上気が進まないことが思いつかない。たとえ、デートの相手がいないことに同情して仕方なく誘ってくれただけではないとしても。ただ、正直に言えば、年が明けたときにフランネルのパジャマに暖かい靴下をはいて犬と一緒に丸くなっている姿を想像すると、ほんの少し物悲しい気持ちになった。

去年はマンハッタンに住んでいて、大晦日はこのうえなく華やかだった。婚約者同然だった恋人、そしてふたりとも勤めていた雑誌社の同僚たちと一緒に、ニューヨーク・シティでもいちばん人気のレストランで過ごしたのだ。牡蠣やロブスターを食べ、正真正銘のシャンパンを飲んだ。ドレスと靴に千ドルの大金を払い、髪とネイルと化粧に二百ドルをかけた。そんな高級レストランに行ったのは、雑誌社の経営者だったジェニファー・ジョンストンがわたしが所属していた部署にボーナスとして、その一夜をプレゼントしてくれたからにほかならない。レストランには映画界の話題を独占していた夫婦（と驚くほど行儀のいいたくさんの子どもたち）や、上院議員たちや、もと国務長官もきていた。

それが一年でこんなにも状況が変わるとは。ジェニファーは引退し、新しい経営者は独創的なスタッフのほとんどを会社から追いだした。浮気をした婚約者同然だった恋人はいまや、甘やかされたジェニファーの孫娘の婚約者だ。わたしは雑誌社を辞め、故郷に戻り、〈ミセス・サンタクロースの宝物〉を開いた。去年のドレスはクローゼットの奥で埃をかぶっている。足がとても痛くなった靴はチャリティー・ショップに寄付した。そして有名人と同席しない、一年で最も盛りあがる夜が目前に迫っている。一緒に過ごすのはテレビと、よだれまみれのキスをしてくる犬。

それに、ヴィクトリアだ。何も約束はしていないけれど、何となく一緒にタイムズスクエアのボール・ドロップをテレビで見ることになりそうな気がしていた。ただし、ヴィクトリアが意味深長な目でマークと見つめあっていたことを考えると、深夜零時に乾杯するのはマティーとわたしだけになる可能性が高いけれど。

土曜日の午後遅く、店の入口の鐘が鳴ってドアが開き、ふたりの女性が入ってきた。どちらも五十代前半で、黒のコートに色鮮やかなスカーフを巻いている。外では雪が静かに降っており、髪と肩に白い斑点がついている。ひとりは背が低くてやわらかな丸みを帯びたやさしげな身体つきで、もうひとりは父が「コップみたいな痩せぎすののっぽ」と呼ぶような体型だ。ふたりが笑いかけてきたので、わたしも笑い返した。

「ようこそ、〈ミセス・サンタクロースの宝物〉へ」

「何てかわいらしいお店かしら！」背が低い女性が言った。

「町のすべてがかわいらしいわ」痩せっぽちが言った。

「ルドルフは初めてですか？」

「ええ」痩せっぽちが手を差しだした。「キャシー・ボーマンよ。こちらはアーリーン・ヴィーン」アーリーンは礼儀正しく会釈すると、アクセサリーが飾られているほうへ歩いていった。キャシーは話しつづけた。「こちらにこられて、本当にうれしいの。フレッドが――主人がね――急に二日ほど出かけることになったと言いだしたときは、それはもう腹が立ったんだけど。だって、そうでしょ？　クリスマス直前に出張なんてねえ。あり得ないでしょ。許せるはずがないわ。幸いなことに、子どもたちは――三人いて、孫は五人いるんですけどね――クリスマスイブまでこない予定だけど、もちろんやらなければならない準備はたくさんあるし。孫たち、それに子どもたちまで、わたしが焼く昔ながらのクリスマスクッキーやケーキを楽しみにしているの。それがいやなわけじゃないのよ、もちろん。でも、アメリカのクリスマス・タウン、ニューヨーク州のルドルフへ行くとフレッドに聞いたとき、こう言ったの。〝フレッド、わたしも連れていって。そうしたら、買い物ができるじゃない！〟って。そうよね、アーリーン？」

アーリーンは「そうね」とか何とかつぶやき、雪だるまの形につくられた繊細なシルバーのイヤリングを手に取った。そのイヤリングをつくったのはアルバイト店員のクリスタルで、来年の秋からニューヨーク・シティで美術とデザインを学ぶ予定になっている。

「それにね」キャシーの話はまだ続いた。「フレッドがやっと折れてついてきてもいいと言ったとき、ジムも一緒だと聞いて、すぐにアーリーンに電話して一緒に休暇を過ごそうと誘ったの」わたしを見てにっこり笑った。

「すてきですね」わたしは言った。

「一緒にこられて本当によかったわ。何てすてきな町かしら。わたしはクリスマスが大好きなの。クリスマスは何度過ごしてもあきない。そうよね、アーリーン？」

「これ、着けてみてもいいかしら」アーリーンが訊いた。

わたしは手伝いに動きかけたが、ジャッキーに先を越された。キャシーのおしゃべりからは逃げられなかった。

「〈ユーレタイド・イン〉に泊まっているの。うっとりするようなホテルよ。部屋が取れてついていたわよね、アーリーン？　満室だったけど、キャンセルが出たらしくて。とても人気があるホテルだとわかってよかったわ」

キャシーの話を聞いて、わたしは母に電話をしてジャックの様子を訊いてみるつもりだったことを思い出した。両親からはジャックの術後の経過は良好で、グレースは慎重にかまえつつも、クリスマスまでには退院できるのではないかと楽観的に考えていると聞いていた。

そしてゴードンは宣言どおりヴィクトリアの店に注文するのをやめた。町の噂では、きのう全国チェーンのパンメーカーのトラックが〈ユーレタイド・イン〉に停まり、ゴードンとマークが大げんかをはじめたそうだ。マークが辞めると脅すと、ゴードンは辞めたいなら辞めろと答えたらしい。

「当然よね」キャシーの話は続いていた。「人気のないホテルだったら、フレッドが見にきたって時間の無駄になってしまうわけだから」

その言葉に注意を引かれた。「ご主人はなぜこの町にいらしたんですか？　どんなお仕事で？」

キャシーの平べったい胸がほんの少しふくらんだ気がした。「フレッドは〈ファイン・バジェット・インズ〉の事業拡大を担当する責任者なの。もし主人の会社が〈ユーレタイド・イン〉の経営を引き継いだら、いつでもここにこられるわ。そうなったら、本当にすてき」

「キャシー！」アーリーンがテーブルにイヤリングを置いた。「町のひとに話したらだめじゃない！　まだ秘密なんだから」

キャシーは不安そうに目を見開いた。「あら、いやだ。忘れていたわ。すっかり調子に乗ってしまって。いつか、その舌で墓穴を掘ることになるぞって、いつもフレッドに言われているのに。誰にも言わないわよね？」

「ええ」わたしは横目でジャッキーを見た。口がぽかんと開いている。

「フレッドにものすごく叱られるわ」キャシーの目に涙が浮かんできた。「本当はわたしを連れてきたくなかったんだもの。おまえは口を閉じていられないからって。でも、ひとりぼっちで家にいたくなかったのよ！　クリスマスがくるのにひとりだなんて。ロンダが、末娘が結婚してから、家ががらんとしてしまって」

「キャシー」アーリーンがしっかりとした口調で言った。「あそこのテーブルの電車を見て。ジェイミーの誕生日は一月でしょう？　あれをプレゼントしたら喜ぶんじゃない？」

キャシーは足早にテーブルに近づいた。

「地元の職人の手作りです」わたしは説明した。「熟練した本物の職人が愛情をこめて、細部までていねいに仕上げています」

「孫娘が気に入りそうだわ」キャシーはそう答え、買い物熱にスイッチが入った。

店を出るとき、キャシーとアーリーンは〈ミセス・サンタクロースの宝物〉の袋をたくさん抱えていた。

「とんでもないおしゃべりね」ドアが閉まると、ジャッキーが言った。

わたしは考えこんでいたので、返事をしなかった。ホテルチェーンが〈ユーレタイド・イン〉の買収を考えているということ？　当然、ゴードン・オルセンはすぐに決めたいだろう。グレースは知っているのだろうか？

「少し、出てくるわ」ジャッキーに言った。「店をお願い」

自宅はほんの数ブロックしか離れていないので、店には車でこない。でも、きょうは車でくればよかった。わたしは走りだしながら、携帯電話を取りだした。「パパ、いまどこ？」

「町議会だ。これから予算委員長との会議なんだ」

「中止にして。十五分で迎えにいくから」

「重要な会議なんだよ」

「お願い。ぜったいにこっちのほうが重要だから」

わたしはジングルベル通りを走り、近道をして公園を突っ切って、野外音楽堂と飾りつけをされた大きなクリスマスツリーのまえを通りすぎて自宅へ向かった。雪が激しくなり、世界を白くやわらかに変えている。わたしの家はルドルフがオンタリオ湖の重要な港として栄えていた時代に建てられたヴィクトリア朝様式の古い邸宅の二階の半分だ。わたしは私道を急ぎ、階段を駆けあがった。マティーはケージのなかで、鍵が開いて階段をのぼってくる音を聞きつけて耳をぴんと立て、目を輝かせて尻尾をふっていた。

「ごめんね、マティー。時間がないの」

運転免許証と車の鍵が入っているバッグをつかんで、またドアへ向かった。置いていかれると気づいたマティーの哀しげな鳴き声を必死に無視した。クリスマスの朝、靴下に石炭が入っていても、こんなにがっかりした声で鳴かないだろう。

町庁舎の階段の下では父が待っており、わたしは車を停めた。車に乗りこむなり、父が訊いた。「いったいどうしたんだ、メリー?」

「ゴードン・オルセンが〈ファイン・バジェット・インズ〉と〈ユーレタイド・イン〉売却について交渉しているの」

「どうして、そんなことを知っているんだ?」その言葉からは、口には出さないがわたしへの信頼がよく伝わってきた。「本当なのか?」

「おしゃべりなお客さまが店にきたの。その女性とお友だちはご主人たちと一緒に〈ユーレタイド・イン〉に泊まっているんですって。どうやら、ご主人たちはいつもは出張に奥さんを連れていかないらしいんだけど、今回は急に決まったことで、しかもクリスマスシーズンのルドルフだから、同行することにしたらしいわ。それで、奥さんは秘密をもらさずにいられなかったみたい」

「ジャックはまだ入院しているというのに、息子がこっそりホテルを売るというのか。グレースが許すとは思えんな」

「それだけじゃないの。木曜の朝、ヴィクトリアと〈ユーレタイド・イン〉へ行ったら、ゴードンがもうヴィクトリアの店からはパンを仕入れないと言ったのよ。パンメーカーからもっと安い商品を仕入れられるからって。新しいシェフのマークがそれなら辞めるって言ったら、ゴードンは勝手にしろと言ったの。〈ユーレタイド・イン〉が売却されたら、もちろんレストランも一緒に売られてしまうのよね」

「あまりいい話ではないな」父が言った。「〈ファイン・バジェット・インズ〉が悪いわけではないが、バジェットホテルは低価格が売りだ。ルドルフにも周辺にも手ごろな価格帯の宿泊施設がすでにたくさんある。〈ユーレタイド・イン〉は富裕層向けで、レストランも〈ア・タッチ・オブ・ホリー〉と並ぶ、特別な機会の上質な食事を提供している。ルドルフにはあらゆる所得層のひとたちにきてもらう必要があるんだ」

「どうするつもり？」

「グレースに話すよ。知らせたほうがいい。グレースがこの話を知っていて承諾しているなら、我々にできることはない。だが、ゴードンがグレースにもないしょで動いているなら……」

〈ユーレタイド・イン〉が近づいてきて、わたしは車の速度を落とした。「どうして、グレースじゃなくてゴードンがジャックの代理人としての権利を持っているのかしら」

父はため息をついた。「ジャックたちは大っぴらにしたがらないんだが、グレースは二年まえにがんを患ってね。がんは必ずしも深刻なものばかりじゃないが、グレースのはかなり厄介なんだ。いまは回復して体調もいいが、がんが再発したら、グレースはホテルの経営には携われないだろうと、ふたりは考えている」

〈ユーレタイド・イン〉のクリスマスらしい看板に近づき、長い私道にゆっくりと車を入れた。路肩に車が三台停まり、庭のはしに数人が立っていた。ゴードンとレニーがふたりの男と話している。車が通りすぎるとき、ゴードンは広い庭のほうを身ぶりで示していた。彼はわたしたちに気づかなかったけれど、レニーは気づいた。けれども、ほほ笑みもしなければ、手もふらなかった。

「〈ファイン・バジェット・インズ〉の人間だと思うか？」父が訊いた。

男のうちひとりは長身で体格がよい中年のアフリカ系で、もうひとりはわたしと同じくらいの年の白人だ。「お店にきた女性たちのご主人には見えないわ。といっても、ぜったいとは言えないけど」

「あそこに停まっているのはママの車じゃないか？」

確かに母の車で、母はグレースとお茶を飲んでいた。オルセン夫妻はホテルの裏にある、森を見おろすすてきなコテージに住んでいるのだ。

「ノエル、メリー。驚いたわ」玄関に出てきたグレースが言った。「もちろん、うれしい驚きだけど。さあ、入って。お茶を飲んでいるところだけど、もっと強いものがよければ……」わたしたちはグレースに案内されて居間に入った。よい香りがするバルサムモミのクリスマスツリーが飾られ、やわらかな白い電球が光って、飾りがきらめいている。母は上等な青い布が張られた優雅なウイングチェアにすわっていた。作り物の薪が勢いよく燃えているガス暖炉の反対側に、そろいの椅子が置いてある。サイドテーブルには陶磁器のティーセットが用意され、その横の二基の頑丈そうな鉄の燭台では、かすかにバニラの香りがするキャンドルが燃えていた。フレンチドアの向こうには広いデッキがあるが、いまは空っぽで足跡ひとつない新雪に覆われており、その向こうには周囲をフェンスに囲まれた中庭、そしてホテルの敷地との境になっている暗い森がある。

「いや、けっこうだ。ありがとう」父は答えた。母は父と目を見交わした瞬間に、何かを察したようだった。両親は口にしなくても考えを伝えることができ、その技を見せられるたびに、わたしもほかの三人のきょうだいたちもひどく腹が立つのだ。

「ジャックはどうだい？」父が訊いた。

「集中治療室から出られるくらいには回復したわ」グレースが答えて、腰をおろした。「お医者さまたちもとても喜んでくれて。最近はすぐに患者を退院させるのね、びっくりしたわ。このまま順調に回復すれば、月曜日には退院できるそうよ」

「よかった」父が言った。「グレース、わたしが口を出す問題じゃないことは承知しているが、率直に言わせてほしい」

グレースは片手を頰にあて、美しいグレーの目を不安そうに見開いた。「ジャックのこと？　わたしがお医者さまから聞いていないことで、何か知っていることがあるの？　何度も病院に行っているけど、ジャックはいつもぼんやりしているの。それが心配で。お医者さまたちはよくある反応だと言うけど、普段のジャックを知らないわけだし。ジャックはひどく疲れているとき以外は、とても元気で陽気なひとだから」

「いやいや」父は慌てて言った。「ジャックのことは何も聞いていない。彼のことじゃないんだ。ほら、ルドルフではすぐに噂が広まるだろう。このホテルが売りに出されたって話を耳にしてね」

緊張していたグレースの顔がやわらいだ。グレースはほっとして椅子に寄りかかった。

「ばかばかしい。ジャックもわたしもこのホテルを売ることなんて考えてもいないわ。ここはジャックの命だし、いつも一文なしになるまでここでがんばると言っているのよ。いまはゴードンに手伝ってもらっているけど、ジャックはすぐに復帰できるわ。お医者さまたちからも六週間かそこらで、ある程度の仕事なら復帰できるだろうと言われているの。ジャックが回復したら、日常業務を少し減らして、休暇が三日で終わったりしないように、正式な支配人を雇うことをあの頑固なおじさんに承諾させるつもりよ」

「ノエル、どうしてそんな話をしたの？」母が訊いた。父が口にするということは、根拠のない噂話ではないと知っているのだ。

「ホテルに〈ファイン・バジェット・インズ〉の人間がふたり泊まっている」

「ひとりは事業拡大を担当する責任者なの」わたしは言った。

グレースは手をふった。「何の意味もないわ。ノエル、うちのホテルには大勢のお客さまが泊まるのよ」笑いながら言った。「〈ファイン・バジェット・インズ〉のひとが〈ユーレタイド・イン〉で休暇を過ごしたいと思う気持ちはよくわかるもの」

「でも、もしかしたら」父はゆっくりと言った。「ふたりを招待したのかとゴードンに訊いてみたほうがいいかもしれない。きみの言うとおり、休暇を楽しんでいるだけかもしれないがね。もし、よかったら、わたしがゴードンに確かめようか」

「マーク・グロッセは辞めると言いだしているの」わたしは言った。「ゴードンがレストランの運営について口を出すのをやめないならって」

「辞めるはずないわ。まだ雇ったばかりなのよ。契約が残っているもの」

「契約は破棄できる」父が言った。「双方ともにね」

グレースは椅子の横の電話に手を伸ばした。「本当のところを確かめましょう」

母が席を立ちかけた。

「いいの」グレースが鋭い口調で言った。「ゴードンがよけいなことに首を突っこんでいるなら、あなたたちにもそばにいてほしいから」

グレースはひとことふたこと話すと、受話器を置いた。「ここにくるわ。わたしはもうお茶はたくさん。ノエル、スコッチを注いでもらえるかしら。あのキャビネットに入っているから」

ゴードンを待つあいだ、わたしたちは当たり障りのない会話を交わした。

「グレース、明日の夜は何か予定がある?」母が訊いた。「午前中、ノエルとわたしは車でロチェスターへ行くの。オペラのチケットを買ってあって、夕食の予約もしているのだけど、もし……」

「ありがとう、アリーン。でも、ジャックの退院に備えて、家の準備をしないと。看護師を雇って、一日数時間ジャックに付き添ってもらうつもりなの。そうすれば、ここにひとりきりでいるジャックを心配しないでホテルにいられるから」

ノックの大きな音が響いたあとドアが開き、レニーの声がした。「きたわよ」

「返事があってから入ってくるものでしょうに」グレースは小声で言ったが、顔には笑みを貼りつけていた。

「これはこれは! パーティーでも開いているのかい?」ゴードンは笑いながら足踏みをして、ぴかぴかに磨きあげられたハードウッドの厚板の床にブーツに付いた雪を落とした。コートは着たままで、椅子にもすわらない。「いったい、何事ですか? 客がきているんです。すぐに戻ると言ってきたから」

レニーは何も言わなかった。戸口に立ったまま、グレースをじっと見つめている。

グレースはスカートのしわを伸ばした。「あなたのお父さんは病気だけど、きっともとの身体に戻るわ。だから、ジャックがいないあいだに、このホテルを変えるのは一切やめておきましょう」

ゴードンはわたしをちらりと見た。「メリー、おとといの朝、あのパン屋の子とここにきたよな」

「あのとても腕のいいパン焼き職人兼ベーカリー経営者のことね」わたしは言った。

「きみがそう呼ぶなら、それでもいいさ。グレース、このホテルはそろそろ変化すべきなんだ」ゴードンは言った。「経営を合理化して、不要な出費を抑えないと」

「〈ファイン・バジェット・インズ〉に売るつもり？」

ゴードンの右目の上が痙攣《けいれん》しはじめた。

「誰から聞いたの？」レニーが口を開いた。

グレースは肩をすくめた。「誰だっていいでしょう。いったい、何をするつもり？」

「そんなに慌てることじゃないさ」ゴードンは言った。わたしが見るかぎり、グレースは慌てているどころか、氷が血管を流れているのではないかと思うほど冷静だった。「ホテルを〈ファイン・バジェット・インズ〉に売るつもりはないよ」

「そう聞いて安心したわ」グレースは見るからにほっとした様子で言った。

「フランチャイズに加盟するのよ」レニーが言った。

「何ですって!?」

「ぼくたち……いや、あなたたちが……ホテルの所有者であるのは変わらないけど、〈ファイン・バジェット・インズ〉が……運営を手伝うんだ。〈ファイン・バジェット・インズ〉の全米規模の宣伝力を利用できるし、長年のホテル経営で培ってきた実際的な知識だって……」

「だめよ」グレースは言った。

「グレース、これはどちらも得をする話なんだ」ゴードンは言った。

「そんな話を聞くつもりはないわ」

「じつを言うとね、グレース」レニーが言った。「あなたがどう思おうが、これっぽっちも関係ないの。お父さんの代理人はゴードンなんだから」

「父さんがひとりで行動できない以上、ぼくは難しい決断を下す覚悟がある」ゴードンが付け加えた。

「決断ね」父が言った。これまでゴードンを叱りつけなかったのだから、見あげた自制心だ。

「病気になったとたん、父親の生きる糧を売り飛ばすということか」

ゴードンは父のほうを向いてほほ笑んだが、顔に浮かんだ敵意は少しもやわらがなかった。

「父の意思はつねに考慮していますよ」

「それは……」父が口を開いた。

グレースが手をあげた。「ノエル、ちょっと待って。ゴードン、その言葉の意味を説明して」

ゴードンはグレースに笑いかけた。この状況を楽しんでいるのだ。「きのうの朝、父さんにぼくの考えを話したんだ。進めてくれって言ってたよ」

「まさか、信じられない」グレースは言った。

「そう言うと思ったわ」レニーが言った。「だから、看護師を呼んで証人になってもらったの。ゴードン、グレースに見せてあげて」

ゴードンは上着のポケットに手を入れた。そして一枚の紙を取りだすと、芝居がかった様子で広げた。「父さんと証人の署名がある。ホテルの資産と事業に関して必要な決断はすべてぼくが下すよう指示されている」

「ホテルを売るつもりなんてなかったはずよ！」グレースの冷静な態度は崩れつつあった。

「売るんじゃない。さっきも言ったとおり、フランチャイズ契約だ」

わたしはこの問題になってから、初めて口を開いた。「マーク・グロッセを雇ったのはジャックよ。そして、レストランにパンとペストリーを納入する契約をヴィクトリア・ケイシーと結んだのは、そのマークよ。あなたの思いつきで、何もかも変えられるはずがない」

ゴードンはあの笑みを浮かべて、わたしを見た。「ぼくと父さんの考えをきみに説明する義務はまったくない。でも、とりあえず説明するよ。合理化を進めればもっとたくさんの金を稼げると説明したら、父さんは承知した。好きにやれと言ったんだ」

「ジャックはこのホテルを愛しているのよ」グレースが言った。「それなのに、あなたは何も感じないの？」

「愛している？」レニーは言った。「いまのホテルを愛しているのはあなたじゃないの？おしゃれなホテル、一流のレストラン、有力でお金持ちのお客」ティーセット、赤々と燃えている暖炉の火、上等な家具、高価な美術品を眺めながら、応接間を見まわした。「お屋敷の奥方さまみたい」

「ずいぶんと差し出がましい意見だこと」母が言った。

レニーは鼻を鳴らした。「だって、あの有名なディーヴァ、アリーン・スタイナーが〈ファイン・バジェット・インズ〉の社長夫人とお茶を飲んだりしないでしょう？」

「もう、いい」父の声が響いた。「グレース、病院まで送っていくよ。ジャック本人と話したほうがいい」

「そんなに焦らないで」ゴードンが言った。「ホテルの話をするつもりなら同席するよ。お客には出直してくれるよう伝えるから」

「庭を案内しているところを見かけたわ」わたしは言った。「園芸好きなひとたちには見えなかったけど」

「あそこの敷地は、いまは雪をかぶっているだけだ。でも、すごく価値がある。有効活用すべきなんだ。ルドルフに欠けているものがひとつあるとすれば、大型小売店だ」

父がむせ、わたしは心配になって目をやった。

「敷地を見てもらうために〈メガマート〉のひとたちを招待したの」レニーが言った。

「正気か!?」父が叫んだ。

「とんでもない」グレースが言った。「欲に目がくらんでいるだけよ」

「ぼくは現実的な実業家だ」ゴードンが言った。「いまの経営方法では、きちんと利益が出ていない」

「わたしたちが生きていくのに充分な利益が出ているし、たくさんのひとを雇用しているわ」グレースが反論した。

「あの庭だけでも売却できれば……」

「あの庭も、このホテルも、レストランも、ルドルフにとって重要なんだ」父が言った。

「誇り高くクリスマス・タウンと自称している、この町にとって」

「なるほど、よくわかりました」ゴードンが鼻で笑った。「あなたはサンタクロースなんでしょ。さっさと、北極へ帰ればいい」

　母が息を呑んだ。

「きみにこの町を壊させたりしない」父は言った。「ルドルフを象徴するものを壊して、産業が撤退して死にかけている活気のない町にさせたりするものか。ぜったいに止めてみせる。どんな方法をとっても」

「まるで脅しね」レニーが言った。

「何とでも好きなようにとるといい」父は言った。

「脅しだろうがなんだろうが」ゴードンは言った。「あなたにも、ここにいる義理の母にもできることはありませんよ」

3

「わたしたち、本気だから」レニーは言った。

呆然としているわたしたちを残し、レニーとゴードンは出ていった。

「グレースを病院へ送っていく」父が申し出た。

「行く必要なんてないわ」グレースは言った。

「いや、行ったほうがいい」

「今朝、病院に行ったとき、ジャックは何か言わなかったの？」母が訊いた。「ホテルの経営と敷地について」

グレースは首をふった。手が震えている。顔色がひどく悪く、わたしはグレースががんを患っていたことを思い出した。「何も言わなかったわ。とてもだるそうで、まわりのことにまったく関心がないようだったから、心配になったの。あんなのはジャックらしくない。ノエル、アリーン、あなたたちはジャックのことを知っているでしょう。生き生きとしていて、楽しいひとよね」涙がこぼれ落ちた。

「ゴードンはどんな仕事をしているの？」母が訊いた。

「よく知らないのよ。本人は〝コンサルティング〟だと言っているわ。企業がほかの企業を買収したり売却したりするときに手を貸していると、ジャックから聞いたことがあるけど」

「ものすごい速さで動いているわよね」わたしは言った。「もう〈ファイン・バジェット・インズ〉とも〈メガマート〉とも契約しているかもしれない」

「勝負の仕方をわかっているようだな」父が言った。

「ゴードンはわたしが嫌いなのよ」グレースは言った。「彼のお母さんの影響だと思うけど。ゴードンはめったにジャックを訪ねてこなかったし、訪ねてくると、必ずけんかになった。ジャックはわたしと結婚するために、ゴードンのお母さん、カレンと離婚したの。ふたりの結婚生活はわたしのせいで壊れたわけじゃなくて、もう破綻していたんだけど、カレンはそうは思わなかった。二年まえにカレンが亡くなったとき、ゴードンとジャックの仲がうまくいくようになればいいと願ったけど、そうはならなかった」

わたしたちは玄関のクローゼットまで行き、コートと手袋と帽子を身に着けてブーツをはいた。

「アリーン、メリーの車で帰ってくれないか」父が言った。「そうすれば病院に行ったあと、グレースをここまで送ってきて、きみの車で帰れるから。メリー、いいかい？」

「もちろん、喜んで」わたしは答えた。

わたしは母を乗せて車を出した。

真っ暗な空から雪が落ちてくる。ホテルと庭の照明はクリスマスの魔法で明るく輝いているけれど、わたしたちの誰ひとりとしてお祭り気分にはなれなかった。

「明日のオペラと夕食はキャンセルするわ」母が言った。「オペラのチケットは欲しがるひとがいるだろうから」

「本気なの？」わたしは言った。「問題はすべて解決するかもしれないわよ」

「ジャックが正気にかえって、ゴードンにホテルを売却させたりしないとグレースに言ったら……」

「フランチャイズへの加盟ね」わたしは訂正した。

母は不満そうに続けた。「……ゴードンは猛烈に腹を立てるでしょう。どちらにせよ、グレースをひとりにしたくないの。ゴードンを信用できないのよ」携帯電話を取りだした。

「いまはパパがグレースのそばにいるから、明日の夕食は〈ユーレタイド・イン〉で予約するわ。あっという間に噂が広まっても、グレースは何食わぬ顔でいなければならないでしょ。この週末、ラスと会う？」

「どうして、わたしが彼と会うわけ？」

「最近、うまくいっているようだから。ハンサムだし、結婚相手によさそうだし、きちんと職に就いているし。それに、あなた、もう三十を過ぎているのよ」

ラスことラッセル・ダラムは《ルドルフ・ガゼット》紙の新しい編集発行人だ。母が挙げた長所に加え、ひとあたりがいいし、気のあるそぶりを見せるし、実際にわたしに関心があると口にしている。でも、わたしはためらい、態度を決めかねていた。ラスは息をするのと同じくらいに気楽に言い寄ってくる男なのかもしれない。

それに、わが町の玩具職人であるアラン・アンダーソンの存在もある。アランはとても腕のいい木工職人で、家具やアクセサリー、装飾品からおもちゃまであらゆるものをつくり、〈ミセス・サンタクロースの宝物〉はその多くを仕入れている。アランはサンタクロースの助手を演じることも多く、おもちゃ職人の格好で羽根ペンを持ち、プレゼントのお願いを長い巻紙に書きつけて、子どもたちを喜ばせている。アランとわたしは高校時代にわずかな期間だけ付きあい、卒業後は別々の道を歩んだ。いま、わたしはこうして故郷に戻り、ときおりアランとやり直したいような気持ちになる。でも、アランは口数が少なくて内気で、ふたりの関係をどう思っているのかわからない。

もしかしたら、わたしは関係なんてものがないことがはっきりするのが怖いのかもしれない。

「そんなに知りたいなら言いますけど」わたしは母に言った。「ラスに会う予定なんてないわ。ほかの誰ともないけど」

「それじゃあ、週末は何をするつもり？」

「今夜は遅くまで店を開けておくつもりだし、明日は家でひとり静かな日曜日の夜を過ごすわ。やり残している仕事でも片づけるつもりよ」

「わたしたちと一緒に食事をする？」

「うーん……」

母はもう電話に向かって話していた。「明日の夜の予約をお願いします。五人で。ああ、そうね。もう一度、確認してもらえるかしら。こちらはアリーン・ウィルキンソンで、グレース・オルセンも一緒よ。ええ、八時でいいわ」電話を切った。

「五人？」

「ノエルとわたし。あなたとグレース。それに、アランに声をかけるつもりなの。あの工房でひとりきりで過ごすことが多いでしょ」

わたしは道から目を離して母を見た。母は物思いに耽《ふけ》っている顔で、窓の外をじっと見つめていた。

わたしが〈ミセス・サンタクロースの宝物〉に足を踏み入れた瞬間に、ベティ・サッチャーが飛んできた。わたしは母を家まで送ったあと、閉店までジャッキーを手伝うために店に戻ってきたのだ。ジャッキーがすぐさま〈ユーレタイド・イン〉を壊して大型スーパーを建てるというのは本当かと尋ね、ベティがその話を聞きつけた。「ホテルを売るっていうの？」金切り声で叫んだ。

「売るんじゃないわ」わたしは答えた。「フランチャイズ契約を検討しているだけよ。それもまだどうなるかわからないし」

ベティには聞こえていないようだった。「ルドルフにとって、〈ユーレタイド・イン〉はとても大切な伝統的なホテルよ。〈ユーレタイド・イン〉がなくなってしまったら、ルドルフはどうすればいいの？」

「新しいシェフがクビになったって話よ」ジャッキーが口をとがらせた。「まだ、きちんと挨拶もしていないのに。めちゃくちゃイケメンよね。料理ができる男とデートするって、どんな感じなのかしら」

「コックのことなんてどうでもいいわ」ベティは言った。「ジャックがホテルを売るなんて信じられない。メリー、お父さんに何とかするよう言って」

「父には何もできないわ」わたしは言った。「どちらにしても、ホテルを売りたがっているのはジャックではなくて、息子のゴードンのほうだから。それに、ゴードンが売ろうとしているのはホテルじゃなくて、敷地の一部よ。それから、シェフをクビにもしていないわ。とりあえず、いまのところは」

ベティがわたしをにらみつけた。「あの恥知らずのばか息子。ゴードン・オルセンのことはよく覚えているわ。いつも、とんでもないことばかり企《たくら》んでいた。三つ子の魂っていうやつね」

その点については同感だ。「ごめんなさい、ベティ。それ以上のことは知らないの」

「あなたの親はグレースやジャックと仲がいいんでしょ？」

「ええ」

「メリー、何か耳にしたら、わたしにも知らせて」

「わかったわ」

ベティは何か言いづらそうにしていたが、わたしが辛抱強く待っていると、やっと言葉を口にした。「ありがとう」

「どうして、あのひとが気にするんだと思う？」ベティが出ていってドアが閉まると、ジャッキーが訊いた。「〈ファイン・バジェット・インズ〉だろうが〈ユーレタイド・イン〉だろうが、あのひとにとっては何も変わらないでしょうに」

確かに、ベティは地元愛が強いわけじゃない。

「昔から知っているからかもしれないわ」わたしは言った。「ベティはジャックと同じくらいの年だし、息子さんのクラークもゴードンと同じくらいでしょう。家族どうしで知りあいだったのかも。どうやら何年も会っていないみたいなのに、ゴードンのことは好きじゃないみたいだけど」わたしは腕時計に目をやって、病院はどんな様子だろうかと思った。ドアの鐘が鳴り、今度はありがたいことに、怒ったベティ・サッチャーではなく、買う気にあふれたお客たちが入ってきた。

残りの時間、ジャッキーとわたしは仕事に精を出し、お客たちの買い物を手伝い、商品を売り、にこにこ笑って愛想よくふるまった。とても忙しく、〈ユーレタイド・イン〉のことを考えている暇はなかった。

ドアの横に立ち、最後まで残っていたお客たちを手をふりながら送りだし、札をひっくり返して〝準備中〟にしようとしたところで、ほかの商店主たちが店から出てきて、こちらへやってくることに気がついた。誰も笑っておらず、暗い顔をして互いに小声で話している。

いったい何があったのだろうと見ていると、仰天したことに、みんなが〈ミセス・サンタクロースの宝物〉に入ってきて、〈ユーレタイド・イン〉はどうなっているのかと訊きたがった。わたしが内情を知っているらしいという噂が広まったのだ。

考えてみれば、確かにその通りなのだけれど。

「男のひとがふたり、うちの店にお昼を食べにきたの」〈エルフのランチボックス〉のアンドレア・ケニーが言った。「ふたりともビジネススーツにサングラスをかけていたわ。まったく場ちがいな感じ」

〈キャンディケイン・スイーツ〉のレイチェル・マッキントッシュがうなずいた。仕事着の一部である、赤いリボンが結ばれた本物のキャンディケインのネックレスとは対照的な険しい顔つきだ。「ぜったいに、よからぬことを企んでるわよ」

「気に入らないわね」町議会議員であり、町長代理であるスー＝アン・モローが言った。みんながうちの店へ向かっているのを見て、ここで何が起きているのか知ったのだ。

土曜日の午後に小さな町の居心地のいい食堂で、ふたりの男がお昼を食べたからといって、それほど怪しいわけではないけれど、アンドレアとレイチェルの言うことにも一理ある。ルドルフは家族向けの観光地だ。サンタクロースとその助手たちに会いたがる子ども連れの家族はもちろん、クリスマスの雰囲気をロマンチックに感じる新婚夫婦や、買い物にくる女性たちのグループだってやってくる。でも、男性がふたりだけで？

「買い物をする奥さんたちから逃げだしたかったのかも」わたしはそう言ったけれど、説得力はあまりなかった。

「ふたりは」アンドレアが言った。「書類鞄と書類とiPadをテーブルじゅうに広げていたわ。ひそひそ声で話して、たくさんメモを取っていた。テーブルにサンドイッチを運んだときに、たまたま〝競争相手にはならない〟って聞こえたの。わたしが立っていることに気づいたとたんに、ふたりとも口をぴたりと閉じちゃって。どう思う？」

「巨大スーパーね」レイチェルが首をふり、キャンディケインが音をたてた。「ふたりは巨大スーパーの人間だって、みんな言っているわ。本当なの、メリー？　じつは先週、〈ユーレタイド・イン〉でおしゃれな結婚式があったの。うちがパーティーのお土産とテーブルのデコレーションをすべて請け負ってね。テーブルの中央にはキャンディケインを飾って、所々にチョコレートの雪だるまを置いたわ。そして、ヴィクトリアがとても凝ったウエディングケーキをつくって、お土産の袋に入れるジンジャーブレッドクッキーを焼いたの。ルドルフであれほど盛大で豪華な結婚式ができるところなんて、ほかにはないのに」

「お金がある若いカップルなら〈ファイン・バジェット・インズ〉で結婚式を挙げようとは思わないでしょうね」ジャッキーが言った。「あたしも自分の結婚式は〈ユーレタイド・イン〉で挙げようと思っていたから。春にするつもりよ。あそこの庭がいちばんきれいな時期に」

「婚約したのね！」みんなが叫んだ。わたしは目を剥きたくなるのをこらえた。

「あー、ううん」ジャッキーは顔をしかめて渋々答えた。「正式にはまだだけど。カイルがいつ言いだしてもおかしくないとは思っているの。もちろん、プロポーズされたとしても、何て答えるかはまだ決めていないけど。あたしはまだ……」

「庭か」レイチェルがぽつりと言った。「人気があるわよね、結婚式にかぎらず。夏は庭を散策したひとたちが、町でアイスクリームを食べてくれるし」

「庭なんてどうでもいい」次にうちの店に入ってきたのは〈ジェインズ・レディースウエア〉の経営者、ジェインだ。「〈メガマート〉なんかと戦えないわ！　うちだって手頃な値段に抑えているつもりだけど、〈メガマート〉なんかがきたら閉店よ。スー＝アン、町が何とか手を打って」

スー＝アンは首をふった。「町にできることはほとんどないの。あそこの土地は商業地区だから、住宅団地か工場を建てるのでもないかぎり、規制はできないのよ」

「ちょっと待って」わたしは言った。「少し先走りしすぎよ。まだ何もはじまっていないんだから。グレースはホテルを売りたくないでしょうから、そうなれば何か変わってくるはずよ。グレースはジャックを経営者として立てていたけど、実際にはグレースも手伝って、ふたりでホテルを運営していたのは知っているでしょう」

みんなはうなずいた。

「そろそろ、わたしは家に帰らないと」

みんなは口々にぶつぶつ言いながら、ひとりずつ帰っていった。まもなく、〈ミセス・サンタクロースの宝物〉にいるのはジャッキーとわたしだけになった。「掃除は明日にしましょう。疲れてしまったから」わたしは奥へ入り、電灯を消し、パソコンを切ってコートを取った。店の売り場の明かりでついているのはひと晩じゅうつけておくクリスマスツリーの照明と、カウンターのうしろの常夜灯と、ショーウインドーの飾りのかすかな光だけだった。いまはもうすっかり静かになった通りを見つめるジャッキーの姿が黒く浮かんでいる。

夜の店に温かさや居心地のよさを感じないのは初めてだった。心配する女性たちのまえでは明るく楽天的にふるまったけれど、みんなが帰ると、楽天的な気分は一緒に消えてしまった。「ジャッキー、もう帰って」自分でも思いもしなかったほど、きつい口調だった。

ジャッキーがふり返った。「メリー、この店はだいじょうぶよね？　あたしの仕事はなくならないわよね？　だって、この店は〈メガマート〉よりいいものを売っているわけだから」

「だいじょうぶよ。心配しないで。すべて誤解よ。父が事情を確かめるために、グレースと一緒に病院へ行ったから」

ジャッキーは帰っていった。わたしは鍵をかけて、家へ向かって歩きだした。歩道には誰もおらず、どの店の明かりも消えている。ジャッキーが言ったように、わたしは〈メガマート〉と競争になっても、多くの商店主より強い立場にいる。うちの商品は安くはないけれど、高すぎるわけでもなく、中間層を対象としている。それに対して、ベティ・サッチャーの〈ルドルフズ・ギフトヌック〉はいちばんに閉店しそうだ。〈メガマート〉と同様の安価な大量生産品を売っているから。きっと〈メガマート〉のほうが安く売れるだろう。

ては最悪だ。

とはいえ、大型小売店ができても〈ミセス・サンタクロースの宝物〉が悪影響を受けないわけではない。ジングルベル通りのほかの店が残らず板で覆われてしまったら、商売にとっては最悪だ。

「メリー！　帰ってきたのね」きれいに雪かきされた歩道を歩いていくと、大家のミセス・ダンジェロに声をかけられた。ミセス・ダンジェロは家の一階に住み、わたしはアパートメントになっている二階に住んでいる。ミセス・ダンジェロの日々の使命は、ニューヨーク州ルドルフで起こっていることを残さず知ることだ。そこにはアパートメントの住人の生活で起きていることもすべて含まれる。ミセス・ダンジェロは正面の窓に張りついて、わたしが帰ってくるのを待っていたのではないだろうか。暖かそうなショールに包まれ、家を取り囲む広いポーチに立っていた。「きょうは一日じゅう電話が鳴りっぱなしだったのよ」薄くすっきりとした最新のｉＰｈｏｎｅをふってみせた。携帯電話はミセス・ダンジェロの生命線だ。「メリー、いったい何が起きているの？」

「さあ」

「弟の義兄のおじさんが〈キャロラーズ・モーテル〉を経営しているのよ。そのひとが〈ファイン・バジェット・インズ〉には勝てないと言っていたわ。アメリカじゅうで広告を打たれたら、ぜったいにかなわないって」

わたしは冬物のコートの衿《えり》に顔をうずめた。

「どうにかして手を打つべきだとわたしが言っていたと、お父さんに伝えてちょうだい」ミセス・ダンジェロは離れつつあるわたしの背中にどなった。「一日じゅうノエルに電話していたんだけど、ずっと留守番電話のままなのよ。しかも、もう録音がいっぱいらしくて！」

父も携帯電話が大好きだ。とりわけ、発信者表示の機能が。

いつものように、マティーが階段をのぼる足音を聞きつけて、うれしそうにお帰りと吠えた瞬間に、わたしの気分は上向いた。ケージを開けるとマティーが元気よく飛びついてきて、顔をなめまわした。わたしは顔についたよだれを拭い、跳びはねるようにして歩いているマティーのあとをついて階段をおりた。そしてリードを着けると、公園まで長い散歩に出かけた。

足の下で積もったばかりの新雪を踏みしめる音がする。暗くなってから時間がたっており、夜の空気は澄みきっていた。夜空いっぱいに星が出て、真っ暗なオンタリオ湖のうえには銀色の月がかかり、町のクリスマスツリーの照明と遠くの家々の陽気なデコレーションが輝いている。

わたしは公園に立って目を閉じ、突き刺さるように冷たく清々しい空気を顔に感じながら、マティーの息づかいの音しか聞こえない静寂に耳を澄ました。

これこそクリスマス・タウンのクリスマスで、わたしが何よりも愛するものだ。ニューヨーク・シティで暮らし、《ジェニファーズ・ライフスタイル》誌の副編集長になって夢を叶えたとき、わたしはこの世で欲しいものをすべて手に入れたと思っていた。マンハッタンの慌ただしさ、流行の店、レストラン、決して止まらない特別な暮らしが大好きだった。雑誌業界やインテリア業界の大物と仕事をすることも、いつも何かが欠けていたし、何かがたりなかった。そして、それは仕事に関する不安や、恋人との関係についての心配のせいだと思いこんでいた（その心配はあとになって根拠のあるものだとわかったけれど。あの浮気者！）。そのあと雑誌社を辞めてルドルフに戻ってきて初めて、ここがわたしの居場所だと気がついた。このオンタリオ湖南岸の雪に包まれた、クリスマスに夢中な、ちょっと癖があるけれど魅力的な小さな町が。

家に帰ると、マティーに餌をやり、自分の夕食用に冷蔵庫から冷凍ピザを出した。そして留守番電話のランプが点灯していることに気がついた。電話は父からで、こちらからかけ直すと、楽しかったクリスマス気分がまた一瞬のうちに消え失せた。

父とグレースが見舞ったとき、ジャックはすっかり気力が失せ、何も話したくなさそうだったらしい。グレースはゴードンはあまりにも事を急ぎすぎており、ジャックが詳しいことを知ってからでは取り返しのつかない決定をしようとしていると説明した。それなのに、ジャックは手をふってこう言っただけだった。「息子の好きなようにさせればいい。わたしはもうどうでもいいから」そして目を閉じて顔をそむけると、眠ったふりをしたのだ。

「どうやら噂も広がっているようだ」父は言った。「どういう事態なのか知りたがっているひとたちから、ひっきりなしに電話がかかってくる。わたしには〝いまの時点ではまだ何も決まっていない〟としか言えないのに、町民はそれじゃあ納得しない。精肉店のダン・エヴァンズなんて、グレースとわたしのまえに病院に寄って、ジャックに怒鳴りはじめたものだから、大騒ぎになって警備員が呼ばれて、病院から追いだされたんだ。病院はジャックの見舞いを家族だけに限定した。わたしが病室に入れたのはグレースと一緒だったからだ」

こんなにも動揺している父を見たのは初めてだった。父はルドルフを愛している。町長を務めたことがあり、いまも町議会議員だ。そもそも、町をクリスマス・タウンとして売りだそうと提案したのは父だった。父の導きで、町は栄え、住民たちも利益を得ている。一年じゅうクリスマスというルドルフのイメージにとって、〈ユーレタイド・イン〉の存在は欠かせない。それに、ジャックと父は長年の友人で、ジャックがグレースと結婚すると、彼女と母もすぐに親しくなったのだ。

「ジャックはそのうち正気に戻るだろう」電話の向こうで父が言った。「そして、あたりを見まわして、自分が築いてきたものを息子がすべて壊してしまったことに気づくんだ」

「すべてじゃないわよ」楽観的になりたくて、わたしは言った。「ジャックにはグレースがいるわ。家だってある。ゴードンだって、まさか庭と一緒にコテージを売るつもりはないでしょう」

「ゴードンにもコテージは売らないとグレースに請けあうだけの分別はあったようだ。ただし、考えてみれば、そう話したのはレニーだったけどな」

「それじゃあ、レニーはどう？　グレースと一緒にレニーと話してみたら？」

「メリー、今回の一件はすべてレニーが裏で糸を引いている気がするんだ。じかにゴードンをそそのかしていなくとも、賛成はしているだろう。敷地の大部分と〈ファイン・バジェット・インズ〉との契約で大金を得られると主張しているからね」

「業務の効率化もね」わたしはぽつりと言った。

「もちろん、それで入ったお金はすべてグレースとジャックのものだ。だが、ゴードンはジャックのひとり息子だし、グレースとのあいだには子どもがいない。ジャックの心臓発作は二度目で、グレースはがんを患っている……」父の声が小さくなった。

「名前は変わっても、ホテルがなくなるわけじゃないわ」わたしは楽観的なふりをしようとしたけれど、簡単ではなかった。

「〈ファイン・バジェット・ユーレタイド〉か。待ち遠しいもんだ」

挨拶の言葉もなく、電話は切れた。

4

どれほどおいしいものが食べられるとわかっていても、もう〈ユーレタイド・イン〉で食事をするのが楽しみだとは思えなかった。

　ゴードンとレニーにわたしたちと距離を置くだけの分別があることをひたすら願うことしかできないけれど、如才なくふるまうことも、他人の気持ちを思いやることもゴードンの得意とするところではない。

　わたしは約束の時間ちょうどに〈ユーレタイド・イン〉に着いた。前回ここで食事をしたときにとんでもない格好できてしまったので、今回は細心の注意を払い、ニューヨーク・シティの雑誌業界の大物たちと仕事をしていた頃に買って、まだ手元に残っている数少ない服の一枚を着てきた。膝丈の赤いワンピースで、袖はひじまで、深い衿ぐりが黒で縁取られ、細くて黒いベルトが付いている。それに〝元ほぼ婚約者〟（浮気者だ！）から誕生日にもらった真珠のネックレスと、そろいのティアドロップ形の真珠のイヤリングを着けてきた。ホテルには車で乗りつけるし、歩道は砂がまかれて雪かきもされているはずなので、実用的だけれど格好悪いブーツではなく、殺人的な黒のハイヒールをはいた。この靴は恋人がほかの女と婚約したことを知ったあと、大枚をはたいてマンハッタンで買ったのだ。わたしは捨てられた元恋人ではなく、魅力的で男を惹きつける女なのだと思える何かが必要だったから。この靴は分不相応なほど高かったし、足がひどく痛んだけれど、気分だけは間違いなく盛りあげてくれた。

わたしはマティーが哀れっぽく鼻を鳴らすのを無視して、ドアを出た。胃が締めつけられたけれど、ゴードンやレニーと相対するからなのか、それともアラン・アンダーソンと食事をするからなのかはわからない。母はアランを招待したと話していたけれど、彼が誘いを受けたのかどうかは聞いていなかった。

ホテルの駐車場はかなり混みあっていた。わたしはエンジンを切ったあとも、しばらく車のなかにいた。ホテルはいかにもクリスマスらしく、〈カリアー・アンド・アイヴス〉の版画の背景になりそうだった。大きくカーブした広い私道には雪をかぶったマツが並び、正面のドアには大きな生のリースが下がり、切妻屋根のある窓では照明が輝いて降り積もった雪を照らし、石造りの煙突からは煙が立ちのぼっている。ルドルフを宣伝する広告ではいつもこの情景が使われている。このホテルがどれだけ繁盛して成功しているのか、ゴードンにはわからないのだろうか？　どうして、ここを変える必要があるのだろう？

もしかしたら、それこそ狙いなのかもしれない。業務の効率化や増益が狙いではなく、自分の父親が築いたものを台なしにしたいのかも。あるいは、自分ならもっとうまくできると考えているのかもしれない。

車から降りると、男の叫び声が聞こえてふり向いた。

「メリー！」《ルドルフ・ガゼット》の編集発行人ラス・ダラムが駐車場の向こうから軽やかに走ってくる。上等なスーツに身を包み、完璧な形でネクタイを締めている今夜の彼はいつにも増して決まっている。ラスはひとりだった。きっとレストランの入口にデートの相手を待たせているのだろう。

「あら、食事にきたの？」ほんの少し棘《とげ》があったかもしれないけれど、決して嫉妬なんかじゃない。

「ああ。ちょうどいいときにきたよ。きみをエスコートできる」

「両親と約束しているの」

「知ってるよ。お母さんがご親切に誘ってくれたんだ」

心臓が腹の底まですとんと落ちた気がした。「母が？」

「〈ユーレタイド・イン〉に関する噂についてノエルにコメントをもらおうと思って電話したら、電話の向こうでお母さんが今夜グレース・オルセンと食事することを伝えてって叫んでいるのが聞こえたんだ。ということは誘ってもらったんだろうと判断した」

「コメント？」

「ゴードン・オルセンと、書類鞄を持ってひそひそ声で話す謎の訪問者たちと、ヘルメットをかぶって測量機器で敷地を測っているまた別の謎の訪問者のことで、町の話題は持ちきりさ」ラスは首をふった。低くゆっくりとしたルイジアナなまりで、口調に重みが増している。

「メリー、言うまでもないことだけど、町は大騒ぎだ」

「父に何を言わせるつもり？」

「〈ユーレタイド・イン〉の問題はオルセン夫妻と後継者が話しあって決めることだ。ノエルに何とかしてほしいと期待しているひとたちに対して、ノエルもそう伝えている。町長が不在だから、みんながノエルにリーダーシップを期待しているんだ」

「父がまた町長に立候補するつもりがないのは、もう責任を負いたくないからなのよ」

「望もうが望むまいが、ノエルには責任があるのさ」ラスはわたしの腕をつかんだ。「あるいは、スー＝アンがノエルの力を借りたいか否かにかかわらずね。さあ、なかに入ろう。でも、そのまえに、今夜のきみは息を呑むほどきれいだって言ってもかまわないかい？　すてきな靴だ」ウインクをして付け加えた。

ラスとわたしがレストランに入ると、ほかのひとたちはもうそろっていた。アランがにっこり笑って立ちあがった。けれども、足を止めてほかの客に挨拶をしていたラスがわたしに追いつくと、笑顔が消えた。ラスとわたしがデートをしていたと勘ちがいしたからなのか、あるいは新聞記者が好きじゃないからなのかはわからない。アランとラスは甲乙つけがたいほど、どちらもハンサムだった。ふたりとも長身で、健康的に痩せている。アランはきらきらとした青い目をしていて、ブロンドの髪がカールしており、ゆったりとした穏やかなふるまい方をする。いっぽうラスは黒髪を短く刈り、真剣な薄茶色の目でいつもあらゆるひと、あらゆるものを見ている。今夜、アランはブルーのボタンダウンのシャツに、オートミール色のウールのセーターを着ていた。父がわたしの頰にキスをした。今夜は正面にサンタクロースの顔のアップリケが付いた赤いセーターを着ており、サンタクロースの帽子には縫いこまれた電池で光る色鮮やかな電球が付いている。ただし、レストランでは電球のスイッチを切るよう母に言われているにちがいない。母はこれ見よがしなクリスマスの装飾が好きではないから。そして母はいつものようにシンプルで（とはいえ、決して安っぽい仕立てでも価格でもない）黒いスーツを見事に着こなしていた。

母はわたしをラスとアランの真ん中にすわらせた。目移りしそうだ。

意外にも、そしてほっとしたことに、夜の集いは楽しいものとなった。まえにも言ったとおり、母もグレースもてなしがうまいうえに、話題が〈ユーレタイド・イン〉の今後に関する噂に及ばないように気をつけていたからだ。グレースはあっさりとしたサラダしか食べていなかったが、母とわたしはおいしいシーフードパスタをしっかり食べた。そしてラスとアランはリブステーキを選び、父には好みの焼き方である血がしたたるような真っ赤なステーキが供されていた。

ウエイターが皿をさげると、グレースはナプキンで口もとをふいて、わきに置いた。「申し訳ないのだけれど、ひどく疲れていて。あなたたちのお食事が終わるまえに失礼してもいいかしら」確かに、グレースは体調が悪そうだった。この一週間の緊張の影響がきめ細やかな肌に表れている。

男性三人が椅子から立ちあがった。

「もちろん、かまわないとも」父は言った。「今回のことでどれほど消耗したことか。家まで送っていこう」

「だいじょうぶよ」

「もちろん、だいじょうぶだろうさ。でも、送っていきたいんだ」

グレースは立ちあがった。「それなら、お言葉に甘えるわ。どうか、みんなはこのまま最後まで食事を続けて。コーヒーでも飲んで。マークがすばらしいデザートを考えてくれたと思うから」

「そいつは断れないな」ラスがにっこり笑って言った。

父がグレースの腕を取り、ふたりはレストランを出ていった。グレースは背筋をまっすぐ伸ばし、顔もきちんとあげていたが、その見かけ以上に父の腕に寄りかかっていた。

「強い女性だ」アランが言った。

「強くならずにはいられないだろう」ラスが応じた。「聞いたところでは、ジャックは明日退院するらしい。ホテルの経営と敷地について、まだ関心を示さないんですか？」

「ええ」母はため息をついた。「グレースはひどく動揺してしまって。ホテルはジャックだけじゃなくてグレースも経営に携わってはいるのだけれど、ホテルが成功したのは結婚まえだったから、グレースには法律上の権利がないのよ」

「でも、道義的な権利はあるでしょう」アランが言った。

「残念だけど、ビジネスに道義はないようよ」母は言った。「ゴードンとあの奥さんには札束しか見えていないのね。わたしはデザートは遠慮するけど、あなたたちはどうぞ召しあがって。今夜はブランデーを飲みたい気分なの」

わたしたちはデザートのメニューを開いた。ジンジャーブレッドケーキは売り切れで選択肢から消えていた。アランはキャンディケイン・チーズケーキを選び、ラスは昔ながらのプラムプディングのブランデーソース添えを頼んだ。わたしもデザートは欲しくなかったけれど、車できていたので、コーヒーだけを頼んだ。

わたしのコーヒーカップが空になり、デザートの皿がきれいになり、母がブランデーの最後のひと口を飲んでいたとき、スパンコールで飾られた母のイブニングバッグが『椿姫』の「乾杯の歌」をうたいはじめた。父からのメールだ。

「ごめんなさい。とても失礼だけれど、ノエルの用件を知りたいの」母は携帯電話を取りだして、画面を見た。そして大きくため息をついた。

ラスとアランが眉を吊りあげた。

「どうしたの？」わたしは訊いた。

「パパはもう家に帰ったそうよ。わたしはそのまま食事を続けて、あなたに送ってもらうようにって。きっとグレースに話を聞いて、腹が立ったんだわ」

「そのようね」

「マディットたちは〈ユーレタイド・イン〉が二流ホテルになるかもしれないと興奮してい

るらしい」アランが言った。

「どうしてだい？」ラスが訊いた。「マドルハーバーには安モーテルはたくさんあるが、〈ユーレタイド・イン〉と競合するホテルはないはずだろう」

「何であれ、マディットにとっては、こっちの失点はあっちの得点なのよ。わたしたちの負けは、あっちの勝ちっていうわけ」わたしは説明した。

隣町のマドルハーバーは、わが町の最大のライバルだ。とりあえず、向こうはそう思っている。そして、わたしたちはマドルハーバーの住民のことを〝マディット〟と呼んでいる。マディットたちはルドルフが何かしくじれば、買い物客やホテルの宿泊客がこぞって自分たちの惨めでさびれた貧しい町にお金を落としにくると思いこんでいるのだ。

母がふいに立ちあがった。アランとラスも慌てて立ちあがり、同時に言った。

「メリー、運転できるかい？」

「きみとお母さんを送っていくよ」

わたしはふたりに笑いかけた。「だいじょうぶよ。ありがとう」

夜も更け、レストランは客が少なくなっていた。ロビーは空っぽで、外も静まりかえっている。

「おやすみなさい」ホテルの正面の階段に立ったところで、母が言った。雪はやみ、新たに積もった雪がホテルの温かな光に照らされてきらめいている。

「楽しい夜でした、ミセス・ウィルキンソン」

「アリーン、お招きいただき、ありがとうございました」

わたしたちは駐車場のはしに駐めてあるわたしの車まで歩いた。母と、わたしと、エスコートしてくれる魅力的なふたりの紳士たちと。わたしはふたりが互いに横目で牽制《けんせい》しあっていることに気がついていた。わたしの好意を奪いあうライバル？　悪くない。

「わたしは昔からこの庭が好きだったの。パパとわたしはここで結婚披露宴をしたのよ」母の声は夢を見ているようにやわらかだった。

「知っているわ」

「冬だったわ。今夜みたいに美しい夜だった。クリスマス当日だったらすてきだったんでしょうけど、わたしは十二月はずっとトスカ役でスカラ座に出ていたから。だから、結婚式は一月に挙げたの。ささやかな結婚式だった。両親と妹、オペラ界の友だち。それにパパの家族と親しいお友だちだけだった」

「すてきだ」ラスが言った。

「ええ、すてきだったわ。本当に。結婚式の夜はここに、〈ユーレタイド・イン〉に泊まったの。当時、ジャックはカレンと結婚していた。カレンのことはあまり好きになれなかった。とても口が悪かったから。ホテルのお客さまの悪口を言いふらしたり、ささいなことでジャックにかみついたり、みんなのことを悪く言っていたわ。それに、カレンと結婚しているあいだも、ジャックは何人かのひとと付きあっているというもっぱらの噂だった。結局、カレンが家を出て、ジャックはグレースと結婚したの。また不倫をするんじゃないかと心配だったけど、そんな気配はなかった。ふたりはとても幸せに暮らしてきたの。ノエルとわたしのようにね。結婚式の参列者が帰ったり、自分たちの部屋へ入ったりしたあと、パパと一緒に庭を散歩したわ。こんな感じの夜だった」母が庭へ入っていった。ラスとアランとわたしは目を見あわせ、あとをついていった。仕返しのためにマンハッタンで散財した靴は雪のなかを歩くのに適していないけれど、庭のなかを曲がりくねって進む道は雪かきされたばかりだった。雪をかぶった色鮮やかな照明が木々のあいだで輝いている。駐車場から女性が笑い、車のドアが閉まり、エンジンがかかった音が聞こえてきた。車が走りさっていった。すると、あたりが静まりかえった。雪が降ったあとでしか感じられない静けさだ。

母がふり返った。木の枝から落ちた雪が母の黒髪にふわりと落ちる。目を輝かせて思い出にふけっている母は三十歳も若く見えた。母は両手をあげ、空を見あげた。わたしは両側にいる男性たちに目をやった。ふたりともほほ笑んでいる。自分たちの車を通りすぎても、誰も何も言わなかった。

そのとき、怒鳴り声が冬の夜の静けさを破った。

そのあと一瞬だけ悲鳴が聞こえると、くぐもったうめき声がした。固まった雪を踏みしめる足跡が聞こえ、ぼんやりと揺れる光がすばやく遠ざかっていくのが見えた。

「どうしたんですか?」ラスが呼びかけた。

「だいじょうぶですか?」アランも叫んだ。

返事はない。

ふたりがｉＰｈｏｎｅの懐中電灯アプリをつけると、道が白い光で照らされた。

「ぼくたちが見てくるから」ラスが言った。「メリー、きみはアリーンとここにいて」

ふたりは道を歩いていった。わたしはふたりのあとをついていき、母も続いた。雪がハイヒールのなかに入ってくる。オークの小さな木立のなかを通ると、裸の枝が顔まで届き、小枝が髪に引っかかった。身体が震えてくる。母がわたしの腕を取った。数歩歩くと、少し開けた場所に出た。真ん中に古典的な衣装をまとった女性の大理石像が建っている。夏は瓶《かめ》の水を足もとの小さな人工池に注ぎこんでいるのだ。そして冬はクリスマスらしい電飾の冠をかぶり、長く優美な首にも電飾を巻いている。ラスが急に足を止めたせいで、わたしは彼の背中にぶつかった。母がわたしの腕をぎゅっとつかみ、小さく悲鳴をあげた。

「いったい……」アランが言った。

ラスの背中が動き、わたしにも見えた。石像は静かにたたずみ、瓶から水は落ちず、池の表面は雪で覆われている。けれども、今夜の池は平和な黙想の場ではなかった。石像を彩る照明が照らしているのは、池であおむけに横たわっている男で、赤い実が点々とついた緑色のヒイラギが輪の形になって黒っぽいジャケットの上にのっていた。けれども、明滅する光に目が慣れてくると、赤い色がヒイラギの実ではなく、じわじわと広がりつつあることに気がついた。ヒイラギの輪の真ん中からナイフの柄が突きでていることにも。

男はゴードン・オルセンで、心臓をナイフで刺されていた。

5

アランは凍った池に入り、ラスは九一一に電話した。母とわたしは一緒に立ちすくみ、何もできずにただ見つめていた。

「死んでいるみたいだ」アランが言った。「脈がないようだと伝えて」

「救急車と警察がこっちに向かっている」ラスは言った。「まわりに注意しろと通信指令員が言っている」

母が息を呑み、わたしたちは抱きあった。

「アリーンとメリーはホテルに戻って」ラスが言った。

「いや、犯人がまだ近くにいるかもしれない。助けがくるまで一緒にいたほうがいい」アランは言った。

母は骨が折れそうなほど強く、わたしの手を握った。わたしはあたりを見まわした。黒っぽい木々、落ちる雪、暗い影。石像の空っぽの目が下を見つめ、陽気なクリスマスの電飾がひどく場ちがいだ。

「通信指令員がナイフは抜くなと言っている」ラスが言った。

母の身体から力が抜けた。「母をすわらせないと」ラスはコートをぬぎ、石のベンチに広げた。わたしは母をベンチに連れていってすわらせ、ラスに会釈して感謝した。

アランとラスとわたしは顔を見あわせた。ラスは九一一につながっていた通話を切り、携帯電話で写真を撮りはじめた。

「何をしているの？」わたしは大声をあげた。「わたしと母はぜったいに撮らないで」

「腕利きの記者はいつだって仕事中なんだ」ラスは池をのぞきこんで写真を撮った。

「死体を撮るなんてひどいな」アランが言った。「ぼくが写っていたら、訴えて身ぐるみはいでやるからな。こっちはサンタクロースのおもちゃ職人なんだぞ」

「信用してくれよ」ラスは携帯電話をわたしに向けた。

わたしは悲鳴をあげて両手で顔を覆った。

「冗談だよ」ラスは言った。

「笑えないわ」

すばやく近づいてくるサイレンの音が聞こえ、全員がほっとして息を吐きだした。まもなく木立の向こうに強烈な光が見え、ラスとアランと一緒に叫んだ。「こっちです！」

制服を着たふたりの警察官が木々のあいだから出てきた。うしろには医療用具を持った救急隊員もいる。救急隊員のひとりが低い石壁を乗りこえて池に入ると、もうひとりの隊員が無線機に話しかけた。

「ＶＳＡ」池に入った隊員が同僚に叫んだ。生命徴候なし《ヴァイタル・サイン・アブセント》という意味だ。

「母をなかに連れていきたいんです。行ってもいいですか？」

「ホテルで待っていてください」警察官が仕方なさそうに答えた。「みなさん全員です。いま刑事がこちらに向かっています。お話をうかがうことになると思うので」

「わかりました」わたしは母に手を貸して立たせた。

「キャンベル！」警察官が呼んだ。木のうしろから現れた高校時代からの天敵キャンディとキャンディス・キャンベル巡査の丸くて青白い顔を見ても、取り立ててうれしくなかった。

「このひとたちをホテルに連れていってくれ。誰にも接触できない部屋を見つけて。刑事と話すまで、誰とも口をきかせるな。それから、あなた方のあいだでも話はしないように」

「ぼくはここに残ります」ラスは言った。「報道の自由ってやつで。《ルドルフ・ガゼット》の者です」

「あなたもきて」キャンディが言った。「指示されたとおりに」

「いや、別にかまわないだろう」もうひとりの警察官が言った。「しばらくは」

「わかりました。しばらくなら」キャンディはわたしの顔に懐中電灯の光をあてた。

「誰か、レニーとグレースに伝えないと」母が言った。

「誰ですか、そのひとたちは？」警察官が訊いた。

「奥さんと義理の母親です……亡くなったひとの」母が答えた。

「この男性を知っているのですか？」

「みんな知っています」わたしが答えた。「亡くなっているのはゴードン・オルセン。ご両親はこのホテルの経営者です」

「誰であっても、話はしないでください。刑事が対処しますから」警察官はキャンディを見てうなずいた。

「行くわよ」キャンディは手ごわい女を気取った声でうなるように言った。

わたしたちは庭を出て、ほんの数分まえにあとにしたときとはまったく別物になっている場所に戻った。私道にはパトカーと救急車が並び、雪のうえに青と赤の光を投げかけていた。警察官が木々や茂みのあいだに犯罪現場であることを示す黄色いテープを張っている。ホテルの階段には大勢のひとが集まっており、パジャマにスリッパでホテルのふわふわの白いバスローブを着ているひともいた。階段の下には大柄な警察官が立ち、彼が引いた目に見えない線を越えようとするひとを阻止するかのように、腕組みをして険しい顔をしている。

集まっているひとたちの顔をすばやく見たところ、グレースもレニーもいなかった。グレースとジャックの寝室は、ホテル裏のコテージの奥にある。おそらくグレースはもうベッドに入り、騒ぎに気づいていないのだろう。

キャンディに連れられ、階段をのぼり、人混みのなかを通ってホテルに入った。全員がわたしたちを見つめ、ひとりが声をかけてきた。「メリー、何があったの?」

「誰にもじゃまされない部屋が必要よ」キャンディが鋭い口調で、目を丸くして、口を開けたままのフロント係に命じた。「急いで!」

「必要ないわ」母が言った。「あそこでだいじょうぶだから」ロビーの暖炉のまわりに並んでいる椅子を指さした。

「でも、そう言われているから……」キャンディが抗《あらが》った。

「どこでも一緒よ」母は言った。「そばにいたいなら、別にかまわないから」母はフロント係にほほ笑んだ。「厨房に、紅茶をポットで頼んでもらえるかしら。もし、厨房のひとたちの手が空いていたらでかまわないから」母はソファに腰をおろした。年季が入った焦げ茶色の革はひび割れ、すり減っていた。アランとわたしはソファの両側に置かれている更紗《さらさ》のカバーがかかったウイングチェアにすわった。椅子は低いコーヒーテーブルを囲むように並んでいる。大きな石造りの暖炉では本物の薪が燃え、その隣では本物のモミの木が内側から光っているかのように輝いている。ジャックが発作を起こしたときに倒した、美しいイルミネーションが施されたクリスマスの村はなく、代わりにポインセチアが置かれていた。

わたしは椅子の背に寄りかかり、目を閉じて、脚を伸ばした。薪がはぜながら燃え、その熱が伝わってくる。くぐもった人々の声が聞こえ、キャンディが小さく毒づいた。

右足に鋭い痛みが走り、続いて左足も痛くなった。わたしは目を開けて、足を見た。温まってから初めて、ハイヒールのパンプスとストッキングをはいているだけだと思い出した。脚は膝まで濡れている。靴のなかに詰まった雪がまたたく間に融けていく。わたしは台なしになった靴をぬぎ捨て、この靴は無駄な贅沢《ぜいたく》をしたことで役目を果たしたのだと自分を慰めながら、びしょ濡れのストッキングを見つめた。

「はい」母が真新しい白いスカーフをはずした。

「凍傷になるまえに拭きなさい」

「そんなものは使えないわ」わたしは何とか立ちあがった。けれども、足はわたしを支えられないらしく、すぐによろけた。アランが立ちあがって腕を支えてくれた。「メリー、化粧室に行ったほうがいい。足にお湯をかけるんだ。でも、熱すぎてはだめだよ、ぬるま湯がいい」

「ここから離れないで。わたしから見えるところにいて」キャンディが言った。

「凍傷で足の指がなくなって、メリーに警察を訴えてほしいのかい？」アランが言った。

そんな危険があるほどひどいとは思えないけれど、アランの脅しは功を奏した。「誰とも口をきいたらだめよ！」キャンディがうしろから叫んだ。わたしはアランの手を借りて、玄関ホールまでの短い階段をおりた。

たとえ話をしたくとも、化粧室には誰もいなかった。わたしはストッキングをぬいでゴミ箱に放り投げると、ペーパータオルを湯で濡らした。そして化粧台のまえのスツールにすわり、濡らしたペーパータオルを足に巻きつけた。温かさが浸みわたっていくあいだ、あたりを見まわした。化粧室はバラ模様の壁紙と薄いピンクの布が貼られた椅子という昔風の内装だった。ドラマの「ダウントン・アビー」に出てくるレディたちが帽子のかぶり方を直していそうな部屋だ。ただし、派手なクリスマスの飾りが雰囲気をいくぶん壊している。銀色のテープが鏡の上部を伝い、赤と緑のボールが天井から金色のリボンでぶら下がっているのだ。グレースはルドルフのすべての店を応援している。たぶん、この飾りは〈ルドルフズ・ギフトヌック〉で買い、あまり人目を引かない化粧室で使ったのだろう。わたしは内装の批評をやめて、足に巻いたペーパータオルの様子を確かめた。爪先はだいぶよくなっており、さらに数分たってから指を伸ばしたり曲げたりした。痛みはなく、立つことができた。

するとドアが開き、ダイアン・シモンズ刑事が入ってきた。「メリー、だいじょうぶ？ キャンベル巡査が凍傷がどうのこうのと言っていたけど」

「足が濡れて冷えただけだから」わたしは答えた。「もう、平気。ただ、はくものがなくて」証拠としてびしょ濡れの靴を掲げた。もう、ぜんぜんセクシーじゃない。

「あなたが死体を見つけたと聞いたけど？」

「やっぱり、死体なのね。彼は死んでいたの？」

シモンズはうなずいた。

「母とラス・ダラムとアラン・アンダーソンと一緒だったの。ここで、ここのレストランで食事をして、母が帰るまえに庭を歩きたがったから。そうしたら……ということです」

「最初に現場に到着した警察官の話では、死亡した男性を知っているということだけど」

わたしはうなずいた。「ゴードン・オルセン。カリフォルニアに住んでいて、このホテルを経営しているお父さんが先週心臓発作を起こしたので、奥さんとここへきたの」

「今夜、そのゴードン・オルセンという男性を見かけた？」

わたしは首をふった。

「庭でほかに誰かを見なかった？ 何か聞かなかった？」

わたしは必死に思い出した。「叫び声を聞いて、そのあと誰かが逃げていくような足音を耳にしたけど、よく聞こえなかったから。痛みか、恐怖で叫んだのかもしれない」手で口を押さえた。「ゴードンの声だったのかも」

「その叫び声が、ということ？　男の声？、それとも女？　声に聞き覚えは？」

わたしはまた首をふった。「言葉じゃなかったから。首を絞められているような声がしただけで。男でも女でもあり得そうな」

「どうもありがとう、メリー。お母さんとミスター・アンダーソンに少し話を聞くけど、終わったらもう帰ってけっこうよ。正式な調書は明日お願いします」

「わかりました」

ホテルの客と従業員はまだ玄関や窓のまえに立って警察の動きを見ていたが、誰も暖炉のまえには近づいてこなかった。銃に手をあて、断固たる顔をしたキャンディス・キャンベル巡査を見て、母とアランに話を聞くことを思いとどまったにちがいない。

シモンズは手短に母とアランに話を聞いた。ふたりが小さな声で答えると、シモンズはもう帰ってかまわないと言った。アランは何もはいていないわたしの足をちらりと見た。「何とかできないかな」

アランが話をすると、フロント係は事務室に入っていき、数分後に紫の花が描かれたピンク色のゴム長靴を持って出てきた。「落とし物です」フロント係は説明した。「落とし主が現れなくて。持っていってもかまわないと思います」

長靴は赤いワンピースにはまったく不釣りあいだけれど、かまうものですか。凍傷で足の指がなくなるよりはまし。わたしは腰をおろして長靴をはいた。サイズが三つも上で、ぶかぶかだ。

「起きたことを、グレースには誰かが伝えたのかしら」母が訊いた。

「グレースという方はゴードン・オルセンさんの母親ですか？」シモンズが訊いた。「これから訪ねるつもりでした」

「母親ではないけれど、義理の母にあたります」母が答えた。「父親は心臓の手術をしてまだ入院中で。ゴードンは彼のひとり息子です。どれほどショックを受けることか」

「ゴードンの奥さんはレニー」わたしは言った。「ふたりともホテルに泊まっているわ」

「今夜、レニー・オルセンさんを見た？」シモンズが訊いた。

「いいえ」

「グレースは親しい友人です。彼女に知らせにいくなら、わたしも行きます」母は言った。「それに、メリーに車で送ってもらうので、娘も一緒に」

「ぼくが……」アランが口を開いた。

「ありがとう」わたしは言った。「でも、母のそばにいたいから」

「それじゃあ、こうしましょう」シモンズは言った。「あなたたちがここにいるあいだに、まずグレース・オルセンに話します。そのあとレニーを探します」

野次馬たちが左右に分かれ、わたしたちを通してくれた。何人か見知った顔がある。明日の朝、〈ミセス・サンタクロースの宝物〉はまた最新の噂話を仕入れる場所になるのだろう。

わたしはぶかぶかの長靴で、母とシモンズ刑事のあとを必死についていった。私道と庭では警察や救急の車や人々が行き来していた。

「今夜の食事はご主人は一緒ではなかったのですか？」凍てつくような夜気に乗って、母に質問するシモンズ刑事の声がうしろにも聞こえてきた。

「一緒でした。でも、ノエルはジャックと長年の友だちで、ジャックやこのホテルで起こっていることをすごく心配していて。とても社交的にふるまえる気分ではなかったようで。グレースが帰るときに一緒に、早めに席を立ったんです」

「あの！」わたしは長靴の爪先を踏み、まえにつんのめった。そしてうなり声をあげ、両腕をぐるぐるまわして顔から転ばないように体勢を保ちながらよろめいた。

わたしの様子を確かめるために、母とシモンズ刑事がふり返った。わたしがつまずいたのは偶然だけれど、そのおかげで母がそれ以上話すのを止められた。ダイアン・シモンズ刑事はちょっとした雑談だと思って注意を払っていないようだ。父とグレースは先にレストランを出た。事件が起きたとき、どちらかがひとりでホテルの庭を歩いていた可能性はある。もし父が何かを目撃したのなら、きっと警察に協力したがるだろうけれど、その場合は自分からシモンズ刑事に連絡したほうがいいだろう。

「耳にしているかどうかわからないけど」ふたりに追いつくと、わたしは言った。「ゴードン・オルセンはあまり人気があったとは言えないの」

「どういう意味？」シモンズが訊いた。

「ルドルフでは、ゴードンがいなくなればいいと思っているひとのほうが多いということ。ゴードンはこのホテルを〈ファイン・バジェット・インズ〉の傘下に入れて、庭を大型小売店に売る計画を立てていたから。そんなことをしたら、この町の多くのひとが困ることになるのに」

「そうなの？」シモンズが尋ねた。

「みんなが動揺していたし、ひどく腹を立てていたひともいた。ああ、もちろん――」わたしは慌てて付け加えた。「そう口にしていただけよ。〈メガマート〉の進出を止めるために本当に人殺しをするようなひとはルドルフにはいないから」

「わたしはそうはっきりとは言い切れないけれど」シモンズは言った。「たとえば、誰がそう思っていそうなのか、名前を挙げてもらえる？」

激怒したヴィクトリアの顔が目のまえに浮かんだ。「とくに誰というわけでは」さりげなく手をふった。

「ミセス・オルセンはどう？　義理の息子がホテルの経営をまかされたことをどう思っていたのかしら」

「グレースはゴードンが手伝いにきてくれたことを喜んでいたわ」母がすかさず言った。

「ジャックの看病に集中できるから」

シモンズ刑事は母を長いこと見つめてから言った。「ミセス・オルセンに訊いてみればわかるでしょう」

レストランを出てからあまりにも多くのことが起きたので、もう真夜中だろうと思っていたのに、腕時計を見てみると、まだ十時にもなっていなかった。グレースとジャックの家にはまだ明かりがついていた。

シモンズは階段をのぼり、ドアを強く叩いた。ドアには大きなリースが下がっている。色鮮やかなボールをつなげたリースで、うちの店で買ってくれたものだ。母とわたしは不安になって目を見あわせた。

ドアが開いて、グレースが顔を出した。もう寝支度を整えていた。化粧を落とし、宝石をはずし、アイボリーのサテンのパジャマとそろいのガウンを着ている。グレースは怪訝《けげん》そうな顔でシモンズ刑事を見たあと、わたしたちに気がついた。「アリーン。何かあったの?」

「ミセス・オルセン、わたしはルドルフ警察署の刑事、ダイアン・シモンズです。少し、おじゃましてもよろしいですか?」シモンズは尋ねるような口ぶりだったが、わたしには彼女が尋ねているわけではないことがわかっていた。

グレースは両手を胸にあてた。恐ろしげに目を見開き、後ずさった。

母は友人の顔を見て、考えを読みとった。「ジャックは無事よ。ジャックのことできたわけじゃないの」

恐ろしげだった表情が消え、グレースは両手をおろした。「どうぞ、お入りください。ホテルで何かあったのですか？　客室から何か盗まれたとか？　頻繁ではないけれど、起こることがあるから」居心地のよい居間に案内してくれた。

シモンズ刑事は〈アグ〉のブーツをぬがず、母もアンクルブーツをぬがなかったので、わたしもピンクに紫の花柄の長靴のまま部屋に入った。ハードウッドの床で雪が融けることなど、今夜のグレースにはささいなことだろう。

椅子の裏にランプがひとつ。ティーカップからは湯気がのぼり、サイドテーブルにはハードカバーの本がのっている。隅に飾られたクリスマスツリーでは白い電球が輝き、ガス暖炉では炎が勢いよく燃え、〈ボーズ〉のスピーカーからはクリスマスの合唱曲が流れている。フレンチドアのカーテンは閉められ、夜を締めだしていた。

わたしたちは部屋の真ん中にぎこちなく立った。「どうぞ、かけて……」グレースが口を開いた。

「あなたにはゴードン・オルセンという義理の息子さんがいますね？」シモンズが尋ねた。

「ええ、はい。ジャックの最初の結婚のときの息子です」グレースは困惑した顔で母を見た。

「アリーン、いったいどういうこと？　ゴードンが何か厄介なことに巻きこまれたの？」

「ミセス・オルセン、残念ですが、先ほどゴードンさんの遺体が発見されました」シモンズが答えた。

「ゴードンが？　死んだ？」

「はい」

「いったい、何があったんですか？」

「それはまだわかりません」

「グレース、本当にお気の毒に」母が言った。

「夫にはわたしから伝えてもいいでしょうか」グレースは言った。「ジャックは心臓の手術をしてまだ入院中です。明日の朝いちばんで病院へ行って話しますから」

「かまいません」シモンズは言った。

グレースはガウンを身体に巻きつけて腰をおろした。そして紅茶をひと口飲んでから言った。「ホテルに何か過失があったのですか？」

「現在のところ、そういった事実は確認されていません」シモンズは答えた。

「わざわざご足労いただいてありがとうございました。見送りは失礼させてください」

「グレース！」母が言った。「刑事さんが話したことを聞いていた？」

「ちゃんと聞いたわ。ゴードンが死んだんでしょ。アリーン、わたしが動転すると思っていたなら、そのほうが意外よ。わたしが心にもないことを言うのが嫌いなのは知っているでしょう。ゴードンは本当に不愉快で狭量《きょうりょう》な男だった。わたしがいま気にしているのはジャックのことだけだけど、病院に行くには遅すぎるでしょう。どんな欠点があっても、ジャックはゴードンを心から愛していた。とてもショックを受けるはずよ。ゴードンは心臓発作を起こしたんじゃないかしら。そうだとしたら皮肉よね」グレースはもうひと口紅茶を飲んだ。

「心臓発作ではありません」シモンズが答えた。「心臓は止まりましたけど。ミセス・オルセンと、彼はナイフで刺されました。殺されたんです。この部屋からさほど遠くない場所で。そのことについて、何か言うべきことがありますか？」

グレースの顔からまたたく間に血の気が失せた。ティーカップが床に落ちて、ハードウッドに紅茶が広がった。「殺された！　冗談でしょう。誰がそんなことを」

「あなたはゴードンをあまり好きではなかった。いま、はっきりおっしゃったように」

「好きではなかったけど、殺してなんかいません。つまり、そうほのめかしているのではないといいんですけど……」

「ほのめかしたりはしません」シモンズのコートのポケットで電話が鳴った。シモンズは携帯電話を取りだして画面を見てから応答した。「すぐに行くわ」電話を切った。「もう行かないと。ミセス・オルセン、明朝またお話をうかがいます」

「面会時間になったら、すぐに病院へ行きます。そのあとなら、けっこうです。これからホテルへ行きます。敷地内で殺人事件なんかが起こったら、営業に差しさわりがあるでしょうから」

「敷地内で殺されたとは言っていません」シモンズが言った。

グレースは完璧な形の眉を片方だけ吊りあげた。「刑事さん、わたしが罠《わな》に引っかかって自白したなんて思わないでくださいね。アリーンとメリーが一緒にきて、ゴードンはここからさほど遠くない場所で殺されたとおっしゃったから、そう推測しただけです。それじゃあ、これから着がえてホテルへ行くので」

わたしたちが動きだすまえに玄関が開き、最初にレニー・オルセンが、続いてキャンディス・キャンベルが居間に駆けこんできた。「あなたね!」レニーが叫んだ。「いったい、何をしたのよ!」

「わたしは何もしていないわ」グレースは冷静に言った。

「申し訳ありません、シモンズ刑事」キャンディが言った。「遺体が救急車に運びこまれるのを見たひとが、この方に話してしまって。刑事を待つようにと言ったんですが、聞いてくれなくて」

シモンズはレニーのまえに立った。「ミセス・レニー・オルセンですか?」

「そうですけど? あなたは?」

「わたしはルドルフ警察の刑事、シモンズです。キャンベル巡査と一緒にホテルに戻っていただけますか? すぐにうかがいますので」

「夫が殺されたっていうのに、ベッドに戻って、すべて忘れろって言うんですか!」

「現在、捜査中です」シモンズは落ち着いた穏やかな声で答えた。「今夜のご主人の行動についてお話をうかがう必要があります。でも、場所を変えましょう」

「わたしが一緒に行くわ」わたしはよかれと思って言った。レニーの顔は化粧っ気がなく真っ青だった。ブーツのひもはほどけたままで、白いネグリジェの上にショールをはおっている。わたしは手を伸ばし、腕に触れて慰めようとした。

「さわらないで」レニーがうなるように言った。「あなたたちでしょ。そうよ、あなたたちがやったんだわ。あなたと、あなたのお父さんが」

「はあ？」思わず口をついて出た。

レニーはシモンズのほうを向いた。「この耳で聞いたんだから。あのサンタクロースのふりをしているまぬけな男が、このひとの父親が、わたしのゴードンを脅したのよ」

「ばかばかしい」母とわたしは同時に叫んだ。

「ここでみんなそろっていても、意外でも何でもないわ。聞いたんだから。あなたたちだって、聞いたでしょ」レニーは声を低くして、癪《しゃく》だけれど、とてもうまく父の話し方をまねた。「〝ぜったいに止めてみせる。どんな方法をとっても〟」

レニーはシモンズを見すえながら言った。「さっさと、あの偽物サンタクロースを逮捕して」

6

わたしは噴きだしそうになった。でもシモンズ刑事の顔を見て、喉もとまで込みあげていた笑い声が消えた。

「ばかばかしい」わたしはもう一度言い、母は椅子にすわりこんだ。

「あなたとミスター・ウィルキンソンは先にレストランを出たと聞いていますが？」シモンズはグレースに訊いた。

「はい。みんなと楽しく話をする気分ではなかったので、ひとりになりたくて。そうしたら、ノエルが親切に家まで送ってくれたんです」

「家にあがりましたか？」

「少しだけ。ジャックのことを話して、楽しかった昔を思い出しました。それからノエルが帰ったあと、寝支度をしました。そしてベッドに入るまえに少し本を読もうと思っていたところへ、刑事さんたちがきたんです」

「この家から帰ったとき、ミスター・ウィルキンソンはひとりでしたか？」

グレースはためらい、母を見た。

「質問に答えてください、ミセス・オルセン」シモンズは言った。

「ひとりでした。でも、ここには年じゅうひとがいるから。繁盛しているホテルですし、クリスマスを迎える週であればなおさらです」

「ミスター・ウィルキンソンはどこへ行くとか言っていましたか？」

「もちろん、食事の席に戻ったはずです」グレースは言った。「奥さんと娘さんが待っているんですから」

シモンズ刑事がわたしを見た。その目を見ても、考えは読めない。「でも、お父さんはあなたたちと庭を歩いていなかったのでは？」

わたしはうなずいた。

「どうして？」

わたしは母をちらりと見た。母は大きく息を吸ったが、何も言わなかった。

「先に家に帰ったと、母にメールがあって」わたしは仕方なく認めた。「父は……食事の席に戻って、他愛ない話をする気分じゃなかったみたいです。だから、母にわたしの車で帰ってきてほしいと」

「つまり、ミセス・オルセンと一緒にレストランを出たあと、お父さんの姿は見ていないのね？」

「ええ、でも……」

「何時頃？」

「わからない。時計を見なかったから」

「でも、ミセス・オルセンと一緒にレストランを出たときには、食事に戻ってくる予定だった?」

「父がどういうつもりだったのかはわかりません」

「ミスター・ウィルキンソンは何か、あるいは誰かを目にして、気が変わったのかもしれない」シモンズは言った。

「ほのめかしはやめて」母はゆっくり立ちあがり、いかにもディーヴァらしく背筋を伸ばした。実際より自らを大きく見せ、満員のオペラハウスだろうが、ひとが大勢いる居間だろうが、隅々まで自分の存在を見せつける術を知っているのだ。

「先ほども言いましたが、わたしはほのめかしたりはしません。この件については、まずミスター・ウィルキンソンと話をします」シモンズは携帯電話を取りだし、ぞっとすることに、巡査にわたしの両親の家へ行くよう命じた。父を警察署に連れていくためだ。

「まさか、本気じゃないでしょうね!」母は叫び、レニーはにやりと笑った。

「もちろん、本気です」シモンズは言った。「わたしはこの種の脅しを真剣に受け取ります。とりわけ、誰かが死んだ場合には」

「心配いらないわよ、ママ」わたしは言った。「すぐに、すべてはっきりするわ。ばかげた考えだって」

「失礼するまえに、もうひとつ」シモンズはレニーに言った。「ミセス・オルセン、あなたはもう寝る支度をしていたようですね。最後にご主人を目にしたのはいつですか?」

「そうよ、レニー。今夜、あなたは何をしていたの?」グレースが詰めよった。母はなだめるように友人の腕に手を置いた。レニーはいまにも唾を吐きかけそうな顔をしていたが、しっかり顔をあげてシモンズの顔をまっすぐ見た。「ゴードンとわたしはルドルフで夕食を食べました。何とかホリーという店で。この町のあちこちで見かける幼稚でおかしな名前の店よ」

「〈ア・タッチ・オブ・ホリー〉?」

「ええ」

「どうして、このホテルで食べなかったのですか? ここのレストランはとてもおいしいと聞いていますが」

「ゴードンはいつも仕事が頭から離れなくて、細かいことに注意が向くひとだったから。このホテルで食事をしたら、料理の質を分析するのに気を取られて楽しめないでしょ」

というより、値段をメモするのが忙しくてでしょう。わたしは何とか表情を変えずにいた。

「このホテルにお泊まりですか?」シモンズは訊いた。

「もちろん。今回、ゴードンはお父さんの近くにいないといけないから……その、いけなかったから。このひとが、い、い——」レニーは敵意のこもった目でグレースをにらみつけた。「——どう考えているかは知りませんけど」もう何度も使ったらしいティッシュペーパーをポケットから出して、目もとを押さえた。濡れているようには見えなかったけれど。「ホテルの部屋に戻ったのは九時頃です。わたしは部屋でくつろいでテレビでも見たかったんだけど、ゴードンはホテルをもうひとまわりしてくると言って。すべて順調かどうか点検してくると。それっきり――」いったん口をつぐんで、深呼吸をしてから続けた。「――戻りませんでした」

「ありがとうございました」シモンズは言った。「これから町へ行きますが、またお話をうかがいます」

レニーはもう一度義母を見た。「このホテルで歓迎されているとは思いませんけど、どこにも行くつもりはありませんから」

「キャンベル巡査が部屋までお送りします」シモンズは言った。「また、お話しするまで、そばで待機させますので」

レニーが出ていき、キャンディもあとに続いたが、容疑者の尋問に立ちあうのではなく、お守り役をつとめることを喜んではいなかった。グレースはホテルに戻って不安になっている宿泊客を落ち着かせるために寝室へ着がえにいった。シモンズは――あろうことか！――父を尋問するために出ていった。

母とわたしは車に乗り、黙ったまま町へ向かった。警察署で母を降ろし、ひとりで家へ帰るよう言われて初めて、携帯電話に入っていたメールを見た。

〝話がしたければ、電話をかけてきて〟アランからだ。

〝だいじょうぶかい？〟これはラスから。

わたしはだいじょうぶじゃないし、話したくもなかった。

でも、わたしのことを気にかけてくれるひとがいると知るのはうれしかった。


その夜はあまり眠れず、すっかりくたびれ、困惑した気持ちで目が覚めた。外はまだ暗い。わたしはもう起きているかどうかなどあまり考えずに、すぐに母に電話した。母はまだ寝ていたけれど、電話をしてくれてよかったと言ってくれた。そして父に替わった。

「メリー、何も心配いらないからな」父こそ心配しているような声で言った。「ゴードンを脅していたのを聞かれていたし、死亡時刻のアリバイがないせいで、シモンズにいくつか質問された。わたしは父親のホテルに関するゴードンの計画には賛成していなかったが、だからといって〈メガマート〉の件で殺したりはしないとシモンズにきっぱり言ったさ」父の笑い声は町のクリスマスツリーを七月に飾るときの雪みたいに嘘くさかった。「きょうも元気でな」そう言い残して父は電話を切ったけれど、わたしの気分は少しも上向かなかった。拘置所でひと晩過ごしたわけじゃないとわかって、少しは慰められたけれど。

わたしはまだ暗い通りに出て、マティーを散歩させた。家々に明かりがつき、人々が歩道の雪かきをしたり、車に積もった雪を払ったりしはじめている。頭がまた昨夜のことに戻った。ゴードンのことはこれっぽっちも好きではなかったし、〈ユーレタイド・イン〉の計画にはぞっとしたけれど、だからといって彼が殺されていいはずがない。ゴードンが死んだというのにグレースがあれほど冷淡だったことには、正直にいって衝撃を受けた。でも、そのいっぽうで、体裁のために悲しんでいるふりをしないのが悪いことだろうかとも思う。いつも本心ばかりを口にしていたら、何よりも警察が楽だろうけれど。グレースはジャックのことを心配しなければならないし、今朝はひとり息子の死を夫に伝えなければならない。また心臓発作が起きないといいけど。

思い出したくもないのに、ゴードンの遺体が頭に甦《よみがえ》ってきた。胸にヒイラギの枝が置かれ、そこにナイフが突き刺さっていた。犯人がヒイラギを手に入れるのは難しくない。この時期のルドルフでは一般的な飾りだから。何か意味があるはずだ。ゴードンはクリスマス・タウンを壊そうとしたから死ななければならないのだと、犯人は強調したのだろうか？　それとも、クリスマス・タウンの住民の犯行に見せかけたかったのだろうか？　そして、誰かが父を罠にはめようとしたのだろうか？　ばかばかしい。父はみんなに愛されている。クリスマスそのものなのだから。

いいえ、みんなとは言えないかもしれない。マディットたちは決して父のファンでも、クリスマス・タウンのファンでもない。そしてスー＝アン・モローは父がみんなに説き伏せられてまた町長に立候補するのではないかと心配している。もし立候補すれば、父が当選したも同然だから。

わたしはウサギが通った跡を嗅ぎまわっているマティーを引っぱって、家へ向かった。警察は殺人事件はルドルフとは関係ないと突きとめてくれるはず。きっと行きずりの犯行にちがいない。それだって安心できることではないけれど。クリスマスを一週間後に控えたいま、頭のおかしな連続殺人犯が観光客を狙っているなんて噂は願いさげだ。

ゴードンを殺した犯人はカリフォルニアからあとをつけてきたのかもしれない。きっと、そうだ。レニーはすぐさま父を名指しで疑った。自分への疑いをそらそうとしたのだろうか？　悲しみに沈んでいる未亡人を訪ねてお悔やみを言うべきだろうかと思ったけれど、すぐに考え直した。レニーがグレースの友人の訪問を好意的に受け取るはずがない。ゴードンが殺されたとき、レニーはホテルの部屋にいたとシモンズに話していた。つまり、アリバイはない。いずれにしても、ふたりの結婚はうまくいっていたのだろうか？　夫の死を知らされて、レニーは本気で悲しむというよりは、ひとのことばかり責めていたけれど。

そのいっぽうで、衝撃に対する反応はひとによってちがうものだ。もしかしたら、レニーはひとりになれたときに悲しむタイプなのかもしれない。

家に着き、マティーをケージに入れて店へ向かった。目が覚めて落ち着かないのなら、事務処理をやったほうがいい。コーヒーとマフィンを買うために〈クランベリー・コーヒーバー〉に寄った。店は出勤途中のひとで混んでおり、わたしは列に並んだ。

誰もがゴードン・オルセンについて話しているようだった。ニューヨーク州ルドルフの町民がクリスマスと同じくらい大好きなものがあるとすれば、噂話だ。

「メリー、あなたが死体を見つけたんですってね」図書館司書の助手が話しかけてきた。

「とんだ災難だったわね」

「もう死んでいるみたいだったの？」町庁舎の職員が好奇心で目をぎらぎらさせて訊いた。

「何カ所も刺されていたって聞いたぜ」これは除雪車の運転手だ。「血の海だったんだろうな」

「ぜんぜん。もっと安らかな感じだったわ」嘘だ。わたしは現場を思い出して震えないように気をつけた。

でも、みんなはゴードンがどれほど安らかに逝ったかなんてことには興味がない。わたしが注文すると、レジスターのうしろの若い女の子は爪に血がついていないかどうかのぞきこんできた。

「ノエル・ウィルキンソンが真夜中に連行されて尋問されたらしいな」不動産業者が話しているのが聞こえてきた。

「ばかばかしい」幼稚園の先生の声だ。

「本当さ」不動産業者が答えた。「ここでメリーに訊いてみな」

「ゆうべ、父もホテルにいたから話を聞かれただけよ。気づかないうちに、何か重要なものを見ていたかもしれないからって」

まわりにいたひとの多くが同意してうなずいたが、なかには怪しんでいるひともいた。

「ゆうべ、ホテルには大勢ひとがいた」不動産業者は続けた。「でも、誰もが警察で話を聞かれたわけじゃない」

わたしは反論しようとして口を開いたけれど、司書の助手に先を越された。「ノエル・ウィルキンソンほど町を支えてくれるひとはいないわ」

「そのとおり」わたしは言った。

「ノエルが町のためにやったのだとしたら、それだけの理由があったのよ」レイチェル・マッキントッシュが言った。「誰かがあのゴードン・オルセンを排除しなくちゃいけなかったんだから」

「ちょっと！　父は事件とは何も関係ないわ」

全員がにっこり笑った。レイチェルがわたしの腕を叩いた。「みんな、わかっているわよ」ウインクをした。「口は堅いから」

バリスタがコーヒーを差しだした。カップを強くつかみすぎたせいで、コーヒーが半分近くカウンターにこぼれてしまった。わたしはマフィンを引ったくり、大急ぎで店を出た。〈ミセス・サンタクロースの宝物〉のドアに鍵を挿しこんだところで、携帯電話が鳴った。わたしは半分しか入っていないコーヒーカップと、小さな紙袋と、ｉＰａｄケースと、キーリングのバランスを保ちながら、ポケットから電話を取りだした。「ちょっと待って」鍵をまわしながら言い、いちばん近くのカウンターに荷物をすべて置いた。「なあに？」うなるような声で電話に話しかけた。

「だいじょうぶ？」ヴィクトリアだ。

わたしは大きくため息をついた。「ええ、たぶんね。いま〈クランベリー・コーヒーバー〉に行ってきたんだけど、ゴードン・オルセンの話で持ちきりよ。町を救うために父が殺したんじゃないか、なんてほのめかすひとまでいたんだから。よくそんなことを言えるもの

「どうして〈クランベリー〉になんて行ったのよ。うちのスコーンが町いちばんだって、いつも言っているくせに」

「それは本当よ」でも、マフィンはヴィクトリアの店より〈クランベリー〉のほうがやや勝っているとは付け加えなかった。「いま、店に着いたところなの。途中で寄ったのよ」

「お昼は必ず、うちにきて」

「いつも行ってるでしょ」

「いつもじゃないわ」

「わかった。きょうは行く。どうして電話してきたの？」

「ゆうべのことを聞いたからよ。あなたとお母さんが死体を見つけたって。本当なの？」

「残念ながら、本当よ。食事のあと庭を散歩していたら、ゴードンが死んでいたの」あのときの様子を思い出し、身体が震えた。

「だいじょうぶ？　うちで夕食を食べて話す？」

「だいじょうぶよ。心配しないで。いい気持ちはしなかったけど、恐ろしくはなかったから。ラスとアランも一緒にいてくれたし」

「ラスとアラン？　ふたりは何をしていたの？」

「母がふたりを食事に招いたのよ」

ヴィクトリアは大笑いした。「アリーンらしいわね。ニューヨーク州北部で結婚したい男ナンバーワンで、甲乙つけがたいハンサムな男をふたりとも呼ぶなんて」

「どちらにも愛想よくしたかっただけよ」

「メリー、アリーンにはウエディングベルが聞こえているのよ。そうでなければ、聞きたいのね。わたしもその手のことは経験しているから。女が三十代に入ると、親類縁者がそろそろ口をはさむべきだと思いはじめるわけ。先週、穴釣りにきた男性たちがうちの店に朝食を食べにきたの。そうしたら、マージョリーおばさんたら、くだらない口実でわたしを厨房から引っぱりだして、そのひとたちに会わせたのよ」電話の向こうでヴィクトリアが目を剝いている様子が見えるようだった。笑い声を聞いて元気が出てきた。ヴィクトリアと話すと、いつだって気分が軽くなる。

「また、あとで話すわ」

「夕食の誘いはまだ有効よ。ピザか何かを頼めばいいんだし」

「様子を見てから決めましょう。また、電話する」

午前中はずっと店が忙しかった。昨夜ホテルに警察がきていたことを客たちが話しているのが聞こえたけれど、男が心臓発作か、庭で寝こんでしまって凍死したか、おそらくは両方が重なったせいだろうと考えているようだった。たぶん、グレースとホテルの従業員が（町民はともかく）懸命にその噂を広めたのだろう。店に出てきたとき、ジャッキーはきょうの《ルドルフ・ガゼット》を持っていた。事件は一面で扱われていたものの、小さな記事で、しかも折りたたむと隠れる部分に載っていた。パトカーと現場に張られた警察のテープの写真は、ほかの犯罪現場と何ら変わらない。ラスは煽《あお》ることなく事実を並べ、「捜査中」であり、警察は「犯人の逮捕に近づいている」ことを期待しているというシモンズ刑事の言葉を多く引用していた。観光客の多くは地元の新聞などは読まないだろうし、田舎町で人間がひとり殺されただけの事件が大新聞で大きく扱われることもないだろう。とりあえず、きょうは出ていない。ｉＰａｄに出てくるオンラインニュースは、昨夜、五十代の女性下院議員がエスコート役の十八歳の少年とかなり不名誉な状況でいたときに、警察の日常的な交通違反の取り締まりで捕まったという話で持ちきりだった。とてつもなく金持ちな議員の夫が〝妻の味方〟をするのかどうかという憶測でにぎやかだ。

午後も半ばに差しかかったとき、蝶番《ちようつがい》がはずれそうなほど店のドアが勢いよく開き、母が飛びこんできた。両手で新聞を持っているが、《ルドルフ・ガゼット》ではない。「このひどい記事を読んだ？」

たまたま店が混んでいたときで、店内の全員が手を止めてわたしたちを見た。母はわたしの目のまえで新聞をふりまわした。「訴えてやる」

わたしは母の腕をつかんだ。「どんな話か知らないけど、ここではやめて」母にささやくと、もっと明るい気分のときであれば、わたしのオフィスだと思える場所に引きずりこんだ。実際には机と、パソコンと、倉庫に入りきらない在庫と、従業員のコート入れがある部屋で、掃除道具も置いている。わたしはなかに入ると、ドアをしっかり閉めた。

オフィス兼掃除用具置き場には椅子を一脚しか入れることができず、わたしは母にすわるよう身ぶりで示した。母は椅子に腰かけると、新聞を突きだした。恐れていたことだけれど、新聞はやはり《マドルハーバー・クロニクル》だった。一面の上半分を両親の白黒写真が占めていた。父は胸にあごひげをうずめるようにしてうつむき、母はカメラをにらみつけている。母は手をあげているところを撮られたが、カメラをさえぎるには遅かった。目を細めれば、背景のドアに〝ルドルフ警察署〟と記されているのが見える。父はまるでニューヨーク・シティの道路で金銭をねだって逮捕された男のようで、母はオペラ『マクベス』で魔女の歌をうたいだしそうだった。

写真もひどかったが、見出しは最悪だった。〝ルドルフのウィルキンソン氏、残忍な殺人事件で事情聴取〟

「ひどい」《マドルハーバー・クロニクル》のカメラマンが深夜にルドルフ警察署にいたとすれば、誰かが内通したにちがいない。

「とんでもない大惨事よ！」母は泣きだした。

「《マドルハーバー・クロニクル》なんて気にしちゃだめよ。こんな新聞、誰も読まないわ」

「でも、読むかもしれない」母は嘆いた。「ライバルの歌手が楽屋の鏡にこの写真を貼って、大笑いしているかと思うと悪夢だわ」

「そのひとたちだって、いやな写真を撮られていると思うわよ。気にしないで。きのう、何があったの？　警察はパパを帰らせてくれたんでしょ？　それなら、いいじゃない」

母はため息をついた。「あの憎たらしいシモンズ刑事ったら、パパと取調室に入って、ずっと出てこなかったのよ。わたしはロビーで待たされるだけで、パパのところに顔を出して、そばにいることを伝えることも許されなくて。警察のひとたちは、みんなわたしに気づかないふりをしていたけど。こんな恥ずかしい思いをしたのは初めて。ああ、あのときも恥ずかしかったけど。確か、コヴェントガーデンで裏方さんが……」

「ママ！　要点を言って」

「要点、そうね。やっと家に帰されてノエルが話してくれたのは、レニーが言ったとおり、パパがゴードンを脅したということをシモンズ刑事に認めさせられたということだけ。もちろん、パパは言葉だけのことだと言ったわよ。焦っているときには誰だって、似たようなことを言うものでしょ。わたしだってそうだわ。わたしに言えるのは、コヴェントガーデンの裏方が翌朝死体で見つからなくてよかったということだけ」

「ママ、話を進めて。シモンズ刑事にはパパと……話がしたい理由がほかにもあったはずよ」わたしは〝尋問〟という言葉を避けた。

母は気まぐれなこともあるし、そのうえ自分に酔いやすい面もあるけど、両親が互いに深く愛しあっているのは間違いない。母は黒のウールのコート、黒のフェイクファーの帽子、黒のブーツ、そして赤い革手袋というきょうも完璧な装いだけれど、深紅の口紅は口角からはみでているし、片目のマスカラを忘れている。

「シモンズ刑事はゆうべのパパの行動を詳しく訊きたがったみたい。ノエルはグレースを家の玄関まで送っていったと話したらしいわ。近くには普段と同じくらいのひとたちが、ホテルの従業員とか宿泊客とかレストランのお客とかがいたって。グレースにお酒を勧められたけど、車を運転するから断ったそうよ。ふたりは数分話して、パパは帰った。グレースとホテルの将来について話しあって落ち込んだので、食事の席に戻って礼儀正しく話をする気になれなかった。それで、あなたがわたしを送ってくれるだろうから、まっすぐ家に帰ったらしいわ」

「グレースと話しているときには、何もなかったのかしら」

「わたしも訊いたの。グレースは、ジャックとふたりで築いてきたものをゴードンにすべて壊されてしまうと話していたそうよ。知らないひとも多いけど、〈ユーレタイド・イン〉を実際に運営しているのはグレースなの。ジャックを表に立てているけど、重要なことはすべてグレースが決めているわけ。グレースが実権を握るようになってから、ホテルは急成長したのよ。あの……出しゃばりが急に口をはさんできて、グレースはもう必要ないなんて言いだしたとき、グレースがどれほど腹を立てたか、想像がつくでしょ」

もちろん、想像がついた。わたしは何も言わなかったけれど、頭はすばやく回転していた。もしも、グレースがゴードンのあとをつけて、庭まで追いかけていたら？　パパが帰ったあと、ゴードンに電話をかけて、話したいことがあるから会わないかと誘いだしたのかもしれない。わたしたちが玄関に現れるまえにネグリジェに着がえ、くつろいでいたふりだってできる。

「考えることさえやめて」母が言った。「でも、グレースがそこまでするとは思えない。

「考えるって、何を？」

「グレースがゴードンを殺したってこと」

「考えてないわよ！」声が裏返ってしまった。いったい、どうしてわかったの？　オーブンの天板に並んでいるクッキーを盗み食いしたいと考えていただけなのに、手をはたかれたときと同じだ。話題を変えよう。「パパがまっすぐ家に帰ったと言っても、証明はできなかったんじゃない？」

母はうなずいた。「車でホテルから出ていくパパを見ていたひとがいなければ、無理ね」

「ねえ、パパについてシモンズ刑事がそれしかつかんでないなら、心配することはないわ。ルドルフの住民の半分がゴードンに死んでほしかったんだから。きっと、容疑者なんてたくさん出てくる。ゆうべはパパの名前が挙がったというだけよ」

「あの失礼なレニーがやったんだとしても驚かないわ。そういうタイプに見えるもの」

それがどういうタイプなのかわからなかったけれど、訊かずにおいた。「いまパパとママにとって最善なことは、自分の仕事に戻ることよ。何も問題ないふりをして。ところで、イヤリングを片方しかしていないことに気づいてる？」

母は悲鳴をあげて、両手で耳にさわった。そして片方の耳たぶにイヤリングがないことがわかると、もう一方の耳からゴールドの大きなフープイヤリングをはずしてバッグに入れた。

「今朝は頭がいっぱいだったから」

「だいじょうぶよ、ママ。パパが無関係なのはすぐにわかるから」

「パパはシモンズに町から出ないよう言われたの」

あまりよくない兆候だけれど、口には出さなかった。「パパは、何て？」

「どこにも行く予定はない、サンタクロースがクリスマス・タウンにいなくてどうするって」

「シモンズ刑事にそう言ったの？」

「そうよ」

「でも、本物のサンタクロースじゃないのに」

「メリー、そんなことはわかっているわよ。パパだって。きっと冗談よ。シモンズ刑事はあまり冗談が通じないみたいだけど」

「ママ、そろそろ家に帰って、少し落ち着いて。心配しないで。きっと、すべてうまくいくから」

母はかすかにほほ笑んで、立ちあがった。「わたしもずっと同じことをパパに言ってるわ」

「ひとつ、質問があるの」わたしは新聞を指さした。「この写真は誰が撮ったの？」

母は首をふった。「くだらない新聞社のカメラマンでしょ。顔は見えなかったの。暗かったし、フラッシュで目がくらんだから」

「男？」

母は考えてから言った。「男でも女でも関係ないと思うけど、たぶん男ね。写真を撮ったあとそそくさと逃げていったわ、最近の若い男の子みたいに。うつむいて大股で不格好に歩くのは、きっと、ズボンがずり落ちちゃうからよ」非難するように鼻を鳴らすと、オフィスから出ていった。

母がジャッキーに挨拶し、ドアの鐘が鳴るのが聞こえた。母が確かに出ていったのがわかると、やっと椅子に腰をおろし、両手で頭を抱えた。最悪だ。

ダイアン・シモンズはルドルフにきたばかりだ。ずっとシカゴで警察官として勤め、小さな町で暮らしてみたいと考えたらしい。まえに事件を捜査したシモンズを見て、とても頭がよく、有能な刑事だと思った。でも、警察官がどう考えるのかはまったくわからない。容疑者が浮かびあがったら——つまり、父のことだ——どのくらい本気でほかの容疑者を探すのだろうか？　いや、本当の殺人犯を探すのかということだ。父はサンタクロースとして知られているとおり、親切で、穏やかで、愛情豊かなひとだ。家に入りこんできたハエさえ殺せず、外に出してやる。

わたしは警察の視点で物事を見てみた。犯行の方法と、動機と、機会だ。ミステリ小説で警察が探すのは、その三つでしょ？　父にはその三つがそろっているように見える。犯行の方法……ナイフ。あまり重要じゃない。誰だって手に入れられる。動機……パパはゴードンにひどく腹を立てていた。これも、あまり重要じゃない。ルドルフのみんなも怒っていたから。機会……この点でパパは抜きんでている。ゴードンの死亡時刻にホテルにいて、敷地内をひとりで歩いていた。

父は誰も殺していないのにシモンズに疑われているのだとしたら、無実を証明するのはわたしの役目かもしれない。父はまったくの楽天家だから、おそらく〝取調べで警察の捜査に協力した〟だけだと思っているのだろう。協力的なよき市民として。

わたしはジャックが心臓発作を起こしてゴードンとレニーがやってきてからの一週間の出来事を思い返した。問題はあまりにも容疑者が多いことだ。腕時計に目をやった。そろそろ三時になる。まだお昼さえ食べていない。

「ヴィクトリアのお店へ行ってくるわ」ジャッキーに告げた。「何か、買ってくる?」

「ピーナッツバター・クッキーにして」ジャッキーは雑誌から目もあげずに答えた。客は誰もいない。母が劇的な登場をしたときに居合わせた客たちはすべて帰り、まるでふさわしいタイミングで舞台に呼ばれたエキストラのようだった。

クリスマスの一週間まえでも、月曜日は暇だ。週末に向けて次第に忙しくなり、町が土曜日と日曜日に計画している子ども向けの大規模なパーティーで最高潮になればいいのだけれど。週末には湖の入江がスケート場になり、公園では雪像コンテスト(作った人の年齢別に審査される)が、野外音楽堂ではコンサートが催され、通りにはピエロと手品師が現れ、ジングルベル通りの店の外ではホットドッグとココアがふるまわれる。そして高校生の扮《ふん》したエルフたちやおもちゃ職人に扮したアラン・アンダーソンに伴われて、サンタクロースが登場する予定なのだ。

わたしはアランがつくる木の兵隊と汽車を追加で注文していた。クリスマスを心から楽しむ子どもたちの姿を見て、親たちがもうひとつプレゼントを増やすことを期待して。

もしかしたら、ふたつ増やしてくれるかも。親たちが自分のものを買ってくれるかもしれないし。

わたしは急ぎ足でジングルベル通りを歩いて、〈ヴィクトリアの焼き菓子店〉へ向かった。店は三時で閉店だけれど、ヴィクトリアはたいてい奥の棚から何か見つけてくれる。灰色の雲が低い空に垂れこめ、風が身を切るように冷たい。わたしは手袋をした手をポケットの奥に突っこんだ。町の全員が天気を気にしている。天気予報では子ども向けのパーティーの前日である金曜日は気温があがり、土曜日は——恐ろしいことに——冷たい雨が降りそうなのだ。

わたしは〈ヴィクトリアの焼き菓子店〉の入口の階段を駆けのぼった。もう札は〝準備中〟になっており、なかではマージョリーが床を掃いていた。

ドアをノックした。マージョリーが顔をあげ、顔をしかめて、腕時計を叩いた。わたしは必死に頼みこむ顔をして見せた。マージョリーはほうきを置いて、鍵を開けてくれた。

「ふー！　ぎりぎり、まにあった」

「もう閉店よ。すべて売り切れ」

「何か、残っているでしょ」わたしはカウンターの向こうの棚を見まわした。清潔な裸の木がわたしを見つめ返した。「スープは？　マフィンかスコーンは？」鼻をそっとひくひくさせた。焼けたペストリーとぐつぐつ煮えたスープのにおいが漂ってはいるけれど、ほんのかすかだ。すでに調理台はきれいに磨きあげられ、床もきれいに掃いてある。椅子はひっくり返されてテーブルの上。壁の時計をちらりと見た。三時二分まえ。「どうして早じまいしたの？　ヴィクトリアは？」

マージョリーが大きく息を吐いて、顔を奥へ向けた。

「どうしたの？」

「あの女刑事がもうすぐくるのよ。ヴィクトリアは店を閉めたほうがいいと思ったみたい」

「もうすぐ警察がくるわ」ヴィクトリアが厨房から出てきた。「ありがたいことにシモンズ刑事があらかじめ電話をかけて時間を決めてくれたから、たくさんのお客さんのまえで話をしなくてすんだけど」ヴィクトリアはエプロンをはずしており、たくさんの穴と継ぎがあるぶかぶかのジーンズをはき、夏用の青いTシャツを着ていた。短く立っている黒髪はきちんと梳《と》かし、右目には長い紫色の髪がひと筋かかっている。耳に並ぶ銀色のピアスは照明があたって光っていた。

「どうしてくるの？」わたしは訊いた。

「知りたくもないわ。きっとゴードン・オルセンの件でしょ。誰も悲しんでないけどね」

「みんな、そうみたい」

ヴィクトリアは肩をすくめた。「わたしと何の関係があるのか知らないけど。マージョリーおばさん、もう帰っていいわ」

「帰らないわよ。気持ちの支えが必要になるかもしれないでしょ」

「ありがとう。でも、平気だから」

マージョリーは顔をしかめそうになるのをこらえている。ヴィクトリアの親戚にとって、気持ちの支えとは家族に報告することなのだ。マージョリーはコートを取りにいき、店を出るときに、ダイアン・シモンズとすれちがった。

「また、あなたね」シモンズがわたしの顔を見て言った。

「ええ。また、わたし」

「メリー、あなたはいつもルドルフで起こる事件の真ん中にいるみたいね。お父さんと同じで」

「どういう意味？」

「あなたのお父さんはこの町の大物よね。事実上の町長だとみんなが言っているわ。町いちばんの有力者だって。サンタクロースでもある」

「ときどきサンタクロースを演じているだけよ」わたしは慌てて父をかばった。「みんなは尊敬してくれているけど、それだけの理由があるから。大きな産業がなくなったあと、このあたりの多くの町みたいにルドルフが廃れるのを救ったのは父だった。ルドルフという名前を活かして、一年じゅうクリスマスの町にしようと提案したの」シモンズに歴史の授業をするつもりはなかった。実際にはルドルフを再興する最初の計画は、町の創立者の米英戦争での英雄的な行動を中心に据えていた。だが、その英雄がイギリスのスパイだったことを研究者が発見し、その計画は即刻お蔵入りとなったのだ。

「ノエルという名前で、あのひげ、あのお腹、あのきらきらとした青い目よ？　これ以上サンタクロースにふさわしいひとがいると思う？」ヴィクトリアが言った。

「お父さんには、この町がとても大切なんでしょうね」シモンズはわたしに言った。

「ええ、それはもちろん……」すんでのところで、目のまえに空いていた落とし穴に気がついた。「もちろん、ここに住んでいる誰にとっても大切だもの。でも、いちおうお伝えしておくと、両親は夏はニューヨーク・シティに住むことを考えているの。母が演劇学校で声楽を教えないかと言われていて……」

「本当なの？」ヴィクトリアが言った。「初耳よ。あなたのお父さんがルドルフを出ていくなんて信じられない。お母さんがツアーに出たりメトロポリタン・オペラでうたったりしていたときも、お父さんはここにとどまって子どもたちを育てていたのに……」そこでやっと、わたしが顔つきで必死に送っている合図に気がついた。そして口をぴたりと閉じた。

わたしたちはシモンズ刑事にほほ笑みかけた。シモンズはほほ笑みかえす礼儀を持ちあわせていなかったけれど、たとえ礼儀をわきまえていたとしても、キッチンの調理台に置きっぱなしになっているクリームの瓶を見つけた猫みたいな笑い方をしたはずだ。「メリー、あなたにも話を訊かなければいけないことを忘れていたわ。こちらが終わったら、あなたのお店へ行くわね」

「いま、ここにいるんだもの」わたしは期待をこめて言った。「ヴィクトリアとわたしに、いっぺんに話を訊いてくれるというのは？　時間が無駄にならないし」

「無駄になるのは、わたしの時間だから」シモンズはドアを開けた。笑ってはいなかった。

「終わったら、すぐに電話して」わたしはヴィクトリアに言った。

「わかった」

わたしは店を出た。

お昼は食べられなかった。

〈キャンディケイン・スイーツ〉のまえを通りかかると、レイチェル・マッキントッシュが待ちかまえていた。「メリー、何があったの？　怖そうな女刑事がヴィクトリアのお店へ入っていったでしょう」

「普通の聞きこみよ」

レイチェルは首をふった。「普通の聞きこみじゃないでしょ。あなたのお父さんが逮捕されたって聞いたけど」

「逮捕なんてされてない！　誰がそんなことを言ったの？」

「さあ、覚えてないわ。スー＝アンだったかしら」

わたしは歯を食いしばった。スー＝アンめ。父はまた町長になりたいなんて思ってもいないのに、信じようとしないのだ。「ゆうべ、父は事件が起きた時間にホテルにいたの。シモンズ刑事が父と話をして、何かおかしなものを見なかったか訊きたがるのは当然よ。それだけのこと」

レイチェルはうなずいた。「ゴードン・オルセンは殺されたって、みんなが言っているわ。刺されたって」

「そうらしいわね」

「ホテルはどうなると思う？　つまり〈ファイン・バジェット・インズ〉と〈メガマート〉との契約のことだけど」

「レイチェル、どうしてわたしに訊くの？　わたしにわかるはずないじゃない」

「メリー、町はこの話で持ちきりよ。みんな知りたがっているの」レイチェルはあたりをすばやく見まわした。近づいてくる者はいない。「わたしはグレースだと思う。無理もないわよ。あんなふうにゴードンがしゃしゃり出てきて、ホテルの経営を引き継がれたりしたら」

「ほかのひとにそんなことは言わないでね。とくに警察には」

レイチェルは鼻を鳴らした。「たんなる考えよ。あなただから話しただけ。現場にいたっていうから。みんなもそう言っているわ」

「らしいわね」わたしは歩きつづけた。


「メリー、誰か待ってるの？」ジャッキーが訊いた。

「まさか！　どうしてそんなこと訊くの？」

「だって、鐘が鳴るたびに飛びあがってるし、窓の外ばっかり見てるから」

「ああ。シモンズ刑事にきのうのことで話を聞きたいから、きょうの午後、店に寄るかもしれないと言われたの」

「別にびくびくすることないじゃない。あなたがやったんじゃないなら」ジャッキーは自分の冗談に大笑いしたけれど、わたしは笑わなかった。

そろそろ四時半になる。わたしは窓の外をのぞくだけではなく、ヴィクトリアが連絡してくるのではないかと、しょっちゅう携帯電話をのぞいていた。まだシモンズ刑事と一緒なら、ぜったいに連絡はないだろうけど。

「もう帰っていいわ」ジャッキーに言った。「きょうは五時までの予定よ」

「時給は払うから」

「すごい。三十分も早いのに。警察がきたときに証人はいらない？　あたしがいたほうが有利になるんじゃない？　カイルはきっとギャングか何かの仕業だろうって言ってるの。ほら、建設業界の親分とか。ゴードンはそいつらをだますか何かしようとして、親分の気に食わないことをしてしまったのかも」

「可能性はあるわよね」わたしは喜んで言った。「カイルに警察に話すよう言って」

「カイルはできるだけ警察と関わらないようにしてるから」

あり得そうな話だ。けれども、長いこと定職に就いていないジャッキーの恋人と警察官たちの見解の相違について考えている暇はなかった。携帯電話の着信音が鳴り、テキストチャットが届いたことを知らせたのだ。

ヴィクトリア：そっちに行った。終わったら連絡して。

一分後、ドアの鐘が陽気に鳴り、シモンズ刑事が入ってきた。「メリー、遅くなってごめんなさい。とんでもない日だわ」

「朝刊に犯人を逮捕するって書いてあったけど」ジャッキーが言った。「誰がやったの?」

シモンズはジャッキーを冷ややかに見た。「新聞はいろいろなことを書くから。たまには本当のこともあるけど、間違っているほうが多いわね。メリー、オフィスで話しましょうか」

「あそこはせまいから、店を早じまいします。どうせ月曜日は五時までで、そろそろ時間だし。ジャッキー、お疲れさま」

ジャッキーはやけに時間をかけてコートを着て帰る準備をした。シモンズは店内を眺めている。「まえにも思ったけど、すてきな品物ばかりね」

「ありがとうございます」

シモンズはおもちゃを並べたテーブルにある汽車をじっくり見ている。小さな線路も機関車も客車も車掌車もすべて木製で、アラン・アンダーソンが心をこめて手作りしたものだ。シモンズは真っ赤な車掌車を手に取ってひっくり返した。「かわいい」

「ええ」

「地元でつくられたものをたくさん扱っているのね」

「できるだけ、そうしようと心がけているわ。ニューヨーク・シティで買ってくる品もあるけど、なるべく地元のものを仕入れているの。この町を応援したいし、うちの店にくるお客さんたちはそういうものを求めているから」

「この通りの数キロ先に〈メガマート〉が開店しても、あなたはそんなに困らないという予想はあたっている?」

「〈メガマート〉とうちは競合しないわ。あなたが言っているのがそういう意味なら。でも、ほかの多くの店にとってはうれしくないニュースでしょうね」

「たとえば、隣の店とか?」

「〈ルドルフズ・ギフトヌック〉? ええ、たぶん。〈メガマート〉はベティと同じ商品を仕入れて、もっと安く売るでしょうから」

「ベティというのは〈ルドルフズ・ギフトヌック〉の経営者、ベティ・サッチャーのこと?」

「でも、困ったことになるのはベティだけじゃない。アメリカじゅうの商店街と同じで、ジングルベル通りのほとんどの店が巨大ストアに怯えているから」

シモンズは次のテーブルに足を進めた。アクセサリーをじっと見つめている。クリスタルのイヤリングを手に取った。シルバーの細いワイヤーがクリスマスツリーの三角形をつくっている。シモンズは値札を見て、口笛を低く吹いた。「四十五ドル」

「手作りですから」

「〈メガマート〉とは競合しなくても、〈ユーレタイド・イン〉が〈ファイン・バジェット・インズ〉に変わったら、クリスマスにしか着けられないアクセサリーに五十ドル近いお金が出せるお客は減るかもしれない」

「だから？」ジャッキーが手袋をしながら奥から出てきた。「商売は商売よ。こっちが閉まれば、あっちが開く」

「そんなふうには考えられないひともいるかも」シモンズが言った。

「まあ、どうでもいいけど。カイルは〈メガマート〉ができればいいと思っているの。計画が進んだら、建設会社の求人に応募するって。メリー、それじゃあ、また明日」

わたしたちはジャッキーを見送った。シモンズがふり返った。「どうやら、ルドルフの全員がゴードン・オルセンの計画に反対しているわけじゃなさそうね」

「そうみたい」

「メリー、ゆうべのことについて聞かせて。食事が終わってから、警察が到着するまでのことで、覚えていることを残らず」

わたしはカウンターの向こうにまわって、ジャッキー用のスツールに腰をおろした。シモンズは店の真ん中で足を踏んばり、腕組みをして立っている。わたしはゆっくり、慎重に言葉を選びながら話した。わたしは母、ラス・ダラム、アラン・アンダーソンとレストランを出た。母が庭を歩きたがった。争うような音が聞こえ、誰かが怒鳴り、ほかの誰かが悲鳴をあげ、走りさっていく足音を耳にした。ゴードンを見つけて、九一一に電話した。それだけだ。

「昨夜、あなたは争っていた声は男か女かわからないし、聞き覚えのある声でもなかったと言っていた。それは変わらない？」

「ええ」

「聞こえたのは、ふたりのちがう声？」

「たぶん。ぜったいとは言いきれないけど。アランとラスにはもう話を聞いた？」

「ええ。あなたのお母さんにも」

「みんなは何と言っていた？」

シモンズは質問には答えず、顔をわたしに向けた。「言葉は聞き取れた？」

「いいえ」

「ホテルの庭の周辺で、誰かほかのひとを見かけなかった？」

「いいえ。誰もいなかったわ」

「でも、ホテルには大勢ひとがいたのでしょう？」

「あそこはとても人気があるのよ。グレースがとても美しくクリスマスの飾りつけをしているから。家族連れなら池でスケートをしたり、芝生で雪だるまをつくったり。でも、たまたま人がいなかったみたいね。そうよ、足跡を探ったんでしょう？　雪なら足跡がはっきり残るもの。それで、何かわからなかった？」

「最後に雪が降ってから、大勢が庭を歩いたの。言いたくはないけど、現場はあなたたちがすっかり踏みつけてしまったし」

「彼を助けようとしたのよ」

シモンズは片手をあげた。「文句を言っているわけじゃない。あなたたちがゴードン・オルセンを発見した石像から離れていく、くっきりとした足跡がいくつかあったの。冬用のブーツで大量生産品、男女兼用。標準的なサイズ」

「それで、役に立つの？」

「足跡は比べるものがないと、意味がないから」

「その足跡はどこへ向かっていたの？」

「駐車場。車も人間もたくさん行き来する場所で足跡は完全に消えていた。ブーツの人物は車に乗りこんで走りさったのかもしれない。あるいは近道をして、きちんと雪かきされていたホテルに向かう道に出たのかもしれない。メリー、見てもらいたいものがあるの。見覚えがあったら教えてちょうだい」

シモンズは袋に手を入れて、写真が入っているビニール袋を取りだした。わたしはゴードン・オルセンの遺体の写真だと思って身がまえた。でも、そんな心配はいらなかった。そこにはナイフの写真しか入っていなかった。どんな台所にもありそうな、ごく普通のナイフだ。わたしは唾を飲みこんだ。「ゴードンを殺したナイフね」

シモンズは答えない。

「いままでまったく気づかなかったけど……」

「メリー、じっくり見て」

「庭でゴードンを見つけたときには気づかなかったけど。まえに見たことはあるわ。つまり、それに似たナイフを、ということだけど。〈ユーレタイド・イン〉の厨房で。あと、ディナーのときも……同じテーブルでステーキを食べたひとがいて。彼が……いえ、そのひとたちが……そんな感じのナイフを使っていた気がする」

「メリー、あなたのお父さんがステーキを食べていたことは知っているわ。ほかにも大勢のひとが食べているし、昨夜だけじゃなくて、ほかの夜だって食べているでしょう。これとそっくりなナイフが厨房の引きだしにたくさん入っていたことは言うまでもないし」

「気づいたのはたまたまよ」わたしは嘘をついた。「テーブルが片づけられたとき、空っぽの皿に父が使ったナイフが残っていることに気づいたのは」

嘘つきは目をまっすぐ見るんだっけ？　それとも、目をそらすんだっけ？　思い出せない。でも、ぜったいにシモンズにばれている。彼女はわたしをじっと見つめた。

「マーク・グロッセのことはどのくらい知っている？」

とつぜん話題が変わり、わたしは目をぱちくりさせた。「あまり知らないわ。町にきたばかりだから。〈ユーレタイド・イン〉のシェフよ。まだ二度しか会ったことがないし。でも、感じのいいひと」

「あなたの友人のヴィクトリア・ケイシーも同じ意見よ」

「どういう意味？」

「別に。あなたはゴードン・オルセンとマーク・グロッセとヴィクトリア・ケイシーがホテルへのパンと焼き菓子の納入をめぐって口論していたのを目撃しているわね」

「ねえ、刑事さん。ゴードン・オルセンがホテルを変えると話していたと、町のみんなから聞いたでしょう。大きく変えるって。その話を聞いて喜んでいるひとは多くないわ。カイル・ランバートは反対するつもりはないみたいだけど」

「ええ、そのとおり。でも、損失が大きいひともいれば、小さいひともいる。ヴィクトリア・ケイシーの店はホテルの注文をあてにしていた」

「ちがうわ。ホテルの注文がなくてもヴィクトリアの店はやっていける。おまけの売上げがあればけっこうだけど、それだけのことよ」

「マーク・グロッセは〈ユーレタイド・イン〉で働くために、ニューヨーク・シティで勤めていた条件のいい職場を辞めてきた。それに、グレース・オルセン。義理の息子が自分のホテルについて計画していることに激怒していた」

「そんなふうに、ひとを非難ばかりしないで」

「だめかしら？」

「ナイフから指紋が出なかったの？」

「ええ。きれいに拭きとられていた。それに、この時期は手袋をしていても目立たないから」

「ヒイラギの枝は？」

シモンズは店内を見まわした。「ここでは生の花や植物を売ってないのね」

「うちの品ぞろえとはちがうから。生花を扱う花屋はあるし」

シモンズはうなずいた。「この町にはポインセチアもクリスマス・カクタスもヒイラギもたくさんある。警察署の机にも花瓶があって、赤と白のカーネーションとヒイラギの枝が活けられているくらいだから」

「それがルドルフよ」

「ヒイラギの枝は〈ユーレタイド・イン〉に飾られていたものを折ったみたい。折れている枝があって、その先がゴードン・オルセンの遺体にのっていたものと一致したから」

「ということは、殺人犯は最近になって〈ユーレタイド・イン〉にきたことがある人間ということね。たいした手がかりにはならないけど。あのホテルには大勢のひとが行くから」

「あなたの言うとおり、あのホテルはとても多くのひとが行き交っている。入口に警備員がいるわけじゃないから、好きなように出入りできる。従業員と宿泊客だけでなく、なかを見にくる観光客、池でスケートをしたあとトイレを借りにくる家族連れ、食事をしにきたひと、それに業者も。でも、容疑者を絞ることは可能よ。ところで、さっき見ていたイヤリングを妹のクリスマスプレゼントにしたいの。取っておいてもらえるかしら？　明日、買いにくるから」

「どうして、いまじゃないの？」

「仕事と楽しみははっきり分けたいから」シモンズは言った。「買い物はいつだって楽しいものだと思わない、メリー？」

シモンズ刑事が出ていってドアが閉まった瞬間に、わたしは携帯電話をつかんでヴィクトリアにテキストチャットを送った。

わたし：家に寄って、マティーを連れていく。ワインをたくさん用意しておいて。

7

マティーはヴィクトリアの家のまわりの道を覚えており、玄関を入ってリードを放した瞬間に、一目散にキッチンに向かい、サンドバンクスのごはんのにおいを吸いこんだ。サンドバンクスはヴィクトリアが飼っているゴールデン・ラブラドール・リトリーヴァーの老犬だ。もらい手のいないセントバーナードの仔犬の一匹をなぜ自分で引き取らないのかと訊いたとき、ヴィクトリアは大きいだけでなく、騒々しくて興奮しやすい新しい友だちと暮らしたりしたら、かわいそうなサンドバンクスの年季の入った心臓は持たないと説明した。夕食を盗られても片方のまぶたをあげて、ぶつぶつと文句を言うことしかできない老犬を見ていると、確かにヴィクトリアの言うとおりだ。

「しまった」ヴィクトリアが言った。「ごはんのボウルをしまうのを忘れていたわ」

「手遅れよ」マティーはごちそうがこぼれていることを期待して、キッチンの隅のにおいを嗅ぎはじめた。わたしは自宅の冷蔵庫から出してきた白ワインをヴィクトリアに渡し、食器棚からグラスをふたつ出した。

わたしたちはワインを居間に持っていった。わたしはふたり掛けの椅子に足をのせてすわり、ヴィクトリアはソファにすわりこんだ。

わたしたちはワインをひと口飲み、喜びのため息をもらし、同時に言った。「どうだった？」

ふたりとも笑いだした。「わたしたち、一緒にいすぎるのかも」ヴィクトリアが言った。「次はきっと相手が途中まで話した……」

「……続きを話すわね。もうやっているもの」

「わたしが先に話すわね。もう、最悪。シモンズったら、取引を断られたから、わたしがゴードンを殺したって言っているのも同然だったんだから」

「アリバイはあるの？」

「残念ながら、なし。七時にひとりでベッドに入って、少しだけ本を読んで、八時には明かりを消したと話したわ。そのまま朝まで寝ていたって。信じていないでしょうけど」

「どうして信じないの？」

「どこの三十歳の独身女が七時にベッドに入るのよ？」

「午前四時に起きて、一日十二時間以上、一週間休みなく働いている女」

「そう言ったわよ」ヴィクトリアはワイングラスを明かりのまえで掲げ、ワインが回転する様子を見つめた。「それより、マークのことが心配で」

「どうして？」

「シモンズがマークのことを根掘り葉掘り訊いてきたの。たとえば、マークは短気だと思うかとか、〈ユーレタイド・イン〉をクビになったらどうすると思うかとか。このあいだの朝、ゴードンがマークとの契約を解消するって脅したときのことを、厨房のスタッフのひとりがシモンズに話したみたい。重要な情報を握っているように見せたくて、争いを少し大げさに言ってしまったらしくて」ヴィクトリアはため息をついた。「朝いちばんに、マークから電話があったの。シモンズから言い争いについて訊かれたら、たいしたことではないと答えてほしいって。すごく不安そうだった」

「あなた、まさか……」

「もちろん、そんなことはしないわ。でも、シモンズがマークを殺人事件の容疑者だと思っているのは気にくわない。あんなにすてきな独身男性と知りあうなんて、もう何年もなかったんだから」グラスのワインを飲みほして、ボトルに手を伸ばした。

「警察は捜査をホテルの関係者に絞っているみたい」ヴィクトリアがワインを注いでいるあいだ、わたしはホテルの飾りから取られたヒイラギのこと、おそらくレストランから盗まれたステーキナイフのことを話した。ナイフが厨房から盗まれた可能性があることは付け加えなかった。

「メリー、誰が犯人だと思う?」

わたしは両手をあげた。「わからない。ゴードン・オルセンを殺したいと思わなかったひとなんている?　彼はみんなに嫌われていた。子どもの頃の憎たらしいやつから、ちっとも変わってなかった。ホテルを変えることを、わざと見せつけているみたいだった。ゴードンちのことだけよ。父と、あなたと、わたしにわかるのは、ゴードンを殺していないひとたことになっていたかもしれないのに。わたしたちは気づきもしないで、取り返しのつかないが何も言わずに計画を進めていたら、わたしたちは気づきもしないで、取り返しのつかない

「グレースは？」

「確かに、グレースには動機があるわ。でも、わたしはゴードンの遺体を見つけたすぐあとにグレースに会ったの。穏やかだったし、落ち着いていたし、ベッドに入るまえにくつろいでいた。ゴードンのことを聞いたときの驚きようは本物だった。それに、ゴードンが死んだことを悲しんでいるふりもしなかった。もしグレースが犯人なら、悲しむふりをしたと思わない？　でも、レニーはどうかな。判断できるほどよく知らないし。動揺はしていたけど、夫の死を悲しんでいるというより、グレースに腹を立てていた。どう思う？」

「マディットたちも捜査するべきじゃないかと思っていたところ」

「どうして？　あのひとたちはゴードンを歓迎したんじゃない？　敵の敵は味方でしょ？」

「自分たちの町に〈メガマート〉を呼びたいのかも。あそこはもともと打撃を受ける商業地区がほとんどないし」ワインの残りを飲みほして、グラスをテーブルに力強く置いた。「ピザは次にお預けね。そろそろ帰って。明日は早く店に行って、パンを焼いてから、マージョリーおばさんに店を開けてもらうことにする。七時に迎えにいくわ」

「どうして？」

「マドルハーバーへ行くのよ」

「わたしたちはつい最近あの町から逃げかえったばかりで、ほとぼりが冷めてないのよ。郵便局にはわたしたちの写真が貼ってあるかも」

「七時ね。時間厳守だから」

わたしはうめいた。「行きたくないって言ったら？」

「ひとりで行く」

「そう言うんじゃないかと思ってた」


今回ばかりは、ヴィクトリアのほうが遅かった。ヴィクトリアが時間に正確なのは、遅刻の常習犯のわたしには非常に迷惑であり、今回はぴったりの時間に準備をしておいて、マドルハーバー行きへの不満を示そうと考えたのだ。

でも、マティーとわたしは家の角を曲がったところで大家のミセス・ダンジェロに待ち伏せされ、今回は急いでいるふりもできなかった。

ミセス・ダンジェロはいつでもすぐに電話に出られるように、ｉＰｈｏｎｅを入れるためのポーチとベルトを最近買った。ガウンを着た腰に珍妙な機械をくくりつけ、ハイヒールのサンダルでポーチに立っている姿は、まるで古い西部劇でよく見かけるタフな未亡人のようだ。ただし、手にしている武器は六連発の銃ではなく、スマートフォンだけど。

「メリー・ウィルキンソン」ミセス・ダンジェロが強い口調で訊いてきた。「この町で何が起こっているの？　アナベル・ワトソンから、警察が使っている駐車場で働いている孫が、あなたのお父さんが殺人容疑で逮捕されたと言っているると聞かされたのよ！　口にするのもばかばかしい話だけれど」そう言いながらも、長々と話しつづけたが。わたしがその情報は正しくないと言うと、ミセス・ダンジェロはまじめな顔でうなずいて、自分は決して噂を信じないと言った。

ほんの一瞬だけミセス・ダンジェロに、怒りに燃えた目をしたベティ・サッチャーが血まみれの格好で死体のそばから逃げていくのを目撃したと話して、最大の（そして唯一の）敵であるベティ・サッチャーに意趣返しをしてやろうかと考えた。ミセス・ダンジェロはニューヨーク州北部で最もスマートフォンを引き抜くのが速いから、一瞬でｉＰｈｏｎｅを取りだして、噂を町じゅうに広げるだろう。でも、いくらベティ相手でも、そんなことはできない。それより何より、わたしがデマを流したと知ったら、シモンズが何というか想像がつく。

そのとき、ヴィクトリアの車が止まって、クラクションが鳴り、悪の誘いから救ってくれた。前回マドルハーバーへ行ったとき、ヴィクトリアは大おばのマチルダの古いマーキュリーを借りてきた。きょうは店の配達用バンを運転している。

「メリー、こんなに朝早くふたりでどこへ行くの？」ミセス・ダンジェロが訊いた。

「ヴィクトリアと駆け落ちするんです」わたしは言った。「荷物はあとで誰かに取りにこさせますから」

わたしはバンに飛びのり、マティーがヴィクトリアに熱烈かつ、よだれまみれの挨拶をすませるのを待ってから膝に乗せた。「どうして、きょうは身元を隠さないの？」

「意味がないでしょ。このまえ、あなたがあんな騒ぎを起こしたあとじゃ」

「わたし？　わたしは朝食が食べたかっただけよ」

車はルドルフを出た。日はのぼっているはずだが、あまりわからない。オンタリオ湖のうえに灰色の雲が重くたれこめ、すべてを暗く包みこんでいる。「明日の気温は一度まであがって、もっと暖かくなるみたい」

「きれいな雪が融けちゃうわね」わたしは言った。

「もちろん、入江の氷もね。湖の氷が融けだしたら公園にスケートリンクをつくることも考えるってケヴィンが話していたと、マージョリーおばさんが言っていたわ。観光客の小さな子どもたちが湖に落ちたら危ないからって」

マティーが同意して吠えた。

マドルハーバーはルドルフからさほど遠くないのに、まるでちがう惑星のようだった。目抜き通りに活気を出そうと奮闘しているものの、あまりにも多くの店が閉まり、板が貼りつけられている。まだ何とか営業を続けている店はショーウインドーにクリスマスの飾りつけを施しているが、経験を積んだわたしの目にはとても雑に見え、飾りつけに関心を払えるほどの気力が残っている店主が誰もいないかのようだ。車はほとんど通らず、ときおり背中を丸めて顔を衿のなかにうずめているひとが通るだけ。今朝はルドルフも灰色で暗く見えるかもしれないが、マドルハーバーではすべてがもっとくすんで暗く見えた。わたしの想像力がたくましすぎるせいかもしれないけれど。

車は〈マドルハーバー・カフェ〉を通りすぎた。気が滅入るような通りのなかで、唯一明るい店だ。店のまえの路肩には数台の車が停まり、店内では黄色い照明が輝いて、客が誘われるような温かい雰囲気をつくりあげている。大きな正面の窓には赤と緑の電飾が並び、作りものの雪が窓に貼りつけられていた。

ヴィクトリアは駐車場に車を入れた。

「今回も朝食にありつけそうね」わたしは言った。

「だから、あなたを連れてきたのよ。もう身元を隠せないなら、ここにくる理由が必要だから。血管が詰まりそうなほどの脂と、工場でつくった卵料理と、大量生産のパンへの欲求を満足させてちょうだい」

「ルドルフにだって、そういう店はあるじゃない」わたしは言った。「〈エルフのランチボックス〉は全米心臓病予防協会から表彰されるような店じゃないわよ」

「わかってるわよ。ただ、必死に口実を考えているだけ」

「確かに、すばらしい口実ね。マティーは車に置いていかないと」

わたしはやっとのことでマティーを膝からおろし、ドアから飛びださないように注意しながら、自分だけ車から降りた。「お土産を持ってかえってくるから」マティーをなでてドアを閉めた。「ベーコンひと切れね、たぶん」

「マティーに毒を食べさせたりしちゃだめよ」ヴィクトリアが言った。

「マティーは犬よ。道に落ちてるものだって食べようとするんだから」

わたしたちは〈マドルハーバー・カフェ〉に入った。焼いたベーコンとソーセージ、たっぷり塗ったバターが溶けているトースト、そして淹れたてのコーヒーの強烈なにおいが店内に満ちていた。今朝はとても混んでいた。ゆっくり朝食を食べながら世界の問題を話しあっている老人たち、椅子にだらしなくすわり、出かけなければならない時間を先延ばしにしている高校生くらいの若者たち、じっとしていない赤ん坊を膝に乗せておしゃべりをしている若い母親たち。

中央の大きな丸テーブルもいっぱいだった。六人の男がすわり、ふたりはビジネススーツ、三人はもう少しくだけたビジネスカジュアルで、もうひとりはオーバーオールに、スチールトゥのブーツをはいている。きっと、たっぷり入ったコーヒーカップや空いた皿や使い終わったナイフやフォークのあいだに、新聞やiPadが置かれているのだろう。

ウエイトレスが汚れた皿を片づけはじめた。「すぐに行くから」肩越しにふり向いて声をかけてきた。そして、こちらに身体を向けて、わたしたちを見た。「あら、あなたたちだったの」その声の調子で、男たちが顔をあげた。

マドルハーバー町長のランディ・バウンガートナーがわたしたちを見て、顔をしかめた。わたしは陽気に手をふった。ランディは手をふり返さなかった。

「また、きたの」ヴィクトリアは長いカウンターにまっすぐ向かい、赤いビニールのスツールに腰をおろした。こうなったら、ついていくしかない。〈マドルハーバー・カフェ〉は一九五〇年代風の内装だった。数十年まえから内装を変えていないだけで、レトロスタイルとはちがう。でも、店内は清潔で、コーヒーは濃くて熱かった。ラミネート加工されたメニューが塩とコショウの瓶とナプキン入れのあいだに立てられている。わたしはメニューを取って、朝のおすすめのページを開いた。

「また、ここに顔を出すとはびっくりよ」ウエイトレスは両手をエプロンでふき、しっかりとした腰にあてると、わたしたちをにらみつけた。目が氷のように冷たい。

「このひとがどうしてもって言うのよ」ヴィクトリアは答えた。

「わたしが？　ああ、ええっと……そうなの。その……どうしても、ここの朝食がもう一度食べたくて。ジャニスよね？」

氷が少しだけ融けた。「ええ」

「ほんと――に、おいしかったから。どうしてもがまんできなくて。わたしはルドルフでお店をやっているんだけど、このあいだ、お客さんに朝食がいちばんおいしいお店はどこかと訊かれたから、このお店のことを教えたのよ。きたかしら？　中年のご夫婦なんだけど」

嘘だ。ルドルフにはあらゆる好みや価格帯にふさわしいレストランやカフェがたくさんそろっている。朝食か昼食のお店を尋ねられたら、〈ヴィクトリアの焼き菓子店〉か〈エルフのランチボックス〉を勧めるし、軽めの夕食だったら〈炉辺亭〉、もう少し凝った料理が望みなら〈ア・タッチ・オブ・ホリー〉を紹介する。お金持ちに見えるか、特別な夜を望んでいるときには〈ユーレタイド・イン〉だ。

ジャニスはそんな客はきていないとは言わないだろう。「ええ、きたと思うわ」

「よかった。お互いさまだから。上げ潮は船をみな持ちあげるって言うでしょう？」

「そうね。何にするか決めているあいだにコーヒーポットを持ってくるわ」ジャニスは忙《せわ》しなく離れていった。

「やりすぎよ」ヴィクトリアが小声で言った。

わたしはにっこり笑った。「言いだしっぺは、そっちでしょ」

ジャニスがポットを持って戻ってきてコーヒーを注いだ。「メニューを見るまでもないわ。あれほどおいしいハッシュブラウンズは忘れられないもの」

「普段は食べないからでしょ」ヴィクトリアがコーヒーに向かってぶつぶつ言った。

「やわらかいポーチドエッグに、ベーコン、ハッシュブラウンズ、それから小麦パンのトーストにするわ」

ジャニスがぎこちなくすべてを書きとめた。そして鉛筆を持ったまま、ヴィクトリアのほうを向いた。「そちらは？」

ヴィクトリアは身震いしそうになるのを必死にこらえた。「同じものを。でも、トーストはなし。ああ、ベーコンはやめてソーセージにするわ。それからポーチドエッグはやめて目玉焼き。片面だけ焼いて。それから、ハッシュブラウンズはよく焼いて」

「それ以外は、すべて同じね」わたしはスツールを回転させた。大きなテーブルの客のなかには、町長以外にも知っている顔がいた。ひとりはジャニスの兄で、不動産屋をやっているジョンだ。わたしが会釈すると、ジョンも会釈を返してきた。そしてアフリカ系と、もう少し若い白人のふたり連れ。〈ユーレタイド・イン〉で見かけたことがある。ゴードンと一緒に庭を計測していた〈メガマート〉の社員だ。

わたしはスツールの向きをもとに戻した。そしてうしろのテーブルに顔を向け、ヴィクトリアに小さくうなずいた。探していた情報はもう手に入れた。

「時間を見て。そろそろ行かないと」ヴィクトリアが言った。

「まだ食べてないのに」

「時間がないのよ」ヴィクトリアはスツールから滑りおりた。

「すわって」わたしは小声で言った。「わたしは朝食を食べたいの。ここまで引っぱってきたのは、そっちでしょ。これは、あなたのおごりだから」

ヴィクトリアは文句を言いながらも、スツールにすわり直した。ジャニスが山盛りの皿を目のまえに置いた。わたしはジャガイモにケチャップをたっぷりかけて、もりもりと食べはじめた。そしてヴィクトリアがサンドバンクスのごはんを奪ったマティーのように料理を平らげていくのに気がつかないふりをした。

「トーストを少し分けてあげましょうか?」わたしはやさしく言った。

「けっこうよ」ヴィクトリアはソーセージと卵をほおばったまま答えた。

ジャニスがコーヒーを注ぎたした。「ルドルフでまた事件が起きたらしいわね」喜びを隠しきれない声で言った。

「人気のある成功した町の副産物かもね」ヴィクトリアが答えた。

ジャニスは兄とその連れをちらりと見た。「ルドルフの災難がマドルハーバーの利益になるかも」

「あら、わたしもまったく同じことを考えていたの」ヴィクトリアはそう言うと、カウンターに朝食代を置いた。ジャニスはわたしにまたお客を紹介してほしいと言った。

「わたしの葬儀ではあなたに何かいいスピーチをしてほしいものだわ」店の外に出ると、ヴィクトリアが言った。

わたしは食べ終わるまえに店を出ることにしたヴィクトリアに罪悪感を持たせるために、マティーのためにベーコンとソーセージをテイクアウト用の袋に入れてもらった。「どういう意味？」

「ああ、こうして話していても血管が詰まったのがわかるわ。わたしがあなたのためにしてあげたことを話してほしいってこと」

「あなただって、おいしいと思ったんでしょう？」

ヴィクトリアは鼻を鳴らし、何も言わずにバンに乗りこんだ。

二度目の朝食にありつけたマティーは大喜びだった。

8

ルドルフへ帰る車のなかで、ヴィクトリアとわたしは次の手について話しあった。わたしはゴードン・オルセン殺害の疑いをかけられていないので(ただし、母とラスとアランとわたしの共犯だとシモンズが判断していなければの話だとヴィクトリアに指摘されたけれど)、つかんだ情報をシモンズ刑事に伝えることになった。

ヴィクトリアはマティーとわたしを家まで送ってくれた。わたしは急いで裏へまわり、正面玄関が開いてミセス・ダンジェロが「メリー、お店はいいの?」と叫んだことに気づかないふりをした。

まえにも思ったことだけれど、自分の行動について尋問されずに家に入れるように、裏のフェンスに穴を空けたほうがいいかもしれない。

ミセス・ダンジェロの堂々としたヴィクトリア朝様式の屋敷の二階はふたつのアパートメントに分割されており、わたしは階段をおりてくる隣の住人、スティーヴとウェンディと顔をあわせた。マティーはいつもの調子で熱烈すぎる挨拶をし、スティーヴたちのかわいい赤ちゃんであるティナはぷくぷくの腕をわたしに差しだした。

「土曜日のパーティーの件はどう？」わたしは訊いた。

ウェンディが顔をしかめた。ウェンディは町庁舎に勤め、週末の子ども向けパーティーの計画で活躍しているのだ。「メリー、心配していないふりなんてできないわ。今週はずっと気温があがる予報でしょ。予報どおりになったら、湖の氷は融けて薄くなってしまうし、公園の雪もぐちゃぐちゃよ」

「子どもたちは気にしないわよ。サンタクロースがいるかぎり」

「でも、親は気にする」スティーヴが言った。「予報どおりに、冷たい雨が降ったりしたら」

「そうならないよう祈るしかないわ」ウェンディが言った。

「天気予報ははずれる場合もあるから」またしても楽観的なふりをして、わたしは言った。

「それじゃあ、また」ウェンディが言った。

「ええ、また。バイバイ！」わたしが手をふると、ティナは父親の肩に顔をうずめてくすくす笑った。

開店してまもなく〈ミセス・サンタクロースの宝物〉に父がやってきた。「天気はあまりよくないみたいだな」

「何とかなるわ。いつだって、そうじゃない」

父はにっこり笑った。「そのとおり」店内を歩き、あれこれと商品を並べ直している。

「警察から何か連絡はあった？」わたしは訊いた。

「いや」

「よかった」

「きのう、ジャックが退院した。ママと一緒にグレースに付き添って、家に連れて帰ってきたんだ。正直に言えば、死神に取り憑かれたみたいな変わりようだった。考えてみれば、そのとおりだったんだからな」

「ゴードンが亡くなったことを聞いてどうだったの？」

「辛そうだったよ。当然だろう。そのまま遺体安置所に行きたがったが、グレースが身体を休めるのが先だと言って譲らなかった」

「ジャックは何て？」

「抗わなかったよ。おまえが訊いているのがそういう意味なら。死にかけたせいで、すっかり力を奪われてしまったんだな。無気力で、何事にも関心を示さない。ジャックは一度にひとつの戦いしかできない男なのかもしれない」

鐘が鳴り、わたしは愛想のいい笑みを顔に貼りつけてふり返った。そして、入ってきた相手を見ると、その笑みははがれ落ちた。ベティ・サッチャーだ。

「ノエル、外に停まっているのがあなたの車だと思ったものだから。ジャックの具合はどう？　何か知らせがあった？」

「ジャックは順調だよ、ベティ。ゆうべ退院したんだ」

「ああ、それはよかった」ベティがほほ笑んだ。彼女が笑えるとは思ってもみなかった。

「きっとすぐにベッドから出て、ホテルを走りまわれるようになるわね」

「ああ、そう思う」父が答えた。

ベティはまだ笑顔だった。そして、わたしのほうを向いたとたん、ベティのほほ笑みも、わたしの笑顔と同じくらい、あっさりと消えた。「そろそろ店に戻るわ。きょうは一日大忙しだから、ゆっくり立ち話もできなくて。そうじゃないひともいるらしいけど」

「きょうはクラークは手伝っていないの？」わたしは訊いた。

「あの子は休みを取りたがらなかったけど、わたしが休むように言ったのよ。ずっと一生懸命働いていたし、週末は子ども向けパーティーで忙しくなるから」わたしの店を横目で見た。「メリー、うちは特別なおもちゃを仕入れたのよ。そんなことも思いつかないなんて、だめね」

わたしが歯ぎしりをしていると、ベティは鐘を鳴らして帰っていった。父は笑った。

「意地悪ババア」わたしは言った。「ジャックの心配をするなんて、珍しいこともあるものね」

「そんなにベティに辛くあたらないでやってくれ。ベティはけっこう苦労してきたんだ。ジャックを心配するのは意外でも何でもないさ。ルドルフの町民の絆は強い。とりわけ、我々年配者は。ああ、このテーブルにはクリスマスツリーの飾りをもっと置いたほうがいいな」

「必要ないわ。このテーブルはこれでいいの。今週は子ども向けの商品を押すんだから」わたしは店に入ってきた瞬間に客の目を引けるように、売り場の真ん中に大きなテーブルを置き、クリスマスの食事で子どもの席に置いたり、訪ねてきた家族の寝室に置いたりするのにふさわしい風変わりな飾りを並べていた。

父は小さなプレゼントの箱を山積みにした橇《そり》を引っぱる九頭のトナカイを集めて、わきのカウンターに置いた。「オーナメントが入った箱はどこにある？」

父に文句を言っても無駄だ。この手のことは、サンタクロースがいちばんよく知っているのだから。とりあえず、父はそう思っている。わたしは指さした。「右の部屋」

「正面の真ん中に置かないとな」父は奥の小部屋のひとつに行き、ガラス玉と小さな電球がついた電線と色鮮やかなベルが入った箱をたくさん持って出てきた。そして真ん中のテーブルに置いた。

「パパ！　それじゃあ、ひどすぎるわ！　いちばん目立つところに箱なんて飾れない」

「箱に貼ってある写真を見れば、中身はわかる」

「それだけじゃ、だめなのよ。お客さんは商品を手に取って見たいんだから。それで、選ぶことができるのよ」

「オーナメントは買って帰ってから、好きなだけ手に取って眺められる」父は言った。「さて、そろそろ行かないと。予報どおりに土曜日に雨が降ったらどうするか、計画を話しあうんだ」

「そうなったら参加者が減るでしょうね」

「冷たい雨が降ることほど、外遊びの興をそぐものはないからな。土曜日の目玉は何にするんだ？」

「おもちゃを増やすわ。子ども用のテーブルに飾る、サンタクロースの橇を引くトナカイをいくつか用意してあるの。パパがどこに置こうとも、お客さんが気づいてくれるといいんだけど」

「わたしが訊いているのは、お客さんに何をふるまうのかってことだ」

「何も。食べ物も飲み物も出す予定はないわ」

「ホットサイダーがいい」父が言った。「クッキーもいいかもしれん。ジンジャーとシナモンの香りがするクッキーだ。雨が降ったら、お客を誘いこむものが必要だぞ。いますぐヴィクトリアに電話して、ジンジャーブレッドクッキーを注文しておいてやるから」

父は携帯電話で話しながら出ていった。わたしは首をふった。そしてオーナメントの箱を奥にしまおうかと考えた。でも、そんなことをしたら、次にきたとき、父は気分を害するだろう。

ときどき、わたしはお人好しすぎる場合がある。

そのあと数人のお客が店を出入りした。ある女性客にはクリスマス・パーティーで着けるリースの形のブローチを、もうひとりの女性には訪問客へのお土産としてテーブルリネンを売ったけれど、午前中の売上げはそれで終わりだ。小売店、とりわけクリスマス関連やクリスマス用品の店は、天候に大きく左右される。わたしは窓の外に目をやった。厚い灰色の雲がたれこめ、降り積もったふわふわで美しかった白い雪に泥が混じって茶色く変わりつつある。

これればかりはどうしようもできない。

正午になり、わたしはドアの札を裏返して〝準備中〟にした。朝からずっとシモンズ刑事と話がしたいと思っていたけれど、警察に電話している最中にお客に入ってこられるのは避けたかった。

わたしは携帯電話のなかに住み、わたしの命令に従うためだけに存在する助手Ｓｉｒｉに、ダイアン・シモンズに電話するよう命じた。小さな機械に話しかけるのは、まだ少し〝スター・トレック的〟に感じるけれど、それでも命令は通じて、シモンズがすぐに出た。

「ええっと……その……わたしです。メリー・ウィルキンソンです」

「何か？」

雑談をするタイプではないのだ、我らがシモンズ刑事は。「捜査に重要かもしれないことを、今朝知ったので。それで、お話ししたいと思って。いまお昼休みで店を閉めているので、いまいらっしゃるようなら、警察署にうかがってもいいですか？」

「その必要はないわ」シモンズが言った。「ちょうどいま、ジングルベル通りを歩いているところだから。食べ物を買いにいくところだけど、先にあなたのお店に寄ります。すぐに着くから」

すぐ近くにいるというのは大げさではなかった。スツールから降りるとすぐに、ドアがノックされた。

「何がわかったの？」シモンズは店に入ってくるなり訊いた。

「マドルハーバーへ行ったことがある？」

「隣町の？　いいえ。行ったほうがいい？」

「いいえ。楽しく夜を過ごしたいなら、行かないほうがいいと思う。でも、事件のためなら訪ねてみてもいいかも。マドルハーバーのひとたちはルドルフが嫌いなの。ゴードンが死んで、ホテルの敷地が売却されそうになくなったとたんに、〈メガマート〉のひとたちに近づいているのよ」

「どうして、そんなことを知っているの？」

「今朝、ヴィクトリア・ケイシーとマドルハーバーへ行ったので」

「どうして？」

「朝食を食べに。ときにはルドルフから出たくなるの。最新の噂話を探すひとたちに年じゅう干渉される場所から離れたくて」

シモンズは首をかしげた。目にしたことを伝えるだけのつもりだったのに、もう動機を訊かれて、嘘をついている。わたしは必死になって続けた。「とにかく、たまたま〈マドルハーバー・カフェ〉に朝食を食べにいったら、ひとつのテーブルで設計図や地図や書類を広げていたの。〈メガマート〉の社員と、マドルハーバーの町長と、不動産業者が。マディットたちはとても満足そうな顔をしていたわ。ついでに言うと」

「それで？」

「それで？　怪しいと思わない？　わたしは思うけど。ゴードン・オルセンを殺すのに充分な動機になるでしょう。グレースとジャックはぜったいに庭を売ったりしないから、〈メガマート〉との契約はご破算だわ。マドルハーバーのひとたちは時間を置かないで、すぐに話に飛びついて〈メガマート〉の社員を自分たちの町に引っぱってきたわけだから。〝クイボノ〟を考えてみて。ゴードン・オルセンの死で、誰が得をしたのか？　マドルハーバーの住民であることは明らかじゃない」

「メリー、意外かもしれないけど、わたしはずっと〝クイボノ〟を考えているわ。警察学校の初日にそう教わったから」

「別に悪気は……」

「どうして、ジャックがホテルの土地を売るはずはないって、そんなにはっきり言いきれるの？　あなたやあなたの友だちが売ってほしくないだけじゃない？　ジャックの身体はかなり深刻よ。そろそろ引退する潮時だと考えるかもしれない。〈メガマート〉にしたって、わたしの知りあいのビジネスマンは新しく店を出すときには、事前にたくさんの候補地を調べてから、どの町にするか決定している」

「それはそうだけど……」

「メリー、協力してくれることには感謝しているわ。まあ、警察のためなのかお友だちのためなのかは悩むところではあるけれど。でも、もうここまで。さあ、ほかに情報がなければ、お昼を買いにいくから」

「あのイヤリングが欲しいなら、きょう買って。あれが最後のひと組で、とても人気商品だから」嘘をつくなら、最後までつきとおさないと。

「わかったわ」シモンズはアクセサリーの台へ向かったが、たどり着くまえに、真ん中のテーブルに目を引かれた。そしてオーナメントの箱をじっくり見ると、ひとつを手に取った。続いて、もうひとつ。「ぜんぜん時間がなくて……」小声でつぶやいてから、こう言った。「全種類をいただくわ。それぞれ、ひと箱ずつ」

「はい？」

「心機一転よ。メリー。新しい家には新しいクリスマスツリーがいると思わない？　クリスマス・タウンにクリスマスがくることを忘れるはずがないと思うでしょうけど、わたしは忘れていたみたい。娘は十歳なの。今夜、早く帰れたら、クリスマスツリーを買いにいくわ。本物のツリーを買うのはどこがいい？」

「消防署がツリーを売って資金集めをしているわ」わたしは言った。「リースや葉も。すべてノーマン・ケイシーの樹木農場《ツリーファーム》で伐採したばかりの木よ」

「ヴィクトリア・ケイシーの親戚？」

「おじさんよ。ルドルフではほぼ全員が何らかの形でケイシー家と関係があるの」

「覚えておくわ。ひと箱ずつじゃ、オーナメントがたりなくなりそう。大きなツリーを買ったら無理よね。もっとあるかしら？」

「ええ」

「それじゃあ、三箱ずつもらうわ。それから、電球を四つ」

わたしは倉庫へ行き、めあてのものを見つけた。そして売り場へ運んできて、会計をした。オーナメントとイヤリングをあわせると、かなりの金額になった。シモンズはクレジットカードを差しだした。「ありがとう、メリー。まえの夫を追いだすまえ、家にあったオーナメントを残らず壊されてしまったものだから」

「まあ」

「きれいなクリスマスの品をいくつか持っていたのよ。祖母のオーナメントとか、祖母の母がイギリスから持ってきたティーセットとか」

「ひどいわ」

「とても美しいものだったけど、ひとつしかないものだから、ほかでは替えられない。わたしがいましていることも同じよ。大切なのはわたしには娘が、シャーロットがいるということだけ。いつかシャーロットが自分の子どもたちに引き継げるように、これからいろいろな品を集めていかないと」

オーナメントの箱を〈ミセス・サンタクロースの宝物〉のロゴが入った紙袋に入れると、シモンズは両手で袋を抱きかかえた。「ここで買い物をするのはとても楽しいから、もう一度言っておくわね。メリー、関係ないことに首を突っこまないで」わたしをじっと見て続けた。「ここは小さな町よ。親戚ではないひとまで、お互いによく知っている。でも、だからといって、全力で職務を果たさないわけにはいかない」

それはぜったいに間違いない。

あれだけたっぷりとした朝食をとったので、昼食はあまり欲しくならず、〈クランベリー・コーヒーバー〉でラテとサラダを買ってきて、店のカウンターで立ったまま食べながら、買う気満々のお客が入ってくるのを待った。お客は訪れず、平和なうちにお昼を食べ終えた。そのあと、商品を並べかえはじめた。

真ん中のテーブルにあった三つのオーナメントの箱がそっくりなくなったので、子ども向けの商品を戻した。父が本物のサンタクロースでないのはわかっている。でも、それでも、もしかしたら……と思うことがある。

一歩さがって並べた商品を眺めていると、携帯電話が鳴った。母だ。

「メリー！　とんでもないことが起こったの」

たいていの家族はそんな言葉を聞いたら、真っ先に最悪の事態を想像するだろう。おそらく、きょうだいが悲惨な事故に巻きこまれたとか。けれども、うちの母はスカートの裾がほつれただけでも、家族が死んだかのように大げさに表現する。

「今回は何？」わたしはそう訊きながら、正面のウインドーにはいま飾っているおもちゃの兵隊より、サンタクロース夫妻の磁器人形のほうがいいだろうかと考えていた。

「パパが逮捕されたの！」

その言葉の重大さに、磁器人形は頭からすっかり消えていた。「本当なの？　ママ、落ち着いて。何があったのか、話して」

「ジョン・ケイシーから電話があったの」ヴィクトリアの父親は弁護士だ。「一度だけかけられる電話で、ノエルはジョンに連絡したの。いま、ジョンが警察に行っているわ。メリー。いったい何が起きているの？」

「わからない。シモンズ刑事は少しまえまで、この店にいたのよ」お昼を食べたらすぐに父を逮捕するつもりなのに、うちの店でオーナメントを買い、執念深い前夫や曾祖母のティーセットの話をするほど、シモンズは冷酷じゃない。「シモンズ刑事はパパのことは何も言ってなかったわ」

「警察署へ行って、何が起こっているのか確かめてきて。わたしはあと十分でレッスンなの。土曜日のコンサートの練習をしないといけないから」

「きょうはジャッキーがくる日じゃないのよ。店を閉めるわけにはいかないし」

「閉めればいいでしょう。これが家族の非常事態じゃなかったら、何なの」

「わかったわ、ママ。できるだけのことをするから」

電話を切ったとき、留守番電話はすでにたくさんのメッセージが残されていた。ラス・ダラムは、警察が町議会へきてノエルに同行するよう命じたと言っていた。ある町議会議員もラスと同じ内容だった。

図書館で働いている女性からは、裏の窓から見ていたら、父が町庁舎から警察署に連行されていったという話。

どうやら、わたしが帰るまで噂のタネを探るのが待ちきれなかったらしく、ミセス・ダンジェロまでが電話をかけてきていた。

わたしは店のドアに鍵をかけ、ジングルベル通りを急ぎ、すぐ先にある図書館と町庁舎と警察署が入っている合同庁舎へ向かった。

けれども父ともミスター・ケイシーとも話すことを許されず、急いできたのは無駄だった。スー＝アン・モローと町の予算を管理しているラルフ・ディカーソンが駆けつけてきたが、ふたりも椅子にすわって待つよう言われた。

「いったい、何が起きたんですか？」

「土曜日の準備をする会議を終えたところに、制服を着た警察官がふたり入ってきて、ノエルに一緒にくるよう命令したの。いますぐにって」スー＝アンが説明した。

「本当に逮捕されたんですか？　権利か何かを読みあげたの？」

「どうだったかしら」スー＝アンは言った。「気が動転していたから。本当に怖かったわ」

「いや」ラルフが言った。「権利は読みあげていなかった」

「よかった」わたしは言った。

「よかった？」スー＝アンが金切り声で言った。「町のサンタクロースが下品な犯罪者みたいに警察に引っぱられていったのに、〝よかった〟なんて言うわけ？」

「声が大きいよ、スー＝アン」ラルフが言った。

「ラルフ・ディカーソン、わたしに声が大きいなんて言わないで」スー＝アンはぴしゃりと言い返した。もう金切り声ではなかったけれど。「あと数日で週末の子ども向けのパーティーだというときに、こんなことで注目されたくないのよ」

「いつだって同じさ」ラルフは言った。「でも、注目されることに変わりはない」

「子ども向けのパーティーでおかしな目を向けられるわ」スー＝アンは言った。「今週末はノエルにサンタクロースを演じさせるわけにはいかない」

「あら」わたしは口をはさんだ。「それは不公正じゃないかしら。推定無罪の原則はどうしたの？」

スー＝アンがわたしのほうを向いた。「わたしが話しているのは法律じゃなくて、倫理の問題よ。殺人罪で起訴されている男の膝に子どもたちをすわらせろなんて、この町にきた観光客に言えるもんですか！」

「父は殺人罪だろうが何だろうが起訴なんてされていないわ」わたしはスー＝アンと自分のどちらを納得させようとしているのかわからなかった。「警察はいくつか追加で質問したいことがあったのよ。それで……警察は町庁舎の隣だから、電話をかけてちょっと話をしたいと頼むのを省いたんだわ」

わたしの説明にはラルフさえ懐疑的な顔をした。「それなら、どうしてジョン・ケイシーがきているんだい？」

「そうよ」スー＝アンは得意げににやりと笑うと、背中を向けてドアのほうへ歩いていった。泥で汚れたリノリウムの床で、八センチのヒールの黒い革のブーツが足音を響かせた。「ラルフ、あなたは一日中そこに突っ立って何かが起きるのを待っていてもかまわないでしょうけど、わたしはこの町の有権者に先を見越して行動することを期待されているの。役所に帰って、新しいサンタクロースを探すよう命令するわ」

「そんな……」わたしは言った。

ドアが閉まった。わたしはラルフを見た。彼はぼさぼさの眉を吊りあげて肩をすくめた。ラルフはとても有能な経理主任だが、決断を下すときになると、必ず風向きに流されると、父はつねづね言っていた。いま、わが町が襲われつつある台風のなかで、ラルフはまったく力にならないだろう。「メリー、きみがここにいるなら」ラルフはそそくさとドアへ向かった。「ぼくは仕事があるから行くよ。いつでも連絡して。その……何か、あったら」

わたしは壁にくっついているプラスチックの椅子にすわりこんだ。アクリルガラスの向こうでは、通信指令員がわたしを見ないふりをしている。彼女の机には盛りを数日すぎた赤と白のキクと緑の葉を活けた花瓶が置かれ、わずかにクリスマスらしさを出している。わたしは立ちあがってガラスをノックした。通信指令員はのろのろ立ちあがって最大限の配慮をしていることを示してから、カウンターまでやってきた。「何ですか？」

「父とミスター・ケイシーに、わたしがきていることを伝えてもらえない？」

「お名前は？」通信指令員が訊いた。

「名前って、どういう意味よ？　ナンシー、自分の名前と同じくらい、わたしの名前を知っているでしょ」

「お名前は？」ナンシーはくり返した。

わたしは思わず〝ミセス・サンタクロース〟と答えそうになったが、口を慎んだ。ナンシーは笑っていない。それどころか、うちの店の常連客で、母の声楽教室に十年以上通っている娘の母親にも見えない。ナンシーはずっと病院の受付で働いていたが、少しまえから警察で働きはじめたということは聞いていた。おそらく住民と親しそうにふるまってはいけないと教えられ、それを肝に銘じているのだろう。

「わたしはメリー——メアリーではなく、メリー——ウィルキンソンで、父の名前はノエル。父はシモンズ刑事に呼ばれていると思います」

「シモンズ刑事の手が空いたら、メッセージを伝えます」ナンシーはそう答えると、そそくさと通信台のまえに戻っていった。わたしはまたプラスチックの椅子に腰をおろした。そのあとはあからさまにお互いに視線をあわせなかった。

わたしは携帯電話を取りだし、ふたたび一杯になっている留守番電話を無視して、ツイッターでルドルフに関する話題が出ていないか確かめた。見つかったのはいつものクリスマス直前のわくわくしたツイートと、町が発信している観光客向けの情報だけだった。よかった。マドルハーバーのひとたちは、ルドルフの悪いニュースを拡散する傾向にある。ルドルフにとって悪いニュースは、マドルハーバーにとってよいニュースだ思いこんでいるからだ。マドルハーバーの人々はわかっていないけれど、ルドルフの人気が高いのはクリスマス・タウンだからだ。観光客がルドルフで子どもをサンタクロースやエルフに会わせたり、クリスマスのテーマに沿った店で買い物をしたり、B&Bやホテルに泊まらなかったとしても、四十キロ先にある板が貼られた店ばかりの商店街や、古ぼけたモーテルや、大皿にのったベーコンと卵を一日じゅう出している中程度のレストランが一軒しかない町へ行くはずがない。

わたしは親指を動かし、足で床を踏みならしながら、いつまでここにいることになるのだろうかと考えた。わたしには開けなければならない店がある。わたしはジャッキーに店に出てくれるよう頼もうとしたが、電話は通じなかった。声楽教室のレッスンはまもなく終わる予定で、母なら警察にこられるだろうが、母をこさせたくはない。オペラの最高潮の場面を遠くの桟敷席まで響かせるかのようなふるまいをしてはいけないときをぜんぜんわかっていないから。

わたしは本を持っていなかったし、警察にはわたしが楽しめるような雑誌も置いていない。警察署で居心地よく感じてほしくないからだろう。

この窮地は廊下の向こうから話し声と足音が聞こえたときに解決した。わたしは父とジョン・ケイシーの姿を見て、飛びあがるように立った。隣にはシモンズ刑事もいる。シモンズとミスター・ケイシーはいかにもプロらしく〝何ももらさない〟という表情を崩さなかったが、父はわたしを見るとほほ笑んだ。

「メリー」ドアが開き、三人が出てきた。「こなくてもよかったのに」

わたしはシモンズをちらりと見た。シモンズはまだ部屋にいて、指令台のそばに立っている。笑ってはいない。決して高そうではない灰色のパンツスーツに白いブラウス。上着のボタンをとめていないので、腰に差した銃とベルトに着けたバッジが見える。ついさっきまでクリスマスツリーのオーナメントについて語り、今夜娘を連れてツリーを買いにいく予定を立てていた女性と同一人物だとは思えない。

「行こう」ミスター・ケイシーが言った。

父はふり返り、自分を見ている女性たちに手をふった。ナンシーは挨拶を返そうとして手をあげたが、そうすべきでないことを思い出したようだった。代わりに、髪をいじってふわりとさせた。シモンズは無表情のまま立っている。

わたしたちは身を切るような寒風のなかに出た。わたしはスカーフを首に巻きつけて手袋を引っぱりあげた。

「きてくれてありがとう、ジョン」父は言った。「話はあとでいいかな。会議の途中で抜けだしてしまったが、庁舎に寄って、天気が悪くなった場合に備えて、どうすることになったのか、何か決まったことがあれば知りたいから」

「天気のことなんて、あとでいいじゃないか」ミスター・ケイシーは言った。「ノエル、こっちの話が先だ」

「何について話すんだ?」父が訊いた。

「何について?」わたしは叫んだ。駐車場を横切っていたふたりの警察官がこちらを見た。気をつけようと思っているのに、母と同じことをしてしまうことがある。「パパは殺人罪で逮捕されたんでしょ」

「逮捕されたわけじゃない」ミスター・ケイシーが答えた。「事情聴取のために連れていかれただけだ」

父は片手をふった。「メリー、心配しなくていい。警察の取調べに協力しただけだから」

わたしはうめいた。

ミスター・ケイシーは声を抑えていたものの、一語ずつはっきりと簡潔に言った。「ミスター・ゴードン・オルセンは〈ユーレタイド・イン〉のレストランで使っているのと同じステーキナイフで殺された。〈ユーレタイド・イン〉はナイフがひとつなくなっていると報告している。シモンズ刑事はノエルがその夜ステーキを食べていたことに注目したんだ」

「ステーキなんて大勢が食べているわ」わたしは言った。「あの夜だって、ほかの日だって。それに、ナイフは金庫に入れて鍵をかけているわけでもないでしょう。パパ、警察はパパを脅しているのよ。その手に引っかからないで」

「わたしが言いたいのも、まさにその点だ」ミスター・ケイシーの口角がかすかにあがった。「メリー、きみは法律家になったほうがいいかもしれない」娘が自分のあとを継いで法曹界に入ることを望んでいたのに、ヴィクトリアが母と同じ道を選んでパン職人になったとき、ミスター・ケイシーがひどく落胆していたのは、みんなが知っている。

「ジョン、これがきみの仕事なのはわかっているが」父は言った。「それでも、駆けつけてくれてうれしかった。とても、ありがたかった。でも、それほど大げさにすることはない。わたしは喜んで警察に協力するさ」

「ノエル、わたしの事務所に行って、この件について相談しよう」ミスター・ケイシーは言った。「いますぐにだ。シモンズは待ってくれない。きみはゴードン・オルセンを脅したのを聞かれているんだ」

父は肩をすくめた。「わたしはゴードンに腹を立てていた。人間はいつだって本気じゃない言葉を口にするものさ」わたしを見て言った。「アリーンに電話をしないと。きっと今回の件を聞いて心配しているだろう。ほら、ママのことだから」

「ずいぶん控えめな言い方ね。パパはミスター・ケイシーと行って。ママにはわたしから電話をしておくから」

父は町庁舎に目をやった。窓のまえに立って見ているひとたちがいた。父はにっこり笑って手をふった。わたしはうめき、ミスター・ケイシーは首をふった。

わたしたちは図書館と店のあいだの通路を通って、ジングルベル通りへ向かった。父とミスター・ケイシーは右へ、わたしは左に曲がって店へ戻った。勝手な思いこみかもしれないが、すれちがうひとたちがわたしが近づくたびに口を閉ざし、やけに多くの商店主が窓からわたしがただ通りすぎるのを見ている気がした。

わたしは〈ミセス・サンタクロースの宝物〉の入口に立ち、店内の様子をじっと見つめた。電飾がついたモミの木、きらきらと輝くアクセサリー、遊んでもらえるのを待っているおもちゃ、どこかの家のクリスマスのごちそうで使われる皿とナプキン。レジスターのうしろには六十センチの高さのくるみ割り人形が気をつけの姿勢で並び、サンタクロース夫妻の磁器人形は頬を赤くして客を歓迎している。

わたしのお店。この店も、この店に置いてあるものも、すべて大好きだ。店はわたしが出かけたときとまったく変わっていないはずなのに、留守にしているあいだに、クリスマスの魔法が消えていた。輝きが少し失われているのだ。

サンタクロースをやめろと言うのは、父に死ねと言うのと同じだ。

殺人罪で逮捕されたら、そんなことは言っていられないけれど。

わたしは母に電話をかけ、留守番電話につながるとほっとした。じかに説明するより、メッセージを残すほうが簡単だ。父は逮捕されたわけではなく、質問があったので警察に連れていかれただけだと伝えた。ごく普通のことだと。スー＝アンが新しいサンタクロースを探すと脅したことは言わなかった。電話を切ると、店の奥でコートとブーツをぬぎ、顔を洗った。ドアの鐘が鳴った。わたしは営業用の笑顔を貼りつけ、客を出迎えた。


店じまいの準備をしていると、ドアが激しくノックされた。顔をあげると、アラン・アンダーソンが大きな箱を抱えている。わたしは急いでアランをなかに入れ、箱をカウンターに置くのを手伝った。

「ご注文の汽車だ」アランが言った。

「わあ、ありがとう。汽車はうちが扱っている子ども向けの商品のなかでいちばん人気だから、週末はたくさん売れると思うの」

「子どもたちのパーティーがあればね」アランは言った。

わたしは雨がルドルフに悪影響を及ぼさなければいいのにと当たりさわりのない話をしようとしたけれど、アランの表情を見て言った。「何か、耳にしたの？」

「町からeメールがきた。文面どおりに言えば、〝ノエルの重要な代役〟をつとめられる男を探しているという内容だった」

「理由は書いてあった？」

「書く必要なんてないさ。メリー、きみのお父さんがゴードン・オルセン殺しで事情聴取されたことは、町の全員が耳にしている」

「まさか、そんなことを信じているわけじゃ……」

アランは片手をあげた。「きみのお父さんのことを残酷な殺人犯だなんて、少しでも真剣に考えている人間はひとりもいない。でも、イメージが大切なことは、みんな知っている。ルドルフのサンタクロースが殺人容疑で逮捕されたが、証拠がなくて釈放されたなんて噂が広がったら……」

「逮捕なんてされてない。事情聴取を受けただけよ」身体じゅうの血液が沸騰しそうだ。

「わかってるさ、メリー。ちがうなんて言ってない」

「たいしたことじゃないのよ。わたしだって事情聴取されたのよ。あなただって、されたでしょう？」

「ああ。でも、ぼくは制服を着た警官に両側をはさまれて、町庁舎から連れていかれたりしなかった。ノエルとはちがう」

わたしはカウンターに両ひじをついて、両手で顔を覆った。「もう、めちゃくちゃよ」アランの手が背中に触れた。セーター越しにほっとするような温かさが伝わってくる。すると、とつぜん手が引っこんだ。咳ばらいが聞こえて、アランが店内を歩く足音が聞こえた。

「そのサンタクロースの代役に応募したひとはいるのかしら」

「ぼくは聞いていないけど」アランは自分がつくったクルミ割り人形の兵隊をひとつ手にしてひっくり返した。アランの手は、それで生計を立てているひとの手だ。親指にはタコができ、爪は短く傷だらけ、右手の甲には深い傷痕があるし、左手の親指には治りかけの切り傷がある。そして右手のひとさし指は、ほんの少しだからよく見ないと気づかないけれど、先が少し欠けている。いまの仕事を習いはじめた頃、電動の丸鋸《まるのこ》を使っているときに一瞬気を抜いた結果だと言っていた。そのとき以来、仕事のときは決して注意をそらさないようにしているのだと。

「長年この町のために尽くしてきたんだから、町議会は父を支えてくれるものと思っていたのよ。それなのに、あっさり見捨てるなんて」

「スー＝アンの発案だろう」アランは兵隊を仲間のもとにゆっくりと返した。「もしほかの誰かがサンタクロースをやるなら、ぼくはおもちゃ職人をやるつもりはない。たとえ、週末に訪れる客がいくらか減っても、この町はノエルを応援すべきなんだ」アランはそれだけ言うと、店を出ていった。彼に触れられた背中はまだ熱かった。

わたしは鍵をかけ、静かで穏やかな夜をすごせることを祈って家路についた。

だが、そうはいかなかった。ミセス・ダンジェロが定位置である正面の窓に立っていて、わたしが庭に入るときには、すでにポーチで待っていたのだ。わたしは断固たる態度で目をあわせず、大家のまえを通りすぎた。「メリー！」ミセス・ダンジェロの叫び声が冷たい空気に乗って追いかけてきた。「わたしは警察の誤認逮捕だって信じているから。ノエル・ウィルキンソンは殺人犯なんかじゃないわ」その瞬間、ルドルフの住民の半数がこの家のまえを通りすぎているかのようだった。

とりあえず、マティーの耳には父が殺人容疑をかけられている話は届いていないようだった。ケージを開けた瞬間に大喜びで飛びだしてきて、顔にキスを浴びせてきた。たっぷりのよだれ付きキスだ。今夜はマティーを散歩に連れていかないことにした。悪気はないけれど、好奇心まるだしの町のひとたちと顔をあわせる気にはなれない。その代わりに、テニスボールを見つけて、裏庭で遊んだ。マティーは雪のうえで跳ねまわり、鼻で道を掘り、木々から落ちてくる雪を食べようとしては喜んで吠えた。

マティーを家のなかに呼び戻すときには、わたしもかなり気分がよくなっていた。

「楽しそうね」うしろから声がした。わたしはふり返り、隣人のウェンディを見てほほ笑んだ。

「これこそ、犬よね」ウェンディに笑いかけた。ウェンディはティナを抱いていた。たぶん、ティナだと思う。見えるのは黄色いスノースーツと、黄色の長靴と、揺れているミトンと、フードから出ている真っ赤な鼻先だけだから。マティーがにおいを嗅ぐために駆けよっていくと、ウェンディはティナが挨拶できるように腰をかがめた。

「お父さんのことを聞いたわ」ウェンディが言った。

わたしはうめいた。「みんな、聞いているんでしょ？」

「週末の新しいサンタクロースを探しているのは知ってる？」

「見つかったの？」

「サンタクロース候補が応募する電話番号はわたしの番号なの。でも、一件もかかってこないわ。いまのところ」

「よかった」

ウェンディは下におりようとしてもがく娘を抱きながら、励ますようにほほ笑んでくれた。

「きっと、すべて解決するわ」

「町議会にはがっかりよ。ノエルは無実だと信じているって正面玄関に看板を掲げてくれてもよさそうなのに。まったくの裏切り行為だわ」

「町議会じゃないのよ、メリー。スー＝アンが、彼女ひとりがやったことなの。これから話すことは、ぜったいに秘密よ。きょうの午後、スー＝アンの部屋で激しい口論があったの。町議会議員と上級職員の一部がスー＝アンの判断は間違っていると言ったのよ。でも、スー＝アンは聞く耳を持たなかった。残念ながらスー＝アンが真っ先にラルフを取りこんで、新しいサンタクロースを雇う予算を認めさせてしまったものだから――あなたのお父さんみたいに無報酬でやってくれるひとなんていないでしょ――それで、求人が認められてしまったというわけ。スー＝アンによれば、これで問題は解決したらしいわ」

「誰かがラルフを説得して考えを変えさせるわけにはいかないの？」

「都合がいいことに、ラルフは急に病気になって、急いで家に帰ったの。奥さんの話では、寝こんでいて電話に出られないんですって」ウェンディはくすくす笑いだした。「やっぱり、ぜったいに秘密ってことは忘れて。庁舎にいた全員に言い争いが聞こえたでしょうから、噂になるのは止められないし、すぐに町じゅうに広まるわ」話しているあいだも、ティナは母親の腕から逃げだそうともがき、マティーも吠えて、下におりてきて一緒に遊ぼうと誘っていた。「そろそろ、この子を上に連れていって夕食を食べさせたほうがいいみたい」ウェンディは言った。「メリー、明日、何かあったら知らせるから」

「ありがとう。助かるわ」

ウェンディたちがなかへ入ると、マティーとわたしも続いた。このときばかりは、マティーを家へ入れるのに苦労しなくてすんだ。ティナが行く先では、ときおりごちそうが落ちてくることを覚えているのだ。

わたしは携帯電話をキッチンの調理台に置いて、コートをぬいだ。それからマティーに餌をやり、自分の食べるものがないか、冷蔵庫をあさった。そして電子レンジで温めるピザを引っぱりだした。何というか、わたしは料理が得意なほうじゃないのだ。調理台の上の携帯電話は、クリスマスの前夜にねぐらに潜んでいるグリンチのようだった。

両親には電話をかけたくなかった。わたしはピザの包装を破って、電子レンジに入れた。タイマーをかける。たとえばサラダとか、何か健康によいものをつくったほうがいいのだろうけれど、それだけの気力がない。

電話に目をやった。

両親には電話をかけたくない。

でも、電話した。

「こんばんは、ママ。ママとパパがどうしているか、かけてみただけ」

母は大きくため息をついた。母が大げさに演技をしているのか、本当に動揺しているのか、ちがいがわかることがある。今回のは本気のため息だ。「パパは少しまえに帰ってきたわ。いまは書斎で本を読んでいるみたい。ひとりになりたいんですって」

「パパは、その……町議会であったことを聞いたの？」

「別のサンタクロースを探しているって話なら――」母はかみつくように言った。「――聞いたわ。町議会に怒鳴りこんで恩知らずなひとたちを叱り飛ばしたかったけど、パパがやめてくれって」

「パパの様子はどう？」

「結婚して長いけど、パパがひとりになりたいなんて言ったのは片手で数えられるくらい」

「平気じゃないってことね。今回の件はスー＝アンの提案で、ほとんどの議員が反対したのにスー＝アンが進めたらしいって、信頼できる筋から聞いたとパパに伝えて」

「パパも知っているわ。午後のあいだずっと、いろいろなひとからパパを応援しているって電話がかかってきたから」

最悪の気分にもかかわらず、思わず頬がゆるんだ。ルドルフのひとたちは善人だ。とりあえず、大部分のひとたちは。

「きょうは火曜日でしょ」母は言った。「生徒と親に余裕をもって知らせるには、そろそろコンサートを中止にするかどうか決めないと」

「コンサートって？」

「もちろん、土曜日の午後のコンサートよ。子どもクラスの生徒が野外音楽堂でクリスマスキャロルを歌う予定なの。生徒たちは一生懸命練習していたんだけど、町議会がパパをこんなふうに扱うんじゃ、顔なんて出せない」

「生徒が減ってしまうかもよ、ママ」

「それならそれで、仕方ないわ」

「パパとふたりでしばらくどこかへ行ってきたら？　パパがこのクリスマス・タウンの話を進めてから、もう何年も十二月にニューヨーク・シティへ行ってないでしょう。シティのクリスマスが大好きだったじゃない」

「パパにそう言ったのよ。でも、シモンズ刑事に町を出てはいけないと言われたんですって」

「そうなの……」あまりよくない知らせだ。「わたしの代わりにパパにキスをしておいて。

何かできることがあれば、わたしはそばにいるからって伝えて」

「ありがとう、メリー。明日は〈ユーレタイド・イン〉に行って、グレースと朝食をいただくの。あなたもこない？」

「わたしはあまり……」

「メリー、そばにいてほしいの。パパが逮捕されたなんてことを言うひとがいたら、殴ってしまいそうだから」

わたしはケープをまとった母が暴行容疑で手錠をかけられて拘置所に入れられる姿を頭から追い払い、店のカレンダーを思い出した。明日はジャッキーが開店からいる日だ。「わかったわ、ママ。迎えにいくわね」

「ありがとう。おやすみなさい」

電子レンジが鳴り、夕食ができたと知らせた。あまり食欲が湧かない、ぐちゃぐちゃのピザを取りだした。そして皿にのせ、ダイニングテーブルに運んだ。普段、家でひとりで食事をするときは、食べながらオンラインで最新の情報を仕入れるのが好きだった。でもきょうは、とにかく世の中で起きていることを知りたくなかった。少なくとも、ニューヨーク州ルドルフという世界の片隅にある小さな町で起きていることは。

マティーの耳が立った。身体を起こして吠えはじめた。

次の瞬間、呼び鈴が鳴った。

わたしは皿を横に置いて、よろよろと一階のドアまでおりていった。ラス・ダラムが頭と肩に新しく降った雪をのせたまま立っていた。そして挨拶をするまえに、マティーが胸に体あたりしていた。ラスは肺から息がもれる〝うっ!〟という音とともに、うしろによろけた。わたしは手を伸ばして、ラスをつかんだ。背中から倒れたりしないよう安全を確保すると、マティーのほうを向いて、友だちに飛びついてはいけないと教えた。驚いたことに、マティーは飛びあがるのをやめたけれど、抑えられない興奮で全身の筋肉が震えている。

「ぼくに会って、こんなに喜んでくれる存在がいてうれしいよ」ラスは雪を払いながら言った。

「ごめんなさい。まだ仔犬なものだから」

ラスはやさしくマティーの頭をなでてくれた。マティーはすべてを許されたと思いこんで飛びはねたが、今度はラスも覚悟ができており、足を踏んばっている。わたしはもう一度マティーを叱った。

「とつぜん押しかけてきて申し訳ない」ラスは言った。「でも、きみが興味を持ちそうなニュースがあるんだ」

一瞬、わたしの期待が高まった。最高に運がよければ、警察が犯人を逮捕したのかもしれない。

ラスの顔を見て、それほど運がいいわけではなさそうだとわかった。

「どうぞ、入って」先に階段をのぼって案内すると、マティーはラスの脚にまとわりついた。ラスはアパートメントを見まわした。

部屋はまるでマティーの遊び場のようだった。床にはマティーがかんで遊ぶおもちゃや、ぬいぐるみの残骸が転がっている。天井からはボールを結びつけた色鮮やかなゴムロープがぶら下がっている。ラグマットは丸められ、壊れそうなものは高いところにある棚に押しこめられている。仔犬に壊されることが心配なうえに、あまりにも店が忙しいせいで、自宅はクリスマスのものを飾っていない。お気に入りのものはすべて、引っ越してきたときの箱に入ったままだ。

ラスがダイニングテーブルにのったピザに目をとめた。「ごめん。夕食をじゃましちゃったみたいだ」

「かまわないわ。たいしておいしくないし。飲み物でもいかが？」

「ビールをもらうよ。もし、あれば」

「すぐに取ってくるわね」わたしは冷蔵庫へ行ってラスのビールを取り、自分には白ワインを注いだ。ふり返ると、ラスがカウンターのまえに立って、わたしのｉＰａｄを開いていた。

「見てもらったほうがいいと思う」

「覚悟しておいたほうがいい？」わたしは訊いた。もう覚悟はしていた。ラスはいつもの愛想がよく、わたしに気があるのではないかと思わせるような笑みを浮かべていない。

ラスはため息をついた。「マドルハーバーの友人たちがあっという間に噂を広めてくれた。新聞のウェブ版を見てごらん」

わたしたちは飲み物とｉＰａｄを居間へ持っていき、コーヒーテーブルのまえにすわった。

わたしは《マドルハーバー・クロニクル》を検索した。ウェブサイトは〝速報〟という見出しとともに更新され、信頼のおける新聞ではあまり見かけないほど多くの感嘆符が躍っていた。そもそも、《マドルハーバー・クロニクル》は信頼のおける新聞ではないけれど。わたしはぞっとしながら記事を読んだ。一面の真ん中にはサンタクロースの衣装に身を包んだ父の写真が載っていた。見出しは〝ルドルフのウィルキンソン氏、殺人事件で二度目の事情聴取〟。

「ひどい」わたしは言った。

「ああ、本当にひどい」ラスは言った。

「これが明日の朝刊の一面になるの？」

「まず、間違いない」

「これはもともとあった写真よ。簡単に手に入るわ。でも、月曜日の新聞に載っていた写真は、日曜日の夜に両親が警察署を出るところを撮ったものだった。どうして《マドルハーバー・クロニクル》はルドルフの情報をそんなにつかめるの？」

「誰かが警察無線を聴いているのかもしれない。シモンズは車でお父さんを迎えにいくよう要請しただろうから」

「わたしもその場にいたの。シモンズ刑事は無線じゃなくて、自分の携帯電話を使っていたわ」

「それじゃあ、たまたまルドルフにいた人間が〈ユーレタイド・イン〉で起こったことを聞きつけて、警察署へ向かったのかもしれない。最近は誰でも携帯電話を持っているから、その場ですぐに情報を流せるしね」

「そうね。でも、もしもルドルフの人間が父を貶《おとし》めようとしたなら、ぜったいに……目にもの見せてやる」

ラスが笑った。「だろうね」

わたしは記事の残りを読んだ。ゴードン・オルセンの死についてはすでに知られていることだけで、目新しい情報は何もなかった。父についても。あるわけがない。

「《ルドルフ・ガゼット》はどうなの？　今回の件についてはどう書くつもり？」

「事情聴取を受けた人間は大勢いる。たとえば、きみとぼく。ノエルだけを特別扱いする理由はない」

わたしは止めているつもりはなかった息を吐きだした。「ありがとう」ワイングラスに手を伸ばした。

「ただし――」ラスの不穏な口調に、手が止まった。「――もしも、ノエルが逮捕されたら、隠してはおけない」

「そんなこと、起きっこない」

わたしたちが話しているあいだも、マティーはずっとラスを〝取ってこい〟遊びに引っぱりこもうとしていた。だが、無視されつづけ、とうとういら立って一度だけ鋭く吠えた。ラスは片耳しかないピンクのウサギを手にした。「いいかい？」わたしに訊いた。

「ええ。でも、投げないで。家では飛行物体禁止だから」

男と犬は真剣に引っぱりっこをはじめた。マティーは腰を低くしてかまえた。興奮して尻をうねらせているせいで、ふさふさの尻尾が〝飛行物体〟のように空中で揺れている。いっぽう、ラスも腕の筋肉の震えと歯のくいしばり方で、全力をふりしぼっているのがわかる。ワインを飲みながら彼らの戦いを見ているうちに、頬がゆるんできた。

とうとう、マティーが勝った。かわいそうにすっかり食いちぎられたウサギをラスの手からねじり取ると、それをくわえたまま勝ち誇ってキッチンと居間を走りまわっている。ラスは椅子に寄りかかり、ビール瓶を手にして掲げ、敬礼した。「すべては勝利者のものに」

わたしは笑った。「これで終わりだと思っているんじゃないわよね？」

マティーは期待に満ちた顔でラスの足もとにおもちゃを落とし、カラメル色の目でじっと見つめた。

「もう終わりよ」わたしは厳しい声で言った。マティーはいつもと同じくらいに注意を払って、わたしの言葉を聞いた。つまり、何も聞いていないということだ。「あなたはどう思うの？　ゴードンを殺した犯人のことだけど」

「難しいな。あっという間に、こんなに多くの敵をつくった人間は見たことないから。〈ユーレタイド・イン〉で働いているひとたちには強い動機があると思う。ゴードンはそのひとたちの生活を脅かしたんだ。〈メガマート〉との契約が進んでいたら、この町の商店主たちにも同じことが言えただろう。それに、グレースが犯人だというひともいる」

「グレース！ 本気で言ってるんじゃないわよね。ゴードンのことは好きじゃなかったかもしれないし、ゴードンがやろうとしていることにも反対だったかもしれないけど、グレースは何よりもジャックを愛しているのよ。彼を苦しめるような真似はぜったいにしない」

「メリー、いま話しているのは、ぼくが耳にしたことだ。グレースがゴードンを殺したのかもしれないとほのめかしていたひとたちは、こうなったことは〝グレースのためによかった〟とも言っているひとたちだ」

わたしは鼻を鳴らした。

「きみはマーク・グロッセのことはどのくらい知っている？」ラスがビールを飲みながら訊いた。さりげなさを装っているけれど、意味のない質問でないのはわかった。

「ほとんど知らないわ。二度会っただけだから。とてもよさそうなひとだけど」

ラスはビール瓶を置いた。「ということは、ヴィクトリアも彼とはそれほど関わりがないのかな」

「ラス、何が言いたいの？」

「はっきり知っているわけではないけど、ゴードンの思いどおりになったら、マークは多くのものを失ったはずだ。ニューヨーク・シティの友人たちに探りを入れたところ、マークは自分の意思でまえの職場を辞めたわけではないらしい」

「どういう意味？」

ラスは肩をすくめた。

「中途半端な言い方はやめて。そんな言い方はグレースの名前を出したひとたちと同じくらい悪質よ」

「こんな言い方をして悪かった。ただ、ヴィクトリアのことが心配になって。きみたちがとても仲がいいのはわかっているから、気をつけろと言いたかっただけなんだ。マーク・グロッセのことは確証を得ないかぎり、誰にも言わない」片手をあげて、文句を言おうとしたわたしを止めた。「事件と関連していることがわからないかぎり、もう口にしない」

ラスは箱に描いてある絵と同じくらい食欲が湧かない状態になっている、手つかずのピザをあごでしゃくった。「食事のじゃまをしちゃったみたいだから、外に食べにいかないかい？」

顔が真っ赤になるのがわかった。とてもそそられる考えだけれど、誘いを受けたりしたら、ラスがどう受けとるのかわからない。そのとき、思いがけなくアラン・アンダーソンの姿が頭に浮かんだ。カールした、ぼさぼさのブロンドの髪、温かな青い目、照れくさそうな笑顔、力強く有能な手。「ありがとう。でも、今夜はやめておく。たいへんな一日だったから」

ラスは立ちあがった。「それじゃあ、また別の機会に」

「ええ、別の機会に」わたしも立ちあがった。遊びは終わりだと気づいたマティーと同じくらいに、ラスは落胆しているように見えた。

わたしは玄関までラスを送っていった。

「何か耳にしたら知らせるから」ラスが言った。

「ありがとう。助かるわ」

9

どちらかといえば《マドルハーバー・クロニクル》は〝速報〟のウェブ版より紙面のほうがひどかった。

〝ウィルキンソン氏、釈放！〟という見出しが、宇宙のどこかで知的生命体が発見されたときにでも使いそうなほど大きな活字で叫んでいた。クリスマスをテーマにしたホラー映画のオーディションを受けているような、サンタクロースの格好をしたこんな父の写真を、いったいどこで見つけてきたのだろう。何年も新聞社の地下に保存しておき、にやにや笑って眺めながら、とっておきの瞬間に取りだすのを待っていたのかもしれない。

もちろん、わたしは《マドルハーバー・クロニクル》なんて購読していないが、ミセス・ダンジェロの噂を嗅ぎつける幅広い情報網のひとりが、わざわざ朝いちばんにこの悪意ある新聞を彼女の家のドアに届けたのだ。そして、ミセス・ダンジェロはわたしがこっそりポーチのまえを通ろうとするときまで待たなかった（彼女の家には人感センサーがついていて、わたしが顔を出すたびに警報が鳴るのではないかと思うことがある）。ミセス・ダンジェロがうちのドアを激しく叩いたとき、わたしは身体じゅうについてしまったさまざま歪みを取るために、ヨガをやっているところだった。

ルドルフに帰ってきて以来、毎日店を開くことに忙しくてジムを探す暇がなく、セントラルパークをジョギングしていた頃の成果がすっかり消えてしまった。そこで、クッキーを口に放りこんでいるヴィクトリアに、いいジムはないかと相談したことがあった。すると、ヴィクトリアは仰天した目でわたしを見た。そう、ヴィクトリアは好きなときに好きなものを食べても、百グラムも太らない数少ない幸運な人種のひとりなのだ。基礎代謝がとても高く、余分なカロリーを燃やすために運動をする必要がまったくない。その点では、ヴィクトリアはうちの母と同じだった。そして、わたしは父に似ていた。でっぷりとした陽気なお腹と丸い頬は、サンタクロースの衣装の一部ではない父に。

下を向いた犬のポーズの最中に、ミセス・ダンジェロはやってきた。床でポーズを取っている最中に死ぬほどなめまわされないよう、寝室に閉じこめておいたマティーの抗議が激しくなっていたので、静かにさせるよう文句を言われるのかと不安になった。

でも、そのほうがよっぽど幸運だった。ドアを開けると、ミセス・ダンジェロが顔のまえで新聞をふっていたのだ。「メリー、このひどい記事を見た？」

「いいえ。まだ太陽も見ていませんから。ああ、ようやく日がのぼりましたね」弱々しい太陽が水平線の向こうから顔を出したのに、すぐに東の厚い雨雲に隠れてしまった。

わたしの皮肉はミセス・ダンジェロには通じなかった。ミセス・ダンジェロはショールを肩に巻いているだけで、ブーツのひもは結んでいなかった。藤色のつるつるとしたサテンのネグリジェを着ており、レースで縁取りされた襟ぐりは想像よりずっと深く、あまり見たくない。いつもこんなセクシーなネグリジェを着て寝るのだろうか。知っているかぎりではミスター・ダンジェロはいないし、見慣れない車がひと晩じゅう私道に停まっていることもないけれど。

「訴えたほうがいいわ」ミセス・ダンジェロは言った。

やめたほうがいいとわかっていたにもかかわらず、わたしはミセス・ダンジェロの手から新聞を取って、記事をすばやく読んだ。短い事実と長いほのめかしでできた記事には、ひとつだけ完全に正しい事実があった。ノエル・ウィルキンソンが〝殺人事件の事情聴取のため、ルドルフ町議会の会合の途中、ふたりの制服警官によって連行されたあと〟町のサンタクロース役を解任されたことだ。わたしは記事の署名を見た。ドーン・ギャロウェイ。聞いたことのない名前だ。

ミセス・ダンジェロが新聞に手を伸ばしてきた。わたしは礼を言い、彼女の目のまえでドアを閉めた。まさか、このまま新聞を返して、町の全員に見せてまわるのを許すと思う？

わたしはヨガを再開しなかった。マティーを監獄——寝室ともいう——から出して、支度をはじめた。きょうは〈ユーレタイド・イン〉で母と一緒に朝食をとることになっている。これ以上、気が進まないことはない。わたしは緊急の場合の連絡先をジャッキーにメールしてから（緊急の事態が起これぱいいと願いそうになった）、マティーを本当の監獄——ケージともいう——に入れて家を出た。

両親が住むヴィクトリア朝様式の美しい家に車を入れると、母はいつものように時間どおりに玄関で待っていた。そして車に乗ってくると、わたしの頬にキスをした。

「パパはどう？」わたしは車を道に出した。

「よくないわね。あんなに落ち込んだパパを見たのは初めてよ」

今朝の《マドルハーバー・クロニクル》の記事の話は持ちださないことにした。ふたりはまだ見ていないかもしれないのだから――まさか、あの記事をわざわざ両親に見せるひとはいないだろう。「パパは抗議するんでしょ？　町議会ではスー＝アンより人気があるんだもの。議会の承認なしに新しいサンタクロースを探しはじめるなんて、度を超しているわ」

母はため息をついた。「パパは自尊心が強いでしょう。ルドルフの公式サンタクロースとしての仕事を再開してほしいなら〝土下座して〟頼みにくるべきだって言っているわ」

「何てこと」

太陽はようやく顔を出し、〈ユーレタイド・イン〉へ続く長い道を走る頃には、きのう積もった雪を照らしていた。車はスケート靴を肩に提げている若いカップルや、〈ユーレタイド・イン〉が大げさに〝丘〟と呼んでいる庭のこぶを目指して、たくさん着こんだ子どもを乗せた木橇を引っぱっている家族連れとすれちがった。芝生にはさまざまな出来の雪だるまが散らばっている。

警察の黄色いテープははずされており、ほっとした。

「週末の天気予報はまだ悪いみたいね」母が言った。「もう、どうでもいいけど。好きなだけ雨が降ればいいんだわ。こんなひどい町なんか流されればいいのよ」

「ママ！」クリスマスを愛する心が揺さぶられ、わたしは言った。「まさか、本気で言っているわけじゃないわよね」

「嘘よ。本気じゃないわ。でもね、メリー。今年はやさしい気持ちになれないの」

グレースはホテルのロビーで待っていた。暖炉では薪が燃え、クリスマスツリーが輝き、オーナメントが光り、幸せそうな家族が冬の一日を楽しみに出かけていく。そのとき初めて気がついた。わたしもクリスマス気分になっていなかった。そして顔を見たところでは、グレースも。目の下には冬の嵐の先触れの雲の色のような隈ができ、口角のしわがまた増えている。いつもは完璧に身支度を整えるひとなのだ。それなのにきょうは、髪はいつ洗ったのだろうかという状態だし、家の外で着たことがあるのか疑問に思うようなみすぼらしいセーターを着ている。

グレースはわたしたちに気づくと、心の底からに見える笑顔になって立ちあがった。「メリーも連れてきてくれたのね。うれしいわ」わたしたちを抱きしめ、軽いキスをしてくれた。

「ジャックの具合はどう？」

「順調よ」言葉とはうらはらにグレースの笑顔が消えた。「とりあえず、身体のほうは。でも、何にも興味を示さないの。ホテルについて決定しなければならない問題を持ちだして、関心を持ってもらおうとするのだけど、肩をすくめて、わたしにまかせると言うだけ。少しまえからホテルに無関心にはなってきていたけれど、ゴードンのことを聞いてからは、生きる気力を失ってしまったみたいで」グレースは声をつまらせた。

母は友人の肩を抱いた。わたしはラスがゆうべ言ったことを思い出した。あり得ない。この弱々しい女性が義理の息子を刺殺するなんて。

グレースは身体を起こして、涙をぬぐった。「家ではなくてレストランで朝食をいただきましょう。ジャックは誰とも話したがらないから。いまは客室係が付き添っているからだいじょうぶ。午後はホテルの仕事ができるように、個人的に看護師を雇ったわ」

「レストランでけっこうよ」わたしは言った。

グレースに連れられてレストランに入ると、女性店長が雪に覆われた庭を見渡せる静かなテーブルに案内してくれた。

「楽しんでいるひとたちを眺めるのっていいわね」母が言った。

「そうね」グレースはあまり気乗りしない様子で答えた。「わたしはコーヒーだけでいいわ」ウエイトレスに言った。「でも、あなたたちは食べて」

長いテーブルには、新鮮なフルーツとチーズと朝食用のペストリーが用意されていた。とりあえず、わたしはお腹がすいていた。食べずに終わったピザを電子レンジで温めてから、ずいぶん時間がたっている。「ママ、何か取ってきましょうか？」

「オレンジジュースとふすまのマフィンにして。ありがとう」

わたしはビュッフェのテーブルへ行き、並んでいるものをじっくり見た。長いバゲットはヴィクトリアの店のもののようで、トースターの横のスライスされたパンには、何かの種かレーズンがたっぷり入っている。マークは納入業者をすぐにもとに戻したようだ。マ、、、ーク。彼が犯人だなんて可能性があるだろうか？

あり得ない。わたしはラスの謎めいた言葉を頭から追いやって、母と自分の皿を山盛りにした。

席に戻ってバゲットにバターととろけるようにやわらかいチーズをのせていると、テーブルの上に影が差した。母とグレースがおしゃべりをやめた。

レニーが腰に手をあてて立っており、放たれる敵意が目に見えそうだった。レニーがにらみつけているのは予想していたグレースではなく、母だった。「あなた。よくも、ここに顔を出せたものね」

母がすっかりとまどった顔で、わたしを横目で見た。「わたし……？」

「警察はゴードンを殺した容疑であなたの夫を逮捕したのに、釈放したのよ。サ、、、ンタク、、、ロ、、、ースはブタ箱に放りこまれないみたいね」

まわりの会話がぴたりとやんだ。コーヒーカップが唇の手前で止まり、トーストがかじられないまま皿に戻されている。

「夫はぜったいに……」

わたしは礼儀作法を守る気分ではなく、勢いよく立ちあがった。「何の根拠もないのに言いがかりはやめて。父はあなたのご主人が亡くなった夜にこのホテルにいたから、警察の通常の捜査で事情聴取を受けただけ。あなたと同じように。それに、父は警察には何の影響力もないわ」

「わたしが聞いた話とはまったくちがうけど」レニーは鼻であしらって続けた。「町はノエル・ウィルキンソンのもの――みんな、そう言っているわ」

「ばかばかしい」

店長が足早に近づいてきた。「ミセス・オルセン、何か問題でも？」

「大ありよ」レニーは言った。「何もかもが問題だわ。あなた――」真っ赤な爪で母を指さした。「――自分の夫がどうしてゴードンを排除したがったのか、自分の胸に訊いてみるといいわ。わたしには――」指をグレースに向けた。「――わたしのゴードンが死んだことで得をしたのは、ひとりしかいないように見えるから。このひとよ」

レストランに重い沈黙が垂れた。従業員たちは皿を洗う手を止め、追加の料理も運んでこない。朝食をとっていた客たちは夢中になって耳を傾けているか、驚いて黙りこんでいるかのどちらかだった。

母の顔は真っ赤なブラウスとガラスのイヤリングと同じ色に染まっていた。母はゆっくりと椅子から立ちあがった。そして大きく息を吸うと、胸がふくらんだ。母は訓練を積んだプロのオペラ歌手であり、わたしは鼓膜が心配になった。レニーは自業自得だけれど、わたしたちもすぐそばにいるのだ。

「ここから出ていって、レニー」わたしは言った。

「言いたいことを吐きだしてからね。何があったのか、わたしはわかっているのよ。あの夜、ふたりは一緒に夕食の席を立ったんでしょ？　あなたのお父さんとこのひとが。このひとは夫が病院で命の危険にさらされていたっていうのに、待ちきれずに、ほかの男をベッドに連れこんだのよ。グレース、ノエルに何を言ったの？　自分のためにゴードンを殺してくれたら、すごく感謝するって？」

母がレニーの頬を叩いた。銃声のような音が響いた。見ていた人々がいっせいに息を呑んだ。

グレースが立ちあがった。「行きましょう、アリーン。こんな汚《けが》らわしい当てこすりは聞いていられない」

レニーはひどく驚いた顔で、頬がじわじわと赤くなっていった。「よくも、こんなことができるわね」

「それだけのことをしたんだ」マークも出てきた。「レニー、ここから出ていくんだ」抑えた声で言った。

「あなたの命令に従う義務なんてないわ」

「いや、あるさ。ここは私有地で、ぼくは自分のレストランから出ていけと言っている。出ていかないなら、警察を呼ぶぞ」

「呼んだら、この女に殴られたと言うわ」

「自分がやったことを警察のまえで洗いざらいぶちまけたいなら、勝手にするといい。この店にいる全員がきみの話を聞いている」

レニーは気色ばんだ。マークはまばたきもせずに、彼女をにらみつけた。

「ひとつだけ間違えていたわ」レニーは言った。「ゴードンに死んでほしかったのは、ひとりだけじゃなかった。ゴードンが死んで、あなたは店のお金を好きに使えるようになったのよね、ニューヨーク・シティのシェフさん？」

マークに腕をつかまれたが、レニーはその手をふり払った。「ホテルを出るわ。いまはね。でも、遠くには行かない。あなたたちが自分たちの罪にふさわしく刑務所に入るのを見届けるまでは」レニーは顔をあげて、レストランから出ていった。全員がその姿を見送った。そのあと見えない合図があったかのように、客たちは急に食事やおしゃべりをはじめ（いくぶん大きい声だったけれど）、従業員たちは皿やナイフの音をさせはじめた。

母が椅子にすわりこんだ。目を見開き、顔からは血の気が失せている。「あんなことをしたなんて、自分でも信じられない」

マークは店長を呼んだ。「ロビーに行って、ミセス・レニー・オルセンが本当にホテルを出ていったのか確かめてくれますか？」わたしたちのほうを見て、顔をしかめた。「待ちぶせされて、また口論がはじまったらいやでしょう」

「ありがとう、マーク」グレースは言った。「うまく収めてくれて」

「あまり上品とは言えない食堂で働いていたことがあるんです。ワインが入ると、どんな高級店でもいざこざがありますけどね」わたしのほうを見てほほ笑んだ。「ヴィクトリアによろしく伝えて。きみの店のパンはいつものようにおいしかったって」

「伝えるわ」

マークが厨房へ戻ると、店長がレニーは出ていったと伝えにきた。もう朝食を食べる気はしなかったけれど、ほかの客の関心が自分たちのことに戻るまで、もう少し待ってから店を出たほうがいいとグレースは言った。

「ゴードンとレニーの結婚生活がどんな様子だったのか知らないわよね？」わたしは訊いた。

グレースは片方の眉を吊りあげた。「これっぽっちも知らないわ。どうして？」

「警察が真っ先に疑うのは配偶者だって言わない？　自分への疑惑をそらすには、他人に罪をなすりつけるのがいちばんだろうし。父に、あなたに、マークにまで。レニーはずいぶん網を広げているみたいだから」

グレースは少し考えこんだ。「すごく仲がよかったとは言えないでしょうね。こっそり見つめあったり、触れあったりするところは見なかったから」

「長年結婚していれば、そんなふうにしない夫婦は多いわよ」母が言った。「だからといって、急に殺しあったりはしないわ」

「確かに」わたしは言った。「でも、可能性はあるでしょ。夫を殺す計画を立てるなら、たとえ考えているだけだとしても、家から遠い場所で実行するほうがいいと思うわよね？　警察が簡単には友だちとか近所のひとに話を聞けないところで。夫が町じゅうのひとや犬からさえ嫌われている場所なら、さらに都合がいいかも」

「あなたの言うとおりかもしれない」母が言った。「でも、だからといって、わたしたちに何ができるの？」

「シモンズ刑事に話してみる。きっとシモンズ刑事もレニーのことは頭にあると思うけど、もしまだ考えていないなら、そろそろ考えてもらわないと」

グレースが立ちあがった。「家に帰ってジャックの様子を見ないと。もう、ここを出ても平気だと思うわ」

10

家まで車で送って降ろすと、母が目を輝かせてにっこり笑った。

「何がそんなにうれしいの？」わたしは訊いた。

「早く、わたしがしたことをパパに報告したくて」艶やかな毛皮で縁取りされた手袋で、パンチをくり出すまねをした。「シュッ！　いつもなら暴力には反対だけど、すごく気持ちがよかったわ」もう一度、パンチした。「長年ずっと暴君みたいな舞台監督と甘ったれた歌手たちに耐えてきたの。一発お見舞いしてやればよかった。シュッ！」

想像するだけでもぞっとする。「調子に乗らないでね、ママ。レニーに暴行罪で訴えられていたかもしれないのよ。証人がたくさんいたんだから。最近のウィルキンソン家はもう充分に警察署で過ごしているわ」

母はため息をついた。「そうよね。栄光の瞬間は頭のなかで甦らせるだけにするわ。シュッ！」

頭を引っこめたり、身体をふったり、拳でパンチをくり出したりしながら、まるでダンスでもしているように、母は階段をのぼっていった。もし『ロッキー』のオペラ版の上演が決定したら、間違いなく主役だろう。

〈ミセス・サンタクロースの宝物〉に着くと、うれしいことに店内は活気に満ちていた。ジャッキーは目のまえのお客と楽しそうに話しながら、レジスターに金額を打ちこんでいる。さらにうれしかったのは、レジスターへの打ちこみが次々と続いたことだ。この女性客はテーブルリネンをひとそろい買ってくれた。赤とオートミール色のテーブルランナーを一枚ずつ、〝ホー、ホー、ホー〟と記されているテーブルマット十二枚、白い雪の結晶が刺繍されている赤いナプキン十二枚だ。それに、赤と白の皿と七面鳥用の白い特大皿も。

「こちらのお客さまたちの車まで、荷物を運んでさしあげて」わたしはジャッキーに言った。

「ここはわたしが引き受けるから」

ジャッキーはしかめ面を隠すのがへただった。重いものを持つのが嫌いなのだ。わたしもだ。だから、自分が運んでいくとは言わなかった。ここはわたしの店だし。

わたしは大枚をはたいてくれたのが〈ファイン・バジェット・インズ〉に夫が勤めている小柄なほうの奥さんだと気がついた。瘦せているほうの奥さんはアランがつくったネックレスを手にかけて、彼女のうしろに並んでいる。磨きあげた木の輪を長い革ひもでつないだネックレスだ。

「またお会いできてうれしいです」わたしはにっこり笑って声をかけた。「ルドルフ滞在を楽しんでいただけているようですね」

「大好きになったわ！　とてもかわいい町ね」瘦せっぽちがかん高い声で言った。「主人の契約がうまくいかなかったのが残念で。毎年、ルドルフへきたかったのに」

「キャシー！」もうひとりが叫んだ。「仕事のことは話しちゃだめよ」

「アーリーンったら。もう秘密でも何でもないじゃない」わたしのほうを向いて続けた。「わたしたちの夫は〈ユーレタイド・イン〉のオーナーが〈ファイン・バジェット・インズ〉とフランチャイズ契約をする手助けをするつもりだったの。でも、あの方がとつぜん亡くなって、契約が無効になったみたい」

「まあ」残念だったと言うつもりはなかった。たとえ、彼女の友人がうちの店に五百ドルを落としていってくれたとしても。「それじゃあ、どうしてまだこちらにいらっしゃるんですか？」やや無遠慮な質問だけれど、キャシーはあまり気にしないタイプに見える。

「フレッドがまだあきらめたくないと言うものだから。オーナーの奥さんがまだ……」

「キャシー！　いつか、その口がもとで厄介な問題を起こすわよ。さあ、このお嬢さんに車まで運んでもらうあいだに、そのネックレスの会計をすませておいて」アーリーンがいちばん小さくて軽い品物を持って出ていくと、ジャッキーは重い荷物でよろけながらあとをついていった。

わたしと、おしゃべりなキャシーと、ネックレスだけが残った。「プレゼント用の箱になさいますか？」

「いいえ、けっこうよ。わたしが使うから」キャシーがクレジットカードを出し、わたしは会計を終わらせた。そしてネックレスを薄紙でていねいに包み、店のロゴが入った小さな袋に入れた。「オーナーの奥さんはまだ契約に興味があるんですか?」さりげなく訊いた。「その奥さんはホテルの経営者の奥さんかしら。それとも、亡くなった男性の奥さん? 彼はオーナーではなくて、その方のひとり息子なんですよ」

キャシーは肩をすくめた。「さあ、どっちかしら。フレッドがウインクをしたってことは、何か切り札があるという意味だし、まだ家には帰らないと言っていたけど」にっこり笑った。「つまり、もっと買い物をする時間があるということよ。ブリッジクラブの昼食会でこのネックレスを着けるのが待ち遠しいわ。別に、お互いに競っているわけじゃないけど、ノーマがあんな……」

ジャッキーとアーリーンが店へ戻ってきた。残念! すぐ近くに車を停めていたらしい。キャシーは品物を手にした。「どうもありがとう」ふたりは出ていった。

「いったい、どういうこと?」ジャッキーが訊いた。「〈ユーレタイド・イン〉はまだ売りに出されているわけ?」

「売るんじゃなくて、フランチャイズ契約よ。レニーが、ゴードンの奥さんが厄介なことをしているみたい」そう答えたものの、確信はなかった。レニーには何の権限もない。〈ファイン・バジェット・インズ〉のような大企業はばかじゃない。何も権限がない人物と話をして時間を無駄にしないだろう。

キャシーが言っていた夫たちの交渉相手とは、グレースのことだろうか? そんなはずはない。グレースはいまの姿のホテルを愛しているのだから。

「すごいニュースがあるの」ジャッキーが言った。

「いまなら聞いてもいいわ。でも、そのまえに〈クランベリー・コーヒーバー〉へ行って、ラテを買ってきてくれない？　あなたの分も買っていいから」レジスターからお金を出した。いますぐカフェインの補給が必要だった。朝食の席でひと口もコーヒーを飲まないうちに、レニーとの一件が勃発したのだ。

そのあと数名の客が来店し、わたしは何か必要があれば呼んでほしいと伝えた。親切だけれど押しつけがましくない接客を心がけている。自分もあまりにも熱心に〝歓迎〟されたせいで店を出たことがあるからだ。

まもなく、ジャッキーがわたしにはMサイズのラテ、自分にはホイップクリームがたっぷりのった特大サイズの飲み物を買って戻ってきた。彼女の細い身体を見て、摂取したカロリーはいつ消費されるのだろうかと考えた。「すごいニュースって何？」わたしはラテのふたを取り、ホットミルクのにおいを吸いこんでから、ひと口目を味わった。

「カイルが新しい仕事に就いたの」

わたしたちは小声で話しながら、目は商品を見ているお客たちを追い、声をかけてほしそうな顔をした瞬間に飛んでいけるようにしていた。

「いいニュースね。聞いてよかったわ」

カイルはジャッキーの恋人だ。不平ばかり言って長いこと定職に就いていない怠け者のどこがいいのか、さっぱりわからないけれど。ジャッキーは明るくて、元気で、若くて美人だ。

驚くほどの速さで恋人を替えていたけれど、最近はカイルとかなり長く続いている。もっと、いいひとがいそうなのに。でも、ひとの恋愛についてえらそうなことを言える立場ではない。一緒に働いていた大きな雑誌社の経営者の孫で、会社を継ぐことになった娘の目が自分に向いた瞬間にわたしを捨てた恥知らずな男と付きあって何年も無駄にするより、はるかにましな道があったにちがいないのだから。

わたしはラテをたっぷり口に含んだ。

「クリスマスが終わるまで、カイルがサンタクロースをつとめることになったの！」

コーヒーが口から噴きでて、ジャッキーのシャツに思いきりかかった。

「ちょっと！」ジャッキーがあわてて飛びのいた。

「何ですって！」

「もう。興奮しないでよ、メリー。カイルなら立派なサンタクロースになるから。あなたのお父さんの衣装を着るにはたくさん詰め物が必要でしょうけど、何とかなるはずよ。カイルは子どもが大好きだから」本当はあまり確かではないかのように、最後の言葉では声が小さくなった。

「第一に」わたしは歯を食いしばって言った。「父の衣装は自前で、町のものではないから。誰もカイルに話していないんでしょうけど。第二に……」

「メリー」ジャッキーは今回ばかりはわたしより分別があった。彼女が顔を売り場へ向けると、お客たちは商品を選ぶのをやめてこちらを見ていた。

「あら、いやだ」わたしは言った。「コーヒーが熱くて。奥に入ってふいてきたほうがいいわ」

「そうね」ジャッキーが答え、わたしもあとを追った。ジャッキーはせまい休憩室のドアを閉めようとしたが、わたしはすかさず足を入れた。「カイルにサンタクロースは無理よ。父がサンタクロースなんだから」

「メリー、いまはちがうわ。求人広告が出ていたのよ。カイルがいちばんふさわしい候補者なの」ジャッキーは鏡のなかの自分にほほ笑み、首をかしげた。応募してきたのはカイルだけなのだろう。そんな真似ができるのは彼だけだ。

自分の顔に見とれるのが終わると、ジャッキーはペーパータオルを濡らして、しみをふきはじめた。濃いベージュの綿シャツだ。コーヒーのしみなら簡単に取れる。「メリー、しみが取れなかったら、新しいブラウスを買ってもらうわよ」

「衣装はどうするのか、カイルに訊いて。稼ぐ額より、衣装のほうが高いわよ。もしも、週末までに間にあえばという話だけど」

「平気よ」ジャッキーは言った。「このあいだ携帯電話で撮った写真を売って、二百五十ドル稼いだから。カイルはカメラマンになって、ちゃんとしたカメラを持とうかなって言っていたけど、それはどうかしら。カメラは高そうだから。でも、サンタクロースの衣装ならだいじょうぶ。〈ルドルフズ・ギフトヌック〉なら、安い衣装があるでしょ」

「〈ルドルフズ・ギフトヌック〉！　あれはフリーサイズのビニールのズボンなのよ！　ひ

げはゴムで耳に引っかけるんだから！」

「すみません」売り場で声がした。「ちょっといいかしら」

わたしは最後にもう一度ぶつぶつ言ってから、表に出ていった。

「このお皿、青いものはあるかしら？」赤と青のヒイラギの絵が軽やかに描かれた白い磁器のカクテルプレートを指して、女性が尋ねた。

「いいえ」〝おあいにくさま、これはクリスマスプレートだから、青なんてあるわけないわ〟と付け加えたかったけれど、やめておいた。

女性は何も買わずに出ていった。

ジャッキーが奥から出てきた。シャツのまえが濡れている。「家に帰って、着がえてこないと」

わたしは文句を言った。コーヒーのしみなら濡らしたペーパータオルで叩くだけで、シャツを着たまま洗う必要はなかったのに。きっと、新しい仕事が見つかったのに、自分と同じようには喜んでくれなかったとカイルに伝えにいくのだろう。その推測はあたった。ジャッキーは店を出たとたんに、うしろめたそうにわたしを見てから、下を向いてそそくさと離れていった。

ジャッキーの頭に雨粒があたった。ポツン。もうひと滴。車が融けた雪を撥《は》ねあげながら、ジングルベル通りを走っていく。雨だ。ああ、最高。

スー＝アンが衣装代を出し渋らなかったとしても、子どもたちをサンタクロースに会わせる場所としての、ルドルフの評判は落ちるにちがいない。雨はスー＝アンのせいにはできないけれど、父の役割を偽物のひげをつけてビニールのズボンをはいた怠け者の二十代の若者に代えたのは彼女の責任だ。

スー＝アンめ。町の評判はどうでもいい。でも、父の評判は？　町長選の唯一の敵だとみなしている人間をどこまで貶《おとし》めるつもりなのだろうか？　父はもう町長になる気はないのに、野心を持っている人間には誰もが同じ思いに取り憑かれているわけではないことがわからない。わたしはかつてスー＝アンを殺人犯ではないかと疑ったことがあった。そのときは犯人ではなかったからといって、今回もやっていないという理由にはならない。

店には何人かのお客が訪れた。数人がちょっとした商品を買ってくれたけれど、目下の問題を忘れられるほど忙しくはなかった。

ジャッキーがぴったりとしたミニスカートと、きらきらした青いTシャツと、ショート丈のジャケットに着がえて、やっと戻ってきた。窓の外に目をやると、カイルが急ぎ足で通りすぎ、〈ルドルフズ・ギフトヌック〉へ向かうのが見えた。

「メリー、いい知らせよ」ジャッキーが言った。「ママのところへブラウスを持っていったら、しみはたぶん取れるって。本当にそうだといいんだけど。お気に入りだし、いつも買う服より高かったんだから」被害者ぶったため息をもらした。

スー＝アンのことを考えていると、もうひとり容疑者がいることを思い出した。ジャッキーに店をまかせてシモンズ刑事に電話をかけた。一回目の呼び出し音で、シモンズが出た。

ゴードン・オルセン殺害の件で話したいことがあると言うと、警察署まできてほしいと言う。

「少し出かけてくるわ」わたしは言った。

「どこへ？」ジャッキーが訊いた。

「あなたには関係ないでしょう」

外に出ると、雨が絶え間なく降っていた。雪は融けて道路や歩道でぬかるみとなり、建物の軒先から滴り落ちている。人々はコートの衿に顔をうずめ、ぬかるみで靴を濡らしながら急ぎ足で歩き、車は冷たい泥を撥ねあげながら通りすぎていく。

わたしは通りを走ったが、警察署に行くまえに〈ヴィクトリアの焼き菓子店〉に寄った。別に警察官を買収するつもりはないけれど、まだラテを飲み終えていなかったので、シモンズ刑事を訪ねるのに、自分の分だけ持っていくのは失礼だと思ったのだ。

ヴィクトリアの店へ入ると、お昼の混雑は落ち着き、数人の客がスープを飲み、サンドイッチをかじっているだけだった。マージョリーはカウンターの向こうで商品を並びかえ、かなり空いた穴を埋めている。食べ物を買うつもりはなかったのに、焼いたパンと熱いスープのにおいにやられ、急にお腹がすいてきた。昨夜は何も食べず、今朝もホテルでの朝食を無遠慮にじゃまされたのだから、あの鋭いシモンズ刑事と話すのであれば、空腹で倒れないよう万全の態勢を整えておく必要があるだろう。

残っているものをじっくり眺めた。ミンスタルトがちょうどふたつ。わたしの好物だ。わたしはミンスタルトを指さした。「マージョリー、これを包んでもらえる？　それから、コーヒーをふたつ。ひとつはクリームを入れて、もうひとつはブラックで」シモンズの好みは知らないので、砂糖とクリームの袋を紙袋に入れた。

ヴィクトリアが小麦粉のついた手をエプロンでふきながら奥から出てきた。「あなたの声が聞こえた気がしたのよ」顔全体が明るく輝き、足取りも弾んでいる。わたしは問いただすように、片方の眉を吊りあげた。

「いま電話を切ったところなの」ヴィクトリアは言った。

「宝くじでもあたった？」

「それより、いいかも」

「ということは……」

「ということは」ヴィクトリアは笑いながら答えた。「マークにデートに誘われたの。正真正銘のデートよ。今夜」両手を高くあげ、爪先で立って何度も回転した。子どもの頃、一緒にバレエ教室に通っていたのだ。才能があったのはひとりだけだったけど。わたしではない。親友のことだというのに、わたしはあまり喜べなかった。昨夜、ラスがマークについて警告したことを思い出したからだ。「デートでは何をするつもり？」

「マークが夜の休みを取ったから、早めに夕食をとって、映画に行く予定」ヴィクトリアは満面の笑みを浮かべた。「ああ、何を着ていこう。気楽な食事だから、ドレスアップしているようには見られたくないし。メリー、ジーンズでもいいと思う？」

「くるぶしまであるスカートに、衿がつまった服にしなさい」マージョリーが言った。

「仕事をして、マージョリーおばさん」

「してるわよ」マージョリーはミンスタルトを持ち帰り用の袋につめながら言った。「こちらのお客さまに応対しているの」

「急がなきゃ」わたしは代金を払った。「話はあとで聞くわ。明日の朝、電話で報告して」

「家に着いたら、すぐに電話するわよ」マージョリーが口をはさんだ。「映画が終わってから十分後ね」

「堅物なんだから」ドアが閉まると、ヴィクトリアが言った。

警察署に着くと、ナンシーにシモンズ刑事と約束があると伝えた。「お名前は？」ナンシーが怒鳴った。

「メリーよ。メアリーではなく……もういいわ。シモンズ刑事がきたから。こんにちは、刑事さん」

シモンズがうなずくと、ナンシーはブザーを押して、聖なる部屋へわたしを通した。

「コーヒーを持ってきたの」わたしは証拠を掲げてみせた。

「ありがとう。ちょうどいま、飲みたかったところよ」シモンズは廊下の向こうにあるオフィスへ案内してくれた。といってもオフィスというよりは書類が山積みになっている、部屋の片隅にある机で、同じ部屋には同じように散らかった机がいくつも並んでいる。壁紙は色あせてはしが破れている大量生産品のベージュ色で、最新の美術品は指名手配犯のポスターだ。わたしは勧められた椅子に腰かけて、部屋を見まわした。「ここでもクリスマスは祝えるでしょうに」

シモンズの唇が吊りあがった。「予算がいくらまで使えるか、確かめておくわ」わたしはコーヒーを渡して、タルトの箱を開けた。そして、ひとつずつ取った。「ルドルフへきてから五キロ太ったの。ここはあのベーカリーに近すぎるのよ」シモンズはそう言うと、ミンスタルトにかじりついた。「おいしい」

確かに、おいしかった。生地は軽くてサクサク、中身はドライフルーツがたくさん詰まっていて、こってりと甘い。タルトは生地をクリスマスツリーの形に切り、砂糖をふりかけてあった。

シモンズの机の目立つ場所に、写真が一枚飾られていた。ごく普通の学校の写真で、そばかすだらけの女の子が思いきり歯を見せて笑っている。

写真に目をやると、シモンズの表情がやわらかくなった。「シャーロット。娘よ」

「かわいい」

「ええ」シモンズは感傷をふり払い、また硬いプロの殻をかぶった。「話したいことというのは？」

「レニー・オルセンのこと。ゴードンの奥さんの。彼女はまだホテルにいて、もめごとを起こしたいらしくて。警察はいつも第一に配偶者を疑うらしいから、伝えておいたほうがいいと思って」

「警察の捜査の仕方を知っているの？『ＣＳＩ：科学捜査班』をよく見ているとか？」

ここで退くつもりはない。「でも、否定はできないでしょう」

「話を続けて」

「だから……レニーについてわかったことを教えてもらおうと思って」

シモンズは椅子の背に寄りかかって、両手を胸のまえで組んだ。「しつこいひとね。メリー、それだけは言えるわ」

「父がゴードン・オルセンを殺していないことは確かです。グレースとも誰とも共犯じゃない」

「グレースと共犯だなんて誰が言ったの？」

「ええっと……ちょっと言ってみただけよ」わたしはつい気圧《けお》されて言ってしまった。

シモンズはしばらくじっとわたしを見ていた。わたしは必死に落ち着こうとした。「ゴードンとレニーの結婚には問題があったの」シモンズはとうとう口を開いた。「何度か、家で騒ぎがあったようよ。警察が知るかぎりでは肉体的な暴力はなかったけど、ポットや食器を投げつけたり。一度は、ミスター・オルセンが芝刈り機で追いかけまわして、奥さんが悲鳴をあげながら垣根の向こうの隣家に逃げだしたことも。隣のひとが通報したけれど、警察官が到着したときには、オルセン夫妻はふたりとも家に帰ってしまっていた。貴重な生垣を壊された隣家に、修理代を弁償するよう訴えられるところだったらしいわ。メリー、正直に言うとね、貴重な生垣なんてものがあるとは初耳だったわ。いかにも、カリフォルニアの話ね」

「ということは、レニーは容疑者なのね」わたしは言った。

「長いあいだ喧嘩をしてきて、ついにどちらかがどちらかを殺したという話は珍しくない」シモンズは言った。「でも、そういう場合はもっと騒々しくてめちゃくちゃな殺し方になるし、生き残ったほうは罪悪感や後悔に襲われることが多い。はっきりわかっているのは、ミスター・オルセンを殺した犯人は静かに庭まで追いかけて、ナイフですばやく刺して立ち去っている。騒ぎを起こさずに」

「いずれにしても、ゴードンは夜の庭で何をしていたと考えているの?」わたしは訊いた。

「考えごとをするようなタイプには見えなかったけど」

シモンズはわたしの顔をじっと見た。わたしは黙ったまま、警察署から放りだされないことを祈っていた。驚いたことに、シモンズはかすかにほほ笑んで口を開いた。「オルセン夫妻はあの日、ここルドルフの〈ア・タッチ・オブ・ホリー〉で食事をしているの。レストランの従業員によれば、ふたりの様子はごく普通だった。店の主人とウエイター以外、誰とも話をしていなかった。ほとんど黙ったまま食事をして、ふたりで一本のワインを飲んだ。オルセン夫妻について覚えていることと言えば、いちばん高い価格帯のワインや料理を頼んだくせに、侮辱しているのかと思うほど少ないチップしか置いていかなかったこと。メリー、レストランの従業員に覚えてもらいたいときは、気前のいいチップより、しみったれたチップのほうがいいみたい」

「覚えておくわ」わたしは言った。

「ミセス・オルセンによれば、食事をしたあと、ふたりはまっすぐホテルに帰ってきた。彼女は部屋に戻り、ゴードンはホテル内をまわっていたことがわかっているの。フロント係にブラウスのいちばん上のボタンをとめるよう注意したあと厨房に入って、シェフと口論しているわ。基本的に、ミスター・オルセンは何にでも首を突っこんで、少なからぬ人数のスタッフをいら立たせていたみたい。みんな忙しくて、ゴードンがホテルをまわっていた時間が正確にわかるひとはいない。何かの点検のためにひとりで庭へ行ったのかも、誰かと一緒だったのかも不明。もしかしたら、その誰かがゴードンに、ほかの人に言わないよう指示したのかも。彼が庭に入っていくところを目撃したというひとは名乗り出ていない。捜査は続行中。メリー、話すべきではないことまで話したわ。ご足労ありがとうございました」

わたしは帰れというほのめかしを無視した。「ゴードンとレニーの経済状況はどうだったの？　レニーはかっとなって殺したわけじゃないかもしれないけど、ずっと考えていたのかも。まえもって計画して」

「メリー、オルセン夫妻の銀行預金のことまで詳しく話すつもりはないわ。ばかげて見えるほど少ないお金のことで殺人事件が起こることは承知しているけど、この事件にはそういった要素はないとだけ言えば充分でしょう。さあ、わたしにはやらなければならない仕事があるのよ」

「マーク・グロッセ」

シモンズは片方の眉を吊りあげた。「彼がどうしたの？」

「マークは町へきたばかりよ。父を疑ったのはゴードンと言い争ったからでしょう。それなら、マークも同じだし、それも一度ではないらしいわ。マークについては、どんなことがわかったの?」マークを陥れるつもりはなかった。でも、こういう見方をすると、容疑者は大勢いる。問題は、その多くがわたしには大切なひとだということだ。パパ、ヴィクトリア、グレース。でも、全員を調べることが必要だと、シモンズにわかってもらう必要がある。事件の夜、厨房についてゴードンが口出ししたのなら、マークが近くにあるナイフを手にして外までゴードンを追いかけていったことは簡単に想像できる。

「メリー、捜査をするときは、普通はわたしが質問をするの。コーヒーとタルトはありがたかったけど、わたしにもあなたにも戻らなきゃいけない仕事があるはずよ。時間を取っていただいて、感謝します」シモンズはコーヒーのカップをゴミ箱に放った。ゴミ箱は椅子から二メートル近く離れていたけれど、カップはきれいな放物線を描いて、ゴミ箱の真ん中に入った。

「ナイスシュート」わたしは言った。

「高校のとき、州大会で優勝したの」

「父がサンタクロースでいることは本人にとってより、町にとって重要なことなの」わたしは言った。「週末の子ども向けのパーティーが近づいているのに、父の代役になったひとがサンタクロースでは大失敗するわ。ルドルフの住民の生活はクリスマス・タウンとしての評判で成り立っているの。評判が落ちてしまったら、大きな産業がなくなって衰退したほかの町と同じになってしまう」

「メリー、あなたの言うことは理解できるし、その熱意には感心もしているの。でも、それはわたしが考えることじゃない。わたしの頭にあるのは、殺人犯を見つけることだけ」

「でも、あんな大ごとにしなくてもよかったのに」わたしは反論した。「父は喜んであなたの質問に答えたはず。不正を犯した政治家を引きまわすみたいに、町庁舎から連れていくなんて。それも、わたしの店に寄った直後に。卑怯《ひきょう》よ」

「そのとおりね」

「え？」

「言い訳になるけど、わたしはあなたのお父さんを連れてきてほしいなんて誰にも頼まなかった。あのナイフについて訊きたかったから、ミスター・ウィルキンソンに電話して時間があるときに署に寄ってほしいと伝えるよう、若い巡査に言ったの。でも、指示がうまく伝わらなかったみたい。こんなことが二度とないよう注意します」

キャンディス・キャンベル巡査の顔が頭に浮かんだ。問題の巡査とはあの姑息な女にちがいない。「それなら、父は容疑者ではないと町議会に言ってもらえない？　そうしたら、議会は父をサンタクロースに復帰させるはずだ」わたしは物わかりのいい人間であることを理解してもらおうとして、シモンズにほほ笑みかけた。

シモンズは笑い返さなかった。「メリー、問題はあなたのお父さんが疑わ
れているということなの。どんなにあなたが疑いをそらそうとしても、ミスター・ウィルキンソンがわたし

の考える最も有力な容疑者なのよ」

11

思いどおりには運ばなかった。確かに、いくつかわかったことはあったけれど、シモンズの鋭い目をかえって父に向けてしまった気がする。

シモンズは通信指令室のドアまで送ってくれた。ナンシーが得意気に笑った。わたしが玄関で手袋をしてコートのファスナーをあげると、シモンズはオフィスへ戻っていった。ドアを開けると、女性がわたしをちらりとも見ずに、押しのけるようにして警察署へ入っていった。わたしと同じくらいの年頃で、茶色い髪を短く切り、ふわふわとした黒のロングコートを着て、ぼろぼろの青いスカーフを巻いている。

「シモンズ刑事に会いにきました」彼女がアクリルガラスに向かって言った。

「お名前は？」ナンシーが訊いた。

「《マドルハーバー・クロニクル》のドーン・ギャロウェイです」

聞き覚えがある。わたしはドアをゆっくり閉めて、バッグのなかを探した。何かはわからないけど。

「シモンズ刑事はマスコミの方とは話しませんん」ナンシーが言った。

「自己紹介をしたいの」ドーン・ギャロウェイは言った。「名刺を渡したいのよ」

ナンシーはやけにのろのろと立ちあがった。そしてとても長く険しい道の先にあるかのように、仕切りのガラスに近づいた。「わたしがお預かりします。必ず、お渡ししますから」

「ほんの少しだけでいいから」ドーンは言い張った。

ナンシーは仕切りの下の隙間から手を出した。ドーンはその手に名刺を叩きつけた。「忙しいなら、待つわ」

ナンシーが横目でわたしを見た。「メリー、まだ何か用があるの？」とうとう、わたしの名前を思い出したらしい。

「いいえ」

ドーンがこちらを向いた。「メリー。メリー・ウィルキンソンね。初めまして」手を伸ばしてくる。「《マドルハーバー・クロニクル》のドーン・ギャロウェイです」反射的に、わたしも手を伸ばしていた。痛みに顔をしかめそうになった。骨が折れそうなほど、強く握られたのだ。ジャーナリストの学校で、握手するときは強く握るよう教えられたにちがいない。

「今朝の記事を読んだわ」わたしは言った。「あんな記事を書いておいて、よくもここにこられたものね」

「事実を書こうとしただけよ、メリー。世間のひとは知りたがっているの――そうでしょう？　どうして、警察にきたの？　お父さんがまた逮捕された？」

「このあいだだって、父は逮捕されていないわ」

ドーンがドアを開けたせいで、わたしは外に押しだされそうになった。「コーヒーでもどう？　おごるわ。あなたの立場から見た話を聞かせて」

「わたしの立場なんてないわ。でも、間違いのない真実なら話せる」空はまだ雨と雪のどちらを降らせるのか決めかねているようだった。それで妥協して、どちらも降らせたらしい。顔に冷たいあられがあたりはじめた。「父はゴードン・オルセンを殺していません」

「うー、寒い。寒さをしのぐには熱くておいしいコーヒーがいちばんよね。メリー、おいしい店を知らない？」

「知らない」わたしは歩きはじめた。

「もしかしたら〈ヴィクトリアの焼き菓子店〉へ行くかも」ドーンがうしろから叫んだ。「ヴィクトリア・ケイシーの店はゴードン・オルセンのせいでつぶれそうになったそうじゃない。あなたの友だちなんですってね。ヴィクトリアはかっとなって乱暴するタイプ？」

わたしは足を止めた。

「ちょっと訊いてみただけよ」ドーンは言った。

「あなたたちは嘘っぱちを書いても許されるの？」

「わたしは耳にしたことを報道しているのよ。ゴードン・オルセンがヴィクトリア・ケイシーから焼き菓子を仕入れるのをやめたというのは本当？」

「ええ、でも……」

「ほらね？　事実だけでしょ。難しくなんてないわ。マーク・グロッセについて教えて」

「マーク・グロッセのことなんて何も知らないわ」どうして、こんなでたらめな記者と話しているのだろう？　〝ノーコメント〟という言葉を冷たい空気のなかにきっぱりと残して、ジングルベル通りを帰っていくべきだ。

「最近では、一流のシェフというのは寝首をかかなきゃなれないほど過酷な世界なんですって」ドーンは言った。「あら、やだ。言葉の選び方を間違えちゃった。とにかく、ニューヨーク・シティにいたとき、問題を起こしたらしいの。人気シェフが鍋とコック帽を持って、誰も知りあいのいない片田舎へ逃げだしたそうよ」

「そんな話は知らないわ。それに、ぜんぜん興味もないし」嘘だ。

「シモンズ刑事を待っているあいだ、町庁舎へ行くつもりよ。あの建物がそう？」

「ええ」

「近くて便利。警察署への出入りをすべて監視できるってわけね。今朝のサンタクロースの一件についてマドルハーバー町長のバウンガートナーが出したコメントについて、ルドルフ町長代理のモローに感想を訊くつもり」ドーンはわたしが尋ねるのを待っている。

わたしは口をつぐんでいた。きつく。サンタクロースの件についてバウンガートナーが何と言ったのか知らないけれど、わずかな情報を恵んでもらうために、ドーン・ギャロウェイを喜ばせたりするもんですか。今度こそ、わたしは歩きはじめた。

「それとも、やっぱりあなたのお父さんに訊くべきかしらね」ドーンが背中から叫んだ。「サンタクロース本人に。どんなスキャンダルになることやら」

わたしは凍てつくような雨を避けて下を向き、急いで警察署から離れた。そして反対方向から歩いてきたベティ・サッチャーと危うくぶつかりそうになった。「まえを向いて歩けないの？」ベティにきつく怒られた。

「ごめんなさい」ぼそぼそとあやまってベティを避けると、融けかけた氷に足を乗せてしまった。すると左足がすべり、わたしは両腕をぐるぐる回転させた。ベティが腕をつかんでくれなかったら、顔から倒れていただろう。ベティは反射的に動いたらしく、その表情はわたしの運にまかせておけばよかったと語っている。わたしは小声でお礼を言うと、足もとを見ながら駆けだした。

店へは戻らず、反対方向にある《ルドルフ・ガゼット》の事務所へ向かった。誰もがマークについてほのめかすのに、誰もが実際に何があったのかを言わない。もしマークがひどいことをしたなら、ヴィクトリアが深く関わらないうちに警告しなければ。

ラスは新聞社でパソコンの画面を見て、ひどく顔をしかめていた。そして顔をあげて、わたしが入ってくるのに気づくと、にっこり笑った。

小さな町の新聞社はどこも同じだが、《ルドルフ・ガゼット》も以前の姿とはすっかり変わり果てていた。かつては当時のメインストリートだったこの道の真ん中にあるビル全体を《ルドルフ・ガゼット》が占めていた。だが、いまはラス専用のオフィスさえなく、ごみごみとした通気が悪くて暑すぎる部屋の一角に、傷だらけの古い木の机があるだけだ。ラスは編集発行人とは呼ばれているが、そんなのは仰々しい肩書きでしかない。この新聞社には受付兼原稿整理係と、広告の営業兼パートタイムの芸能部門記者の女性と、ルドルフで起きていることを取材するより大新聞への転職に関心がある記者見習いの女性、それにラスしかいないのだから。

「お願いだから、また何か悪いことが起きたなんて言わないで」わたしは言った。「もう、これ以上耐えられる自信がないの」

「今朝、マドルハーバー町長のランディ・バウンガートナーが声明を発表した」

「そんなようなことを聞いたわ。そんなにひどい内容？」

「ルドルフのイベントにおいて、町公認のサンタクロースが役割を離れなければならない事態となったが、マドルハーバーは子ども連れの家族が安心して休日を楽しめる環境を用意している、そうだ。土曜日と日曜日にはマドルハーバーのレクリエーションセンターでサンタクロースが観光客を出迎えるらしい」

わたしはうめいた。「〝役割から離れる〟なんて言ったら、どんなことを想像されることか」

「ああ。マディットがずるい手を使うのは以前からだが、今回はスー＝アンがやつらに利用されているらしい」

「ルドルフに《マドルハーバー・クロニクル》の記者がきているの。警察署で会った。シモンズに取材を断られて、スー＝アンのコメントを取りにいったわ」

ラスは椅子から立ちあがって、上着を取った。「ほう？　それじゃあ、ぼくも加わらないと」

「ちょっと待って」わたしは言った。「マーク・グロッセ。彼について知りたいの」

「メリー。歩きながら話そう」ラスはきびきびとした早足でドアへ向かった。わたしは走って追いかけた。

氷が張った歩道に出ると、ラスのきびきびとした早足が急にゆっくりになった。「マーク・グロッセ」今度はペンギンのような足取りで町庁舎へ向かいながらラスが話しはじめた。「ニューヨーク・シティにはまだ連絡を取っている人間がけっこういて、そのなかに《タイムズ》でレストラン批評を書いているやつがいてね。マークは〝ファーム・トゥー・フォーク〟で有名になりつつあった。持続可能な方法で生産した食材を、適正な価格で消費するという運動だ。マークはマンハッタンで話題の新しいレストラン〈クルックド・フォーク〉の料理長として雇われた」

「聞いたことがあるわ。ニューヨーク・シティに住んでいた頃、みんなが話題にしていた。大きな店よね。あれがマークのお店だったの？」

「ああ。経営者はニューヨークでも指折りの名店にすることを目指していた。最初の批評は絶賛で、店はたちまち人気店となった。政治家やブロードウェイのスターたちもこぞって出かけた。一般人が行くには何カ月もまえから予約が必要だった。一般人といっても、七十五ドルのステーキや、ウエイターが先祖の名前を言える牛からつくったバターが添えられた紫色の小さなロシア産のジャガイモに二十ドル払えるひとたちのことだけど。そんなとき……」

町庁舎に着いた。ラスは話すのをやめた。

「そんなとき？」わたしは先を促した。

「あとで話す」

「こんな中途半端な状態で放っておかないで」

庁舎から興奮した話し声が聞こえてきた。ラスは階段を駆けのぼった。わたしも足もとに注意しながらあとを追った。

ロビーでは、スー＝アン・モローとドーン・ギャロウェイを囲んで大勢のひとが集まっていた。スー＝アンは顔をあまりきれいとは言えない赤紫色に染めて、息を荒くしている。ドーンは手帳に何か書きつけていた。ほかの人々はみな怒鳴っている。ウェンディだけが、ラスとわたしが入ってきたことに気がついた。ウェンディは難しい顔でわたしに会釈した。

「そんなこと、ぜったいにさせない」スー＝アンが叫んだ。

まわりのひとたちも口々に「無礼だ」とか「侮辱だ」といった言葉を叫んでいる。訴えると言っているひともいる。

ラスが人混みをかき分けた。「いったい、何事だい？」

庁舎への侵入者は手を差しだした。「《マドルハーバー・クロニクル》のドーン・ギャロウェイです」

「へえ」ラスが言った。「いつ雇われた？」

「きのうよ。でも、そんなことはどうでもいいでしょ。わたしは……」

「バウンガートナー町長に伝えて……」スー＝アンが言った。

「スー＝アン」男が叫んだ。「もう、きみの手には負えない」父の長年の友人であり、信頼できる町議会議員の男性の声だ。

「一致団結してあたるべきよ」女性の声がしたが、誰も注意を払わなかった。

「いいですか、みなさん」騒がしいなかでも聞こえるように、ラスが声を張りあげた。「新聞記者のまえで言い争うのはやめたほうがいいですよ。実際、ここにはふたりの記者がいるわけですから」ドーンのほうを向いた。「《ルドルフ・ガゼット》のラッセル・ダラムだ。いったい、何があったんだい？」

「モロー町長代理にコメントをもらいにきたの。そうしたら、モローがかっとなっちゃって」

「わたしは別に……」スー＝アンが言いかけた。

ラスはスー＝アンを無視して訊いた。「コメントって何に対して？」

「むかつくマディットたちが子ども向けのクリスマス・パーティーを開くことについてさ」うしろから誰かが叫んだ。

「このあたりではルドルフにしかクリスマスを祝うことが許されていないなんて初耳だわ」ドーンがばかにして言った。

「もちろん、そんなことはない」ラスは言った。「誰もがふさわしい方法でクリスマスを祝うべきだ。ただ、姑息な手段でほかの町を攻撃するひとたちがいるものでね」

「こんなのはクリスマスの精神にそぐわないわ」わたしの言葉は全員に無視された。

「ミセス・モロー、あなたもミスター・ダラムと同じ意見ですか？」ドーンが鉛筆を持ったまま尋ねた。

スー＝アンは言葉に詰まった。

「みんな、やるべき仕事があるんだ」ラスは言った。「お引き取り願おうか、ドーン」

「まだ、終わってないわ」

「いや、もう終わりだ」

ドーンは身体をこわばらせ、抗いそうな様子を見せたが、まもなく肩から力が抜けた。そして、したり顔で〝記者ならわかるでしょ〟とでも言いたげにラスにほほ笑み、携帯電話を掲げた。「それなら、簡単に写真を撮らせて」

スー＝アンはあごをあげて、大きく息を吸いこんだ。ラスがふたりのあいだに割って入った。「公式な写真を送らせる。それでどうだい？」

「けっこうよ」ドーンは答えた。

ウェンディがまえに進みでた。「出口を教えてあげる。六十センチ先よ」

「ミセス・モロー、何か進展があったら、いつでも連絡してください」ドーンは出ていった。

ドアが閉まると、ロビーは騒然となった。見たところ、怒りはとりわけランディ・バウンガートナーと、マドルハーバーの住民全体に向けられているようだった。

「マドルハーバーへ行って、町ごと壊してやればいいんだ」議員のひとりが言った。頭に浮かんだ松明《たいまつ》と干し草フォークをすぐに追い払った。

「そんなことを言っても、何にもなりませんよ」ラスが言った。

「わたしたちがやるべきなのは、父を支持する声明を出して、サンタクロースとして復帰してくれるよう父に頼むことでしょう」

スー＝アンがわたしのほうを向いた。「警察に捜査されているサンタクロースなんてお断りよ！」

「サンタクロース役からおろすということは、父が犯人だと言うのも同然なのよ」

スー＝アンは両手をあげた。「サンタクロースをやらせても、やらせなくても、非難されるのよ。ラルフ、あなたはどっちを取る？」

「わたしかい？」ラルフ・ディカーソンは言った。「そうだな……わたしが思うに……」

「もう過ぎたことは仕方ない」誰かが言った。「何をやったって、マディットたちは自分たちに都合のいいようにねじ曲げるだろう」

ドアが開き、アラン・アンダーソンが冷たく湿った空気に押されるようにして入ってきた。頭も肩も濡れていて、コートには雨粒の跡がついている。アランはオンタリオ湖からあがった犬のように水をふり払った。そしてわたしを見つけて、照れくさそうなやわらかな笑みを浮かべてから、みんなのほうを向いて訊いた。「何事ですか？」

誰も説明する者はいなかった。「とにかく、もうすべて台なしだ！」いつもは陽気なラルフが言った。「あなた方のお店が週末のイベントをあまり当てにされないことを願います」

ラルフはぶつぶつとつぶやきながら歩いていった。集まっていた人々も少しずついなくなった。スー＝アンはわたしをにらみつけると、ピンヒールの踵《きびす》を返し、怒りを放ちながら執務室に戻っていった。

まもなくロビーに残ったのは、ウェンディとラスとアランとわたしだけになった。

「何とか収まったわね」ウェンディが言った。

「いったい、何があったんだい？」アランが訊いた。

「《マドルハーバー・クロニクル》の新しい記者がスー＝アンの話を聞きにきたの。だから、執務室のブザーを押したら、スー＝アンがおりてきて。記者がランディ・バウンガートナー町長が言ったことを伝えたら、スー＝アンが庁舎じゅうに響きわたる金切り声を出したってわけ。みんなが出てくるのは当然よ」ウェンディは声をひそめて続けた。「スー＝アンは大げさだから、大勢に囲まれていないと気がすまないひとなのよ。誰にでも囲まれればいいってものじゃないって、まだわかっていないのよね」

「カイル・ランバートがサンタクロース役に雇われたというのは本当？」わたしは訊いた。

ウェンディはうなずいた。「ええ」

アランがうなった。「カイル。これ以上悪い選択はないな」

「ふさわしいひとなんていないわ」ウェンディが言った。

「週末のイベントは中止すべきだよ」ラスは言った。「天候のせいにすればいい」

「スー＝アンに言って」ウェンディが言った。「町長代理として初めて正式に週末のイベントを開く機会をふいにしろって。新聞に町長としてふさわしい写真が載る機会を失うようにって。どうやらロチェスターまで行って、イベントで着る新しいコートと帽子を買ったらしいのよ」

「よくわかった」ラスが出口へ歩きはじめると、わたしはアランと目を見交わしてあとを追った。

三人で階段に立ち、冷たい雨に降られた人々が屋根を求めて走る姿を見つめた。

「予報では金曜日に降りはじめると言っていたのにな」ラスが言った。

「そうなると早めにやんで、週末には雪になるかも」わたしはいつもの楽観論を口にした。

「雨のほうがいい」アランはラスに向かって話した。「メリーには話したんだが、ノエルがサンタクロースをやらないなら、ぼくもおもちゃ職人の扮装はしない」

「母も声楽教室の生徒たちとやるはずだった野外音楽堂でのコンサートを中止すると言っているわ」わたしはそう付け加え、湖のほうに目をやった。町庁舎と湖の入江のあいだにある公園には白い雪が広がっているが、点々と立っている雪だるまは濡れて哀れな姿になっている。「入江の氷が薄くなった場合に備えて、公園にスケートリンクをつくるはずじゃなかった？　金曜日の夜にまにあわせるなら、もうつくりはじめないと」

「それはきみのお父さんの役目だったんだよ」アランが言った。

ラスは笑った。「ノエル・ウィルキンソンがいなくなったら、この町はめちゃくちゃだな。

土曜日の朝になってスー＝アンとラルフが窓の外を見てスケートをする場所ができていなかったら、きっとスタッフを叱り飛ばすだろうさ」

「この町を救う唯一の方法は父の無実を証明することよ。ラス、あなたの話を最後まで聞かせて」スカーフの隙間から入りこんだ雨がうなじに伝わり、わたしは身震いした。「でも、そのまえに暖かい場所へ行きましょう」

「ヴィクトリアの店ならまだ開いている」ラスが提案した。

「あそこはあまり適切な場所とは言えないわ」幸せな状況にあるヴィクトリアを思って、わたしは言った。「マークのことを話すわけだから」

「マークのこと？」アランが訊いた。

「行きましょう。うちの店がいいわ。いちばん近いし」わたしたちは歩道を歩き、〈ミセス・サンタクロースの宝物〉へ急いだ。すばやく動く黒い雲に導かれて夜がいつもより早く訪れたせいで、店の明かりがやけに温かく感じられ、沈む心が誘われた。ジャッキーはどうやら妻へのクリスマスプレゼントを探しにきた、ずんぐりとした年配の男性に、イヤリングとネックスレスを勧めているところだった。ふたりの女性客はサンタクロースのぬいぐるみをじっと見つめ、もうひとりの女性はクリスマスツリーの飾りが入った箱をたくさん抱えて、さらにもっと探そうとしている。

「ああ、よかった。帰ってきてくれたのね」わたしが店へ入っていくと、ジャッキーが声をかけてきた。「手伝ってほしいと思っていたところよ」

「すぐに行くわ」わたしはオフィスへ向かった。

男たちがあとから入ってくると、わたしはドアをきちんと閉めた。そしてコートとスカーフと手袋をフックにかけた。ラスとアランはコートをぬがなかった。密閉されたせまい部屋はまもなく、濡れたウールが乾くいやなにおいがしてきた。

「マークのことって？」アランは壁に寄りかかって、さっきの質問をくり返した。

ラスはわたしに話したことをアランに伝えた。それから大きく息を吸いこんだ。「とんだペテンなんだ」

「ペテンって？」わたしは訊いた。

「エンダイヴとカラシ菜はきちんと手をかけて育てたもの。鶏と豚はのびのびと過ごさせ、できるだけ苦しませない方法で処置したもの。トマトとニンジンは土地に代々伝わるエアルーム品種。マークの店ではこういうものも確かに使っていたが、地元のファストフード店と同じ業者から仕入れた食材も混ざっていた」

「嘘でしょ」わたしは言った。

「品質の劣る食材を出されていたことに、お客は気づかなかったのか？」アランが訊いた。

「最初は本物を出していたんだ」ラスは答えた。「しかし、一度人気店になってしまえば、誰も悪く言いたがらない」

「『裸の王さま』と同じね」わたしは言った。

「〈メガマート〉の食品売り場で三ドル五十セントで売られているものが、七十五ドルのステーキに化けたというわけさ」

「マークがそれをやったというの？」わたしは訊いた。

「マークは料理長だった」ラスは言った。「つまり、厨房の責任者だ。マークは解雇され、レストランは閉店した。少なくともニューヨークの飲食業界では大事件になったはずなのに、何も報道されなかった。マークが解雇されたのと同じ日に、ロワー・イーストサイドで毒キノコが客に出されたからだ」

「その話なら知っているわ。大事件だったから。レストランが納入業者を替えたら、森でキノコを採る新しい担当者が間違えたのよね。食べたひとたちはかなり重症で、何週間も入院したひともいたはず。亡くなったひともいた？」

「ああ、老人がひとり。つまり死に至るキノコに比べれば、きちんと空気を含ませなかった土で育てたレタスなんてたいしたことなくて、マークの店のことはあまり話題にならなかった。そして、マークはひそかに消えた」

「そのあと、ここにやってきたというわけか」アランが言った。「〈ユーレタイド・イン〉に。それがゴードン・オルセンの事件と関係があると思っているのかい？」

「関係あるかも」わたしは言った。「マークは新しくスタートするためにここへ、ルドルフへきたのよ。ジャックがマークの過去を知っていたのかどうかはわからないけど、それはたいした問題じゃない。いまのマークを雇おうとするひとは、なかなかいないわよね。だから、少なくとも汚名を返上するまでは〈ユーレタイド・イン〉で働く必要があった」

「それなのに、ゴードンはマークを解雇しようとした」アランは言った。

「ただ、わからないのは」わたしは言った。「マークがゴードンと口論したとき、わたしもそばにいたのよ。ゴードンは工場から安いパンを仕入れて経費を削減させようとした。マークがお客をだますようなことをしたひとなら、地元で生産したものを使うことにあれほどこだわるかしら」

オフィスのドアが開き、わたしは悲鳴をあげて、まえにつんのめった。

「ちょっと、メリー。あなたはこの店で働く気があるの？」ジャッキーが怒鳴った。「雨に降られたひとたちが店に押し寄せてきて、あたしがてんてこまいになっているのに、あなたはこっそりパーティーを開いているわけ？　オーナーっていい身分ねえ」

「きみは店に戻ったほうがいい」ラスが言い、男ふたりはマフラーを締め直し、手袋をはめて出ていった。

12

雨の日は商売にとって都合がいい……場合もある。すでに町にきているひとたちが、スケートも橇も雪に覆われた森の散策もできないとなると、買い物に出るからだ。きょうの〈ミセス・サンタクロースの宝物〉はとても売上げがよかったけれど、週末が心配だ。まだルドルフにきていなくて、冬の遊びを目的にしているひとたちは天気を心配して予定を取りやめるかもしれない。クリスマスのクリスマス・タウンには、みんなをクリスマス気分にさせる、さわやかな雪の日が必要なのだ。

十二月二十五日まで、あと一週間を切った。天気ばかりは自分の力ではどうにもできないし、父でさえどうしようもできないのだから、いまはきょうの売上げが最高によかったことを考えることにした。

オフィスに飛びこんできたとき、お客が押し寄せてきているとジャッキーが言ったのは冗談ではなかった。売り場に出ていくと、そこはお客たちが理想的なクリスマスツリーのオーナメントやテーブルマットを探す、狂乱の場と化していた。レジスターが鳴らすのはもう哀しげな〝チン〟という音ではなく、薄紙で包む音も、クレジットカードやデビットカードの機械がたてる音も、わたしの耳には音楽のようだった。

そのおかげで何とかヴィクトリアと父とルドルフが直面している問題を忘れられ、よい気分で店を閉め、あと片づけをして、家へ向かうことができた。そして町のはずれの店でテイクアウトの中華料理を買い、ひとりきりで静かな時間を過ごした。

いま、わたしはココア（溶けかかったマシュマロふたつ入り）の入ったマグカップを持ち、夢を見ている犬と、おもしろい本と一緒にベッドでくつろいでいる。そして明かりを消そうとしたところで、携帯電話が鳴った。ヴィクトリアからのテキストチャットだ。

ヴィクトリア：おしゃべりには遅い？
わたし：ううん。電話して。

電話が鳴った。「まだ起きているの？」

「本を読んでいただけ。どうだった？」訊くまでもなかった。ヴィクトリアの声は夢を見ているように弾んでいた。

「ひどい映画だったわ」

「じゃあ、せっかくの夜を無駄にしちゃったわね」ヴィクトリアをからかって言った。

「映画の途中で出ちゃった」ヴィクトリアはくすくす笑っている。「〈クランベリー・コーヒーバー〉でコーヒーを飲んで、湖のそばの公園をずっと歩いたの。で、マークはそのまま帰った」

「雨のなかを歩くのはロマンチックかもしれないけど、わたしはいや。しかも、凍えるような雨のなかでしょ？」

「雨はかなりまえにやんだわ。気温はまた氷点下に下がっている。少しは雪が残るかも」

「次のデートは？」

「約束したわ。日にちは決めなかったけど」ヴィクトリアは言った。「新年までレストランは忙しいから。でも、また会いたいって。ああ、メリー、これよ！　今度こそ本物！」

「まえもそう言っていたわよ」

「そうね。でも、今度こそ、本当の本物」

「焦らない、焦らない」

「だから、あなたが必要なのよね」ヴィクトリアが笑った。「わたしが先走らないために」

わたしたちの関係はいつもこうだ。とっぴな性格で衝動的なヴィクトリアと、生真面目で現実的なメリー。ヴィクトリアはわたしをせっついて、わたしでは考えつきさえしないことをやるよう仕向けてくれる。わたしはヴィクトリアが衝動に負けて分別をなくさないよう抑える。少なくとも、抑えようとはする。でも、今回ばかりは衝動的な性格より、もっと心配なことがあった。ヴィクトリアの傷つきやすい心だ。

「マークはルドルフへくるまえのことについて、何か話した？」

「何時間も話したわ、メリー」

「どうしてニューヨーク・シティを出たのか訊いた？」

「どうして、そんなことを訊くの？」怪しむような声だった。

「マークは話した？」

「彼はマンハッタンの大きなレストランで料理長になって夢を叶えたの。でも、経営者が倫理を守らないひとで、レストランは一年もたたずに閉店してしまった。それでマークは大都市にうんざりして、新しいことをはじめたいと考えたってわけ。そう考えてくれて、わたしはうれしいわ！」

「よかったわね」

「メリー、わたしに隠していることがあるんじゃない？」

「慎重に考えてほしいだけよ。傷ついてほしくないから」

「言うまでもないことでしょ。それなのに、どうして今回は言うわけ？」

「マークはゴードン・オルセン殺しで疑われているのよ。忘れたの？」

「確かに、そうだけど。マークはやってない」

わたしは大きく息を吸った。「そんなの、わからないじゃない」

「わかるわよ。あなただって、お父さんがゴードンを殺していないってわかっているでしょう。それと同じ。じゃあね、おやすみ、メリー」

「ヴィクトリア、わたしは……」電話は切れた。

わたしは部屋の向こうへ本を投げつけた。本はナイトテーブルに飾ってあった写真立てにぶつかり、写真立ては音をたてて床に落ちた。マティーが驚いて目を覚まし、鋭く吠えた。「こら、静かに」マティーはわたしの口調に驚いて鼻を鳴らし、首をかしげた。わたしは自分に毒づいて、ベッドの反対側まで這っていき、家族の写真をひろいあげた。幸いなことに、ガラスは割れていなかった。

写真をじっと見つめる。わたしを含めた子どもたちがまだ独立しておらず、全員が家にいた最後のクリスマスだ。父はたくさん持っている悪趣味なクリスマス柄のセーターのうちの一枚を着て、てっぺんにポンポンが付いている赤い帽子をかぶっている。母はきらきらと輝くシルバーの床まで届くドレスに真珠のネックレスを着け、ふたりの妹と弟、そしてわたしもいちばん上等な服を着ている。この写真を撮ったときのことはよく覚えている。父がカメラのセルフタイマーの設定に手間どったうえ、みんなの並び方に悩んだせいで、リブステーキとローストポテトが冷めてしまったのだ。クリスはイヴのわき腹を突っつき、イヴはクリスを蹴り返し、キャロルは舌を出し、母は父にこう言った。「お願いだから、わたしが若いうちに写真を撮って」

いい時代だった。わたしの家族だ。

わたしは上掛けをはいでベッドから出て、キッチンへ歩いていった。紅茶を淹れるために電気ポットのスイッチを入れて、テーブルのまえにすわりこんだ。楽しく平和な気分は粉々に壊れ、目はすっかり冴えていた。メモ帳と折れた鉛筆を引っぱりだした。メモ帳のいちばんうえに、大きな文字でひとこと書いた。〝容疑者〟

めちゃくちゃになっている頭を整理して何とか眠るには、書くしかない。推理小説の少女探偵ナンシー・ドルーになった気分で、名前を書きはじめた。すると、何人もの名前が挙がった。

いちばん最初に〝ノエル・ウィルキンソン〟と書き、線を引いて消した。それから〝ヴィクトリア・ケイシー〟と書いて、線で消す。そして〝マーク・グロッセ〟、〝グレース・オルセン〟、〝レニー・オルセン〟、〝スー＝アン・モロー〟、〝ランディ・バウンガートナー（あるいは、ほかのマディット）〟と書いていった。いちばん下には〝見知らぬ誰か〟と書いた。それから名前を見つめながら、殺人の方法と動機と機会について考えた。でも、何の役にも立たなかった。このリストの全員がその三つをすべて持っているのだから。

紅茶がすっかり冷めて、マティーに二度目のおしっこをさせても、頭のなかはまだごちゃごちゃで、とうとうあきらめてベッドに戻った。そして、シモンズ刑事を信じようと決めた。彼女はとても頭がよさそうだし、わたしよりはるかに多くの情報を入手できるのだから。

首を寝ちがえたらしく、最悪の気分で目が覚めた。片目を開けた。部屋はまだ真っ暗で、マティーは寝言を言っている。わたしはあおむけになったまま、天井を見つめた。ゴードンの事件にしても、わたしの哀れな恋愛事情にしても、天井に解決策はなく、身体を起こした。そしてシャワーを浴びて店に出る服に着がえるまえに、マティーを長い散歩に連れていった。まだ早朝であり、一階の明かりはすべて消え、ミセス・ダンジェロも待ちぶせていなかった。

とても幸せそうな犬が飛びはねるように先を歩き、あまり幸せではない人間はうしろをとぼとぼと歩いた。きのうの雨が夜のうちに凍り、足もとがとても滑りやすくなっている。けれども家に帰る頃には、暗い曇り空に太陽がやっと姿を現しつつあった。ドアに鍵を挿しこんでいると、水滴が頭に落ちてきた。上を見ると、大きな氷柱《つらら》が融けはじめている。あまり、よい徴候ではない。またしても気温があがり、暗い雲が雨を含んでいるのだ。

長い時間をかけた散歩のあとだというのに、今朝のジングルベル通りはひとの出足が遅かった。すれちがったわずかなひとたちも、わたしと同じようにあまり幸せそうな顔はしていない。わたしは小さな声でクリスマスソングをうたって、自分を盛りあげようとした。といっても、何とかましにうたえるのはせいぜい鼻歌で、才能に恵まれた母を悲しませた。けれども、母は子どもたちの成長にそれほど失望しなかった。妹のキャロルはいまオペラ『カルメン』のコーラスの一員としてヨーロッパをまわっているし、もうひとりの妹イヴはハリウッドで足がかりを得ようとしてがんばっている。そして弟のクリスはニューヨーク・シティで舞台美術を学んでいる。ウィルキンソン家の四人の子どものうち、今年のクリスマスを家で過ごせるのはクリスとわたしだけ。クリスマスを愛するウィルキンソン家の子どもたちが故郷から遠く離れた場所でクリスマスを過ごす仕事に就いたのは皮肉だけれど、わたしも両親も落胆してはいない。

わたしは下を向き、滑りやすくなっている歩道を見て、凍っていないかどうか確かめながら歩いた。そして店に着くと、ポケットから鍵束を出した。鍵を挿しこんでまわし、ドアを開けた。そのときになってようやく、顔をあげた。

息が止まり、鼓動が速くなった。

黒いボタンの目、ウールのひげ、フェルトでできた赤い上下の服を着た三十センチほどのサンタクロースの人形が、釘でドアに打ちつけられ、ちょうどわたしの目の高さにぶら下がっている。サンタクロースの首にはロープが結びつけられ、頭が片側に傾いていた。

わたしはおぞましい人形をつかんで思いきり引っぱった。釘はあっさり抜け、わたしは人形を手にしたまま店に駆けこみ、ドアを勢いよく閉めた。床に人形を投げつけ、前かがみになって、震える手を膝につく。呼吸が乱れ、激しくあえいだ。汗が噴きだしてくる。

手足の震えが収まって呼吸が落ち着くと、身体を起こして店内を見まわした。神経を研ぎ澄ましたが、店は静まりかえっている。夜間もつけたままにしてあるクリスマスツリーとショーウインドーの照明は穏やかに輝いている。何も変わった様子はない。いつも店の鍵をかけるまえに、掃除機をかけている。一日じゅう雪や泥のついたブーツをはいたひとがたくさん出入りするせいで、ひどく汚れるのだ。でも、床に新しい足跡はついていない。店の奥の電灯はすべて消えている。わたしは売り場に飾られていた重いガラスの燭台をつかんだ。心臓が激しく打ち、肋骨にあたっている気がした。古い建物の床が重みにきしむ。大きく息を吸い、壁にあたるほど勢いよくオフィスのドアを開けて、電灯のスイッチを入れた。いつものように雑然としたままで、誰かが隠れる場所はない。誰かが店内にいると思っていたわけではないけれど——表のドアに警告を残していったのだから——それでも、まだ気は抜かなかった。次にトイレを確認した。窓は小さくて子ども以外は通れないし、かんぬきはきちんとはまっていて動かした形跡はない。倉庫は箱を積みあげているけれど広くはなく、誰も隠れていないことはひと目でわかった。店内の電灯を残らずつけ、誰も潜んでいないし、驚かされるものもほかにはないと確認すると、オフィスに戻って椅子に腰をおろした。

気持ちを落ち着かせるために、しばらくそのまますわっていた。それから立ちあがって思いきって売り場へ戻った。入口に立ち、床に転がっているものを見た。そろそろと近づいて、爪先で突っついた。人形が床から飛びあがって、ポケットから出したナイフをふりまわすのではないかと半ば思いこんでいたけれど、力なく床に転がったままで、怖くも何ともなかった。ただの安物のサンタクロースの人形だ。首に巻きついているロープは飾りをとめておくためのただのコードで、表のドアにかかっていたときに見えたような首吊りの縄ではなかった。

それでも、誰かがわざとこの小さな贈り物を置いていったことに変わりはない。

きっと警告にちがいない。明白だ。でも、何に対する警告だろう？　わたしはニューヨーク州北部の小さな町の商店主にすぎない。テロリストの妨害もしていなければ、ギャングの縄張りも荒らしていない。

それとも、荒らしているのだろうか？

わたしは腰をかがめて、慎重に人形をひろいあげた。そして何かメッセージが残されているのではないかとじっくり見た。何もない。ラベルには〝中国製〟とある。うちの店ではこのサンタクロースの人形は扱っていないが、いまの時期であれば、この手の人形はどこでも手に入る。

サンタクロースの人形を置いて、携帯電話を出した。最初に頭に浮かんだのは父に電話をすることだった。父ならば、どう対処すればいいかわかるだろうけれど、画面の上で指を浮かせたままためらった。ここのところの出来事で、父はもう充分すぎるほど心配事を抱えている。わたしはちがう番号を入力した。

「おはよう、メリー」アラン・アンダーソンだ。

「ええっと……おはよう」

「何か、あった?」

「そうなの! その……じつは、そうなの。町にくる時間はある?」

「いま、お店かい?」

「ええ」

「いま、行くから。十五分で着く」

「わかった」

アランは平気かとも、何か必要かとも、だいじょうぶかとも訊かなかった。ただ〝行く〟とだけ言った。わたしがきてと頼んだから。

わたしは人形の写真を数枚撮ってから、カウンターの向こうに持っていき、透明のビニール袋に入れて引きだしにしまった。それから引きだしをきっちり閉めた。何でもない無害な人形だけれど、これ以上見たくない。シモンズ刑事に連絡すべきなのはわかっているけれど、赤色灯をつけてサイレンを鳴らし、もしかしたら科学捜査班《CSI》を全員引きつれてやってきて、丸一日かけて表のドアの指紋を採り、おもちゃの汽車や木の兵隊、皿やリネン、クリスマスツリーのオーナメントや暖炉の飾りなどをひっかきまわして手がかりを探されるのではないかと不安だった。そんなことをされたら、大勢のひとが店に引き寄せられてくるだろう。野次馬とせんさく好きが。そして、真剣に買い物をしたいひとは逆方向に逃げてしまうにちがいない。

わたしは店内を見まわして、アランを待つあいだ、気持ちを紛らわすものを探した。きのうのうちに、アクセサリーの棚がすっかり空になっていた。ジュエリーツリーに冬をテーマにしたイヤリングを飾っていると、ノックの音が聞こえた。ドアを開けると、アランが入ってきた。

「幽霊を見たような顔だ。何があったんだい？」アランはハンサムな顔を心配そうに曇らせ、たくましい傷だらけの手をわたしの肩に置いた。

温もりが心まで伝わってくる。わたしはほほ笑み、一瞬だけアランを呼んだ理由を忘れた。残念ながら、すぐに思い出したけれど。

「見せたいものがあるの」仕方なくアランの手から抜けて、カウンターのうしろへ行って、引きだしから人形を出した。そしてビニール袋に入ったままの状態で掲げた。

アランはいぶかしげな顔をした。

「今朝、店を開けようとしたら、これがドアの外にあったの。メッセージだと思うわ。こんなふうに釘で打ちつけられていたから」首にロープが巻かれてぶら下がっていた様子を両手で示した。強調するために、舌まで出した。「このロープが首に巻きつけられていた」

アランは片手を伸ばしたが、まるで火に近づけすぎたように、あわてて引っこめた。「ほかに見たひとはいる？」

わたしは首をふった。

「警察に電話しよう」

「ここにきて大騒ぎしてほしくないの。きっと店を閉めろと言われるでしょう。どれだけの損害が出るかわからない」

「メリー、これはいたずらなんかじゃない。脅しだ」

「そうね」

「次は脅しだけでは終わらないかもしれない」

わたしは両腕を身体に巻きつけた。「どういう意味？」

わたしは売り場のほうを向いて、カウンターのうしろに立っていた。アランが手を伸ばしてきた。電話をしたとき、アランは朝食を食べていたのかもしれない。ブーツははいていたけれど、ひもを結ぶ時間さえ惜しんでくれたらしい。薪と木くずのにおいがする。まだひげを剃っていないせいで、濃い無精ひげが目立ち、カールしたブロンドの髪が乱れている。ほっそりとした顔のなかで鋭い頬骨が目立ち、青い目は……とても言葉では言い表せない。ほ途切れた。
「メリー……」低くて小さな声で言った。「きみに何かあったら、ぼくは……」言葉はそこで
「アラン」
アランは咳をして、頰を赤くして一歩さがった。「誰がやったのか、心あたりは？　最近
言い争ったとか、何かの理由で怒らせたとか」
親友以外で？　その考えはすぐに打ち消した。「そのくらいならいつもあるけど」
アランはこわばった顔でほほ笑んだ。「たとえ〝いつも〟あるとしても」
「きっと、ゴードン・オルセンの事件と関係があるのよ」
「ぼくも同じことを考えていた。何があったのか真相を探ろうとして、あちこちで質問をし
てまわったりして首を突っこんだんじゃないのかい？」
「ええ。でも、シモンズ刑事だって同じなのに、彼女の家のドアには誰も人形をぶら下げた
りしないわね」
「つまり、シモンズ刑事よりきみのほうが真相に近づいているんだろう」

13

「おはよう、おふたりさん。きょうもいやな天気になりそうだね」

わたしは悲鳴をあげ、アランはふり向いた。

「おっと。じゃまをしてしまったなら、すまない」ラス・ダラムが言った。

「入ってきてドアを閉めて」わたしは言った。

「何かあったのかい？」

「何もないわ！」

「なるほど。確かに何もないように見える。なあ、アラン？」

アランがこちらを見た。わたしは首をふった。ラスは友人だし、信頼している。でも、ラスは何よりも新聞記者なのだ。この件を《ルドルフ・ガゼット》の一面になんて載せたくない。

「まあ、いいさ」ラスは言った。「ふたりで秘密にするといい。アラン、あとできみを訪ねようと思っていたんだけど、外でトラックを見かけたから。配達中？」

「ああ、まあ……」

「そうなの」わたしは言った。「アランはその……えぇっと、おもちゃを持ってきてくれたの。週末用に」

ラスは空になった配達用の箱を探して、店内を見まわした。「まあ、きみたちがそう言うなら、そうしておこう。きのう、きみは町がノエルをサンタクロースに復帰させないなら、自分もおもちゃ職人の扮装をしないと言ったよな。あの考えは変わらない？」

「状況が変わらなければ」アランは答えた。「変わったのかい？」

「いや、ぼくが知るかぎりでは。その件について正式にコメントする気は？」

「ない」アランは必要に迫られなければ、あまり話さないほうなのだ。

「アリーン・ウィルキンソンは予定されていた声楽教室の子どもたちのコンサートを取りやめた。ぼくにもコメントを出してくれた。地方紙にふさわしい言葉に大幅に編集する必要はあるけど」

「新聞に話をするのはアリーンの権利だ」アランはわたしのほうを向いた。「メリー、きみはさっき話しあったとおりにすべきだと思うし、もしきみが望むなら、ぼくはここにいる。今朝は配達の予定が入っているけど、この天気なら、また別の日に納入しても平気だろうから」

「とりあえず、雨にはなりそうもない」ラスが言った。

「週末の予報は？」わたしは訊いた。

「気温はさらにあがり、冷たい雨になる可能性が高い」ラスが答えた。

わたしはうめいた。「町じゅうの店を閉めたほうがいいのかも。クリスマスが嫌いなグリンチ村に名前を変えて。キャンセルは出てる？」

「きのうホテルとレストランに何軒か電話をかけてみた。ほら、ひとって天気についてはとても楽観的だろう。だから、まだキャンセルはなかった。でも、土曜日の朝に起きて雨が降っていたら、出かけてこないだろう。天気なんて気にせずに、子どもたちをサンタクロースに会わせるために出かけてくる勇敢なひとたちは、どんな天気でもくるだろうけど。マドルハーバーはロチェスターとシラキュースの新聞に広告を出した。どうやらサンタクロースは最近マドルハーバーのレクリエーションセンターに城を建てたらしい。そこなら安全なのはもちろん、家族は濡れることなく暖かい場所でサンタクロースと助手たちに会うことができる」

「城？　サンタクロースはいつから城をかまえるようになったわけ？」わたしは言った。

「夏にルネサンスフェアをやろうとしたときに使ったものだろう」アランが言った。

「ああ、あれね」

アランとわたしは少しのあいだ無言になり、マドルハーバーが次々とくり出してくる、でたらめな趣向を思い返した。

「それで」ラスが言った。「何が起こっているのか話してくれる気になったかい？」

「いいえ」わたしは答えた。「アラン、配達にいって。ラス、あなたにお願いがあるの」

「いいよ」

「ゴードンが殺された夜、マドルハーバーのランディ・バウンガートナーとジョン――」ジャニスの兄の名字を必死に思い出そうとした。「――ジョン何とかというひとがどこにいたのか、探る方法はある？」

ラスは片方の眉を吊りあげた。「ジョンなんて名前の男の居場所を探せというのかい？」

「不動産業者よ。マドルハーバーには何人もいないでしょう。マドルハーバーじゅうに広告を出しているはずよ、とくに《マドルハーバー・クロニクル》に」

「それなら、わかるだろう。とりあえず、マドルハーバーの町長とジョン何とかという男を容疑者から消すことができるかもしれない」

「ありがとう。シモンズ刑事はもうふたりのアリバイを確かめたかもしれない。このあいだ、ふたりの名前を出したから」

「メリー」アランは言った。「警告を忘れたのかい？」

その言葉に、新聞記者であるラスの眉がぴくりと反応した。ラスはわたしの顔をじっと見た。わたしは強靭《きょうじん》な意志で耐え抜こうとしたけれど、簡単ではなかった。「忘れてなんかいないけど、弱腰になってこの件から逃げたくはないの。この事件の解決が長びけば長びくほど、父にとっても、疑われているほかのひとたちにとっても、悪い状況になっていくのよ」

人形を見つけたときから時間がたったおかげで、いまは恐怖よりも怒りが湧きつつあった。わたしを脅す理由があるとすれば、ゴードンの事件に首を突っこんで質問をしてまわったことだけだ。アランが言ったとおり、警察よりも真相に近づいているなら、ここで手を引くことはできない。

「ラス、シモンズ刑事に訊いてからにしたほうがいいかも」わたしは言った。「アランの言うことを聞いて、これからシモンズ刑事に電話して、ここにきてくれるよう頼むわ」

「一緒に待つよ」アランが言った。

「ううん、だいじょうぶ。それにあなたたちには仕事があるでしょう」わたしは時計を見た。「もうすぐ開店の時間だし、店にいれば安全よ」

「安全？」ラスが訊き返した。「何から安全なんだ？　いったい何が起こっているのか、話してくれる人間はここにはいないのか？」

「何が起こっているのか、わたしにもわかったら、あなたにも教える」


ラスとアランは帰るのを渋ったけれど、どうにかそばにいてもらわなくても平気だと納得させた。でも、本心じゃない。本当はそばにいてほしかった。ふたりと一緒にいて安心したかった。でも、アランにはやるべき仕事があるし、ラスにはここで起きたことを新聞に書いてほしくない。ラスは書かないと言ったけれど、書く気にさせるようなことはしないほうがいい。

ふたりが帰るとすぐに、シモンズ刑事に電話した。シモンズはちょうど〈クランベリー・コーヒーバー〉でコーヒーを買っているところで、五分以内に着くと言ってくれた。今度は彼女がコーヒーとマフィンを持ってきた。

わたしは人形の入ったビニール袋を出して、ぶら下がっていた場所を教えた。「お願い。この件を捜査していることを公にしないで。お客さんたちを怖がらせたくないから」

シモンズはにっこり笑って、ビニール袋を受け取った。

「心配しないで、メリー。誰にも知らせないから。お店に侵入された形跡はなかったのよね？」

「隅から隅まで調べたわ。何も動かされていなかった。まず、なかには入っていないと思う」

「人形だけじゃなくて、釘とロープも持っていって指紋を調べるわ。ドアは何百人も開けているでしょうから、指紋を調べても意味はないでしょう。この件をデータベースで調べて、これまでに似たような事件が報告されていないかどうか確認するわね」

「ありがとう」人形をシモンズ刑事に渡しただけで、ずいぶん気分がよくなった。「きっと、ゴードンの事件と関係があるはずよ」

「どうして、そう思うの？」

「これは警告よ。わたしが事件の真相に近づきつつあると思った人間が、事件から手を引けと言っているんだわ」

「可能性はあるわね。でも、ほかの理由かもしれない」

「あり得ない」わたしは強く言った。「それに、これでひとつだけ確かになったことがある」

「それは？」

「父が犯人ではないということ。父はぜったいにわたしを怖がらせたりしない」

「その件については同意するわ」シモンズが言った。

「本当に？」

「もう少ししたら、これまで明らかになったことを教えるわ」シモンズは言った。「だから、メリー。それまではこの件に首を突っこまないで。そして用心してちょうだい」

シモンズが出ていくとすぐに、ベティ・サッチャーが入ってきた。「何の用だったの？」

「季節の挨拶にきてくれたのよ」わたしは答えた。

「メリー・ウィルキンソン、わたしにそんな口をきくのはやめなさい。ここで何かあったんでしょ。知っているのよ。シモンズはビニール袋を持って出ていったわよね。あなたはビニール袋に商品を入れない。気取った紙袋に店のロゴを入れたりして、どうしてそんな無駄なお金を使うのか、わたしは理解できないけど」

「お客さんはお店のオリジナルの袋が好きなのよ」どうして自分の店の習慣を弁解しているのだろう。「経費をかけるだけの価値はあるわ」

ベティは鼻を鳴らした。「趣味を仕事にするなんていい身分ね。店の売上げで生活しているわたしみたいな人間とは大ちがい。まあ、文句は言わないけど」と言いつつ、文句を口にした。「あなたのところみたいな、やけにしゃれた店がこっちの商売をじゃましてもね。クラークと一緒なら何とかやっていけるから」

「まあ、おやさしいこと」わたしは言った。「追い出すようで申し訳ないけど、仕事が山ほどあるものだから」

ベティは外に顔を向けた。「ゴードン・オルセンの事件について、何か知っているの？」

「いいえ」

ベティは足を動かして、絨毯《じゅうたん》をじっと見た。「メリー、これだけは言っておこうと思って。わたしはみんなが言っていることなんて信じてないから」

「誰が、何て言っているの？」

「あなたの父親がゴードンを殺したってこと」

「誰もそんなことは言ってないわ！」

「それじゃあ、今年はどうしてノエルがサンタクロースをやらないのよ。あのカイル・ランバートとかいう若い男がうちの店で衣装を買っていったわ。週末の子ども向けのイベントで、公認サンタクロースに雇われたとクラークに話したみたい。どちらにしても《マドルハーバー・クロニクル》に書いてあったから」

わたしは歯を食いしばり、ベティは父が犯人ではないと信じていると言って、この話をはじめたことをどうにか思い出した。「ベティ、あなたが《マドルハーバー・クロニクル》を読んだなんてびっくりしたわ。ルドルフの悪いことしか書いていないのに」

「お客が持ってきたのよ。ここに書いてあることは本当かって」

「それで、何と言ったの？」

「嘘しか書いてないって」

「ああ。ありがとう」

「あの女刑事から何か聞いたら、わたしにも知らせて」

「わかった」

ベティは自分の店へ戻っていった。彼女のことはこれっぽっちも好きになれないけれど、父の無実を信じてくれていることは、不本意ながら感謝すべきだろう。ベティはこの店もわたしも嫌いかもしれないけれど、結局は生まれながらのルドルフの住民なのだ。そして、ルドルフの住民の結束は固い。

本当に？

何かが頭の奥で引っかかっていた。《マドルハーバー・クロニクル》と、写真だ。

カイルは携帯電話で撮った写真を売って二百五十ドルを稼いだと、ジャッキーは話していた。このところの事件で頭がいっぱいで、ジャッキーの話は何も考えずに聞き流していた。改めて考えてみれば、最近のルドルフで売れるほど価値のある写真は一枚しかない。

ゴードンが殺された夜、警察署を出る両親の写真を撮ったのはカイルだったのだ。カイルはその写真を二百五十ドルで《マドルハーバー・クロニクル》に売った。そして、その不正な手段で得たお金の一部を使って、サンタクロースの衣装を買ったのだ。あの裏切者。

必要なときに取りだせるように、この取っておきの情報を頭の奥に入れると、ドアにかけた札を〝営業中〟にした。

まだ雨は降りだしていないが、鬱々《うつうつ》とした天気で、屋根の雪が融け、滴《しずく》がぽたぽたと落ちている。午前中は数人のお客がきたけれど、その表情は天気やわたしの気分と同じだった。買い物に対する熱意がなく、心ここにあらずといった様子なのだ。

「週末の子ども向けのイベントが目当てで、トロントからきたんですけどね」ある女性客が手持ちぶさたでテーブルリネンをなでまわしながら話しだした。銀色の髪はお金をかけてカットして染めており、化粧は控えめ。クリスマスツリーの照明で、ダイヤモンドがちりばめられたブレスレットがきらめいている。「ずっとまえから孫たちを連れてきたくて、今年はやっと孫たちも子ども向けの遊びを楽しめる年になったって、娘を説得したの。でも、娘の夫はそもそもここへきたくなくて、いま、ここはやめてケベックでスキーをしようと娘を説得しているところなのよ。モン・トランブランにはたくさん雪があるからって」老婦人は期待をこめて、わたしを見つめた。「天気が悪くてすべてが台なしになるなんてことはないわよね？」

「必要な場合は屋内でイベントを行いますから」

老婦人は顔をしかめた。「雪像コンテストを屋内でやるのは難しいでしょう？　孫息子と主人は何カ月もまえから、そのことばかり話しているのよ。どうやって雪だるまをつくるか、何枚も絵を描いて」口角があがって、やさしい笑顔になった。「もう引退したけれど、主人は建築家だったの。ときどき、仕事を恋しがっていて。ここのサンタクロースの仕事というのはどう？」

気持ちが沈んだ。「サンタクロースの仕事というのは？」知らないはずないじゃない！

「サンタクロースをやっていた男が殺人罪で起訴されたんですって。恐ろしい話よね」

「彼は起訴なんてされていません。何か目撃していたかもしれないから、事情を聞かれただけです」もうこの言葉をくり返すのはあきあきだ。

「それなら、この町にはまだ殺人犯がうろうろしているってことよね」老婦人はナプキンを置いた。「やっぱり、ケベックへ行ったほうがいいかも。とてもすてきな品物ばかりだけど、きょうはよすわ。ありがとう」

老婦人は店を出ていった。

わたしは毒づいた。

ジャッキーが出勤時刻の一時にくると、わたしはきょうは一日出かけてくると伝えた。

「やめてよ！　メリー、あたしをひとりにしないで。きょうは忙しくなると思わない？」

「ねえ、ジャッキー。この店を続けるためには、ゴードン・オルセンを殺した犯人を見つけなきゃいけないの。お客さんに、この町には殺人犯がうろついているから、もう帰ると言われたのよ」

「とっくに遠くに逃げているわよ」ジャッキーは言った。

「どうしてわかるの？」

「カイルが言ってたもの。ギャングの仕業だって。ギャングが建設業に深く関わっているのは、みんなが知ってることでしょ？　ゴードンは〈メガマート〉を建てたかったのよね？　ギャングはたぶん建設の契約を敵に渡したくなかったのよ」

生まれて初めて、カイルが言ったことを信じたくなった。でも、どちらにしても、ゴードンを殺した犯人が野放しになっているのはよくない。ルドルフに未解決の殺人事件の暗い影なんていらない。ホテルのベッドで殺されるかもしれないなんて、観光客を不安にさせるのなら。

わたしはいったん家に帰って車に乗った。二階にあがってマティーの様子を見ることさえしなかった。殺人事件を解決しようとしているときに、興奮した仔犬を扱うなんて難しいことをしたくはなかった。マティーを置いていく罪悪感はずっと付きまとったけれど。

わたしは車で町を走った。〈ヴィクトリアの焼き菓子店〉を通りすぎたときに、なかをのぞいてみようとしたけれど、何も見えなかった。本当はヴィクトリアに会いにいって、昨夜の電話のあとに残ったわだかまりを消すべきだとはわかっていた。でも、これからやろうとしていることは決してヴィクトリアに感謝されない。だから、寄るのはやめた。また罪悪感が積みあがった。

〈ユーレタイド・イン〉を囲んでいる芝生を覆う雪はまだかなり残っており、長い私道や曲がりくねった散歩道は雪かきをされ、凍ったところには塩がまかれていた。気温は氷点下まで下がっていないけれど、凍てつく冷たい風が湖から吹いているので、寒さに備えて子どもに厚着をさせた家族連れが外に出ているのを見てうれしくなった。駐車場の反対側に昔ながらの赤い橇が置いてあるのを見て、心の底から温かくなった。土曜日には地元の農家が二頭の立派な輓馬《ばんば》、サンタクロースのトナカイと同じ名前のダンサーとプランサーを連れてきて、橇を引かせてホテルと町のあいだを往復してくれる。

どうか、ルドルフで家族連れが楽しめる遊びができますように。

わたしはホテルの裏にまわり、厨房の奥にある配達物の受取所の近くに車を停めた。そろそろ午後二時で、早くきすぎていないことを願った。ドアを開けて、のぞきこんだ。「こんにちは」

厨房はハチの巣をつついたような騒ぎではなかったけれど、それでもまだ忙しそうだった。巨大な鍋から湯気があがり、ずらりと並んだ美しい色あいの野菜の上でナイフがきらめき、厨房のいちばん向こうでは長い髪の若者が洗剤が溶けた水のなかに腕をひじまで突っこんで、うずたかく積まれた汚れた皿と格闘している。

「メリー！」マークが声をかけてきた。「いらっしゃい。さあ、入って」刃渡り三十センチのよく切れそうなナイフをふりまわした。わたしは唾を飲みこんだ。マークのまえには鶏が横たわっている。

「お仕事のじゃまをするつもりはないの」嘘ばっかり。

「かまわない。きのう休みを取ったから、早めにきて、ディナーの仕込みをしていただけだから」

「きょうは満席？」

マークは顔をしかめた。「期待したほどじゃない」声をひそめた。「ホテルもレストランもキャンセルが入ったんだ。グレースは新年まで毎晩満席のつもりでいるみたいだけど、いまのところ、そうはいきそうもない。殺人事件があったホテルで休暇を過ごしたくないだろうから」

まな板の上の鶏は丸々としていて健康そうだった。死んでいることを除けば。わたしは広くて忙しそうな厨房を見まわした。野菜はとても新鮮そうだ。トマトは一般的な丸くて赤いものから小さくて黄色いもの、紫色で不恰好なものまでさまざまで、つまりは大量生産品ではない。ニンジンは標準的なオレンジ色のものに加え、紫や黄色もある。そして山のようなケールが洗われるのを待っていた。

マークはわたしの視線を追った。「メリー、自分が食べたものはどこからきたのだろうと考えているのかい？　この時期、ニューヨーク州で新鮮な野菜を手に入れるのは決して簡単ではないけど、最近は小規模の農家が温室や冷床を活用して見事なものをつくっている。トマトはカリフォルニア産で、こればかりは無理だけど、何とか地元でいいものをつくっている生産者を見つけたんだ。ところで、きょうは何の用で？」

わたしは咳ばらいをした。「マーク、少し話せるかしら？　ふたりきりでということだけど」

「わかった」マークは巨大なシンクのまえに立って流しっぱなしの水で野菜を洗っている女性に呼びかけた。「アン、少し休憩を取ってくる」

「わかりました、シェフ」アンは顔もあげずに答えた。

マークはナイフを置いた。わたしはほっとし、そんなふうに感じたことをやましく思った。

マークは通路を通り、自分のオフィスとして使っている窮屈な部屋に案内してくれた。一般的なパソコン用品や、請求書や納品書の山とともに、料理雑誌や納入業者のカタログの山で、部屋はいっぱいだった。壁にはポスターが二枚貼ってある。どちらも一般的な観光ポスターだ。一枚はニューオーリンズの夜のフレンチ・クオーターで、もう一枚は飛行機から写したマンハッタンだ。

マークはポスターを見ているわたしに気がついた。「ぼくが最も影響を受けたふたつの場所だ。ぼくがつくるのはケージャン風味のアメリカ現代料理だから」にっこり笑って続けた。「クリスマスには出さないけど。グレースはクリスマスはとことん伝統にこだわるから」短い髪を手でこすった。「話っていうのは？」

「マーク、どう言ったらいいのかわからないから、単刀直入に言うわね。わたしには関係ないことだとは承知しているけど、あなたはわたしの親友とデートしているようだし、わたしにとってヴィクトリアの幸せはとても重要だから。ニューヨーク・シティで起きた話を耳にしたの。その、ここの仕事はあなたにとって大切？」

「ヴィクトリアがきみをここに寄こしたのかと訊くつもりだったけど、ちがうね。ゆうべ、ぼくはヴィクトリアにすべて話した」

「そうだったの」

「きみの言うとおりだ。きみには何も関係ない」マークの茶色い目が怒りで濃くなった。

「でも、ほのめかしはやめてほしいから……」

「わたしはただ……」

「ぼくにとって、ここの仕事は大切だ。とてもね。ぼくのレベルになると、料理の世界は驚くほどせまくて、評判がすべてなんだ。自分の落ち度ではないけど、ぼくの評判はがた落ちだ。だから、立て直す必要がある。ここはそのために理想的な店だ」

「落ち度はないというのは……」

「まえのレストランのオーナーが、地元の小さな農場で育てた新鮮で上質な材料しか使わないと言うから、ぼくはあの店で働いた。それこそが料理だと思っているから。しばらくは順調だった。レストランは大成功で、農家ともいい関係を築きつつあった。そんなとき、オーナーが弟を手伝いとして引き入れた」マークは手伝いという言葉を強調した。「たいした手伝いだったよ。その弟は経費を切りつめはじめたんだ。最初はごくゆっくりだったから、何が起きているのか気づかなかった」

わたしは高く積まれた書類の山を見まわした。「食材を受け取って、代金も払っていたんでしょ？」

「ああ、そのとおり。ぼくがひとつだけ犯した過ちは——もし、きみがそう呼びたいのなら——怠けていたことだ。レストランはぼくが夢みたよりもはるかに成功した。ぼくはスープも、ドレッシングもすべて手がけたかった。それで、すっかり手に負えなくなって、事務処理の一部をその弟にまかせてしまった。しばらくして、その弟が安い食材を買い、レストランには最高の食材の代金を請求し、差額を自分のものにしていたことが判明した。ついに何もかもがわかって、ぼくはオーナーのもとへ行った。オーナーは弟から話も聞かずに、ぼくの言うことを否定した。だから、店を辞めようと思った。不運なことに、その前夜、影響力のあるレストラン評論家がうちの店で標準以下の料理を食べて、新聞に寄稿した。オーナーは公然とぼくを責めて解雇した。そういう男だったのさ」

「残念だったわね」わたしは言った。

「ああ、本当に。でも、因果応報ってやつさ。オーナーは頭より金があるやつで、レストランの経営なんてこれっぽっちも知らなかった。公然とぼくを非難しさえすれば、すべてもとどおりになると思っていたんだ。でも、その噂が広まった次の夜、レストランにはほとんど客がこなかった。そして、その後も回復しなかった。それからまもなく閉店した」マークは肩をすくめた。「レストランはマスコミに悪く書かれたら、もうだめだ」

わたしはマークを信じた。信じたかったからかもしれないし、彼が好きだからかもしれないけれど、とにかくマークを信じた。ゴードン・オルセンが安い食材に替えようとしていることを知ったとき、マークがどれだけ怒ったのか想像がつく。そんなことをしたら、マークの評判は今度こそ地に墜ちてしまうだろうから。

けれども、マークがペテン師ではないと納得できたことで、彼がゴードン・オルセンを殺したと考える適当な理由が見つかってしまった。

マークはわたしの表情を読んだ。「もし、きみの次の質問が〝ゴードンを殺したのか？〟なら、答えはノーだ。ぼくは殺していない。警察にアリバイがあるかと訊かれたとき、ぼくはこの店にいたとしか答えられなかった。あの夜、時間はわからないが、ゴードンはここへやってきて、関係ないことに首を突っこんでいった。ぼくが帰れと言うと、ゴードンは賢明にも言うことを聞いたよ。そのあと、彼の姿は見ていない。警察に聞いた犯行時刻の頃、店の忙しさはヤマは越えていたけど、まだ慌ただしかった。厨房から五分か十分は抜けられただろうけど、何か問題があれば、ぼくがいないことに気づかれただろう——問題が起こることは多いしね。でも、誰もぼくがいないと思ったスタッフはいなかった」マークは両手を広げた。「さあ、メリー。このへんでよければ、もう仕事に戻らないと」口調は冷ややかで、目には表情がなかった。

「家族を除けば、ヴィクトリアはこの世でいちばん大切な存在なの」わたしは言った。「ゆうべ、あなたたちがデートしたことは知っているわ。だから、確かめずにはいられなかった。あなたが……」

「残酷な殺人犯じゃないことを」驚いたことに、マークは笑った。「メリー、きみみたいな友だちがいたら幸せだろうな。ぼくはヴィクトリアが好きだ。とても。ああ、ぼくがそう言ってたなんて、彼女には言わないでくれよ」茶色の目には輝きが戻っていた。

「約束する」

わたしは鶏肉に魔法をかけるマークと山のようなケールと別れて、車へ向かった。これで、マークはゴードンを殺していないと完全にはっきりしたのだろうか？　はっきりはしていない。でも、わたしは信じた。家に帰ったら、容疑者リストのマークの名前に線を引こう。

道路は両側に雪が高く積みあげられ、いつもより幅がせまくなっており、わたしは注意しながらゆっくり車を走らせて、ホテルの周囲をまわった。従業員用の入口に近い、雪かきをした道から黒い人影が道路に飛びだしてきた。慎重に運転していたものの、ブレーキを踏むとタイヤは空転し、車は横滑りして何とか止まった。飛びだしてきたのはグレースで、もう少しでぶつかってしまうところだった。こんな寒さだというのに、グレースは胸元の開いたセーターにパンプスだ。グレースは乱暴な言葉を吐きそうな顔でこちらを向いたが、相手がわたしだと気づいて近づいてきた。わたしは窓を開けた。「どうしたの？　何かあったの？」

「ジャックが」

「わたしも行くから」グレースが車に乗りこんできた。ジャックは数日まえに退院したばかりだ。また心臓発作を起こしたのでなければいいけれど。重い発作が起きてまもないのに、また発作が起きたら、命に関わるかもしれない。

わたしはふたりの家のまえに車を停めた。そして車を降りたときには、グレースはもうドアを開けていた。わたしはコートとブーツを着たままで、グレースのあとから居間に入った。そしてジャックを見た瞬間にほっとした。ジャックは緑と赤のアフガン編みの毛布を細い脚にかけて、リクライニングチェアにすわっていた。顔色は真っ白で、まばらな白髪も立ったままだが、意識もはっきりしている。

色あせたピンク色のナース服を着た、背が低くてずんぐりとした女性がジャックにかがみこんでいた。「さあ、さあ」怖い顔をした知らないおじさんの膝に乗りたくなくて、だだをこねる子どもをあやすときに父が使うような口調で、声をかけている。「あそこには何もいませんから」わたしたちが入ってきた音に気づいて、看護師がふり向いた。「ああ、ミセス・オルセン、お仕事中に電話をしてすみません。ミスター・オルセンが興奮なさっているものですから」

「どうしたの？」グレースはリクライニングチェアの横に膝をついて、夫の手を取った。ジャックは涙で充血した目でグレースを見た。わたしはその変わりように驚いた。ホテルで会った夜からまだ二週間ほどだ。あのときはよく笑い、たくましく、話もうまかった。それが、すっかり老けてしまった。しっかりとした四角いあごはしぼみ、輝いていた青い瞳は平板で鈍くなり、目のふちは赤くなっている。

「よくわからないんです」看護師は両手を組みあわせた。「キッチンで紅茶を淹れていたら、ものすごく大きな叫び声が聞こえて。部屋に戻ったら、窓を指さしていて」

「ジャック？」グレースは声をかけた。

ジャックがグレースのほうを向いた。目は見開かれ、怯えている。「誰かがいたんだ。わたしを見ていた」

「ばかを言わないで」看護師はベッドの下の怪物を怖がる三歳の子どもをなだめるような口調だった。

「きっと、お客さまよ、ジャック」グレースは言った。「森へ行くのに、ときどき裏を通って近道をするひとがいるから。そうでしょ」グレースは看護師とわたしを見あげた。「コテージのまわりにはフェンスも掛け金の付いた門も〝私有地〟という看板もあるのに、三十秒の節約のために無視するひとが驚くほど多いの」

ジャックは首をふった。「いや、誰かいた。窓からのぞいていた。見たんだ」

「ハリエット、お茶を持ってきてもらえる？」グレースはやわらかな落ち着いた声で言った。「少しジャックのそばにいるわ。メリー、びっくりさせてごめんなさい」

「警察に連絡したほうがいいわ」わたしは言った。

ハリエットが息を呑んだ。

「何でもないのよ」グレースは言った。

「いつもなら、わたしもそう思います。でも……最近ここで起こったことを考えると、そんなふうに言いきれなくて」

グレースは立ちあがった。わたしのひじをつかんで、部屋の隅へと移動した。隣には大きなモミの木があったが、にぎやかな電飾は消えていた。だが、暖炉の火は燃えており、部屋はむっとするほど蒸し暑く、薬と病人のにおいが充満していた。グレースがささやいた。

「メリー、どういう意味？」

「ジャックの息子さんが殺されたのよ。事件はそれで終わりだと言いきれる？　もしかしたら、ジャックを狙う理由があるかもしれない」

「本気で言っているの？」

「もちろん、本気よ。シモンズ刑事に連絡しても何の害もないわ。きっと足跡か何かを確認してくれるはず」

「害は多いわよ、メリー。このホテルは安全だし信頼できると、みんなに信じてもらえるように、わたしは昼も夜も働いているの。また警官にうろうろされたら困るのよ」

「シモンズ刑事ならこっそりやってくれるから」

「いいえ。メリー、あなたは何でもないことを大げさに騒いでいるだけ」

「〈ファイン・バジェット・インズ〉と契約するつもり？」わたしは単刀直入に尋ねた。

グレースは目をしばたたいた。「何ですって？」

「〈ファイン・バジェット・インズ〉の人間がまだこの町にいるの。契約はまだ有効だと言って」

グレースの視線がはずれた。一歩も引くつもりはなかった。考えるだけでもぞっとするけれど、グレースがホテルを自分だけのものにしたいと思ったという可能性はあるだろうか？夫に対してとても献身的であるように見えるけれど、それが演技だという可能性は？

グレースは顔をあげて、きちんとわたしを見た。「メリー・ウィルキンソン、あなたにはまったく関係ないことだけど、〈ファイン・バジェット・インズ〉の話は聞くつもりよ。ジャックとわたしの将来を考えなければならないから。ジャックがすぐに回復しなければ、わたしは介護とホテルの経営の両方を抱えることになる。いいときでも、わたしたちに毎年入るのは、わずかな利益よ。きょうはホテルもレストランもたくさんキャンセルが出たの。この時期にそれではやっていけない。そろそろ、ホテルを売る頃あいかもしれない」夫のほうに顔を向けた。ジャックは疲れきった表情で、窓をじっと見つめている。キッチンでは紅茶を用意する音がしている。「わたしのジャックを取り戻したいの」グレースは涙をぬぐった。

「お医者さまたちは何と？」

「時間がかかるって。身体は心臓発作で大きな衝撃を受けているし、いまはゴードンの死を悲しんでいるでしょう。あまりにも多くのことを抱えているから」

「グレース」ジャックが呼んだ。

「ちょっと待って」

「わたしを待たせるな」ジャックはかすかに以前の彼を思わせる声で言った。「隅でこそこそ話をされるのは嫌いだ。こそこそ話しているやつは、ろくなことをしない」

グレースがほほ笑み、表情が明るくなった。グレースは急いでジャックのそばに戻ると、ふり返ってわたしを呼んだ。「メリー、外を見てきてもらえる？　それから警察に連絡するかどうかを決めるから」

「何の連絡だ？」ジャックが訊いた。

わたしは表のドアからそっと出て、散歩道に続く雪かきをされた歩道を歩いた。私道はコテージの周囲をまわり、敷地の奥につくられている車庫まで続いている。足もとに注意しながら慎重に歩く。散歩道はコンクリートの表面が出るまで雪かきがされており、足跡はない。コテージの裏は森に面していて、金網で囲まれた中庭がある。門は開いたままで、吹きだまりの雪で押さえられていた。〝私有地〟と記された看板は雪が貼りつき、文字がほとんど隠れている。いまは雪は降っていないけれど、強い風で舞いあがった雪が冷たい空気に乗って運ばれている。まっさらな雪のなかに、二組のブーツの足あとがはっきりと残っていた。往復している足跡はコテージの私道から入って開いた門を通り、芝生を横切っている。足跡を踏まないように気をつけながら、跡をたどった。ブーツが踏んだ跡が風に運ばれた雪にまったく消されていないということは、足跡がついたのはわずか数分まえだ。わたしは携帯電話を出して、写真を二枚撮った。ゴードンが殺されたあとの雪に覆われたホテルの庭を思い出した。足跡があったのは確かだけれど、何か気づいていたとしても覚えていない。この足跡には深いジグザグの線が刻まれている。門からコテージの裏までまっすぐ続いている。芝生についた足跡を追い、階段をのぼってテラスにあがり、フレンチドアまで歩いた。そして、なかをのぞいた。ジャックはリクライニングチェアで顔をしかめている。ハリエットはティーセットをいじり、グレースは窓の横に立ってわたしを見ている。

わたしはフレンチドアまで続いている足跡を指さした。確かに誰かがここに立ち、足を動かし、なかをのぞいていた。ジャックを見ていたのだ。そのとき、グレースはホテルにいた。ジャックに看護師が付き添っていることは、みんなが知っているのだろうか？　コテージにはジャックしかいないと思われているのだろうか？

もし、ジャックがひとりだったら？

わたしは携帯電話を持ちあげてグレースに見せた。グレースはうなずいた。

携帯電話にはダイアン・シモンズの電話番号が登録されているので、九一一ではなく彼女に電話をかけた。グレースは正しい。パトカーが赤色灯をつけてサイレンを鳴らし――二度も！――急行してきたら、商売に響く。

シモンズはすぐに応答し、これから向かうと言ってくれた。わたしは私道のはしまで行って、彼女を待った。そのあいだに〈ミセス・サンタクロースの宝物〉に電話をかけて様子を尋ねた。

「〈ミセス・サンタクロースの宝物〉のジャッキー・オライリーです」ジャッキーが電話に出て言った。「たったひとりの従業員です」

「あはは。お店はどう？」

「まああね。メリー、お店のお金を盗って逃げることだってできるのよ。わかってる？」

「ジャッキー、いまは冗談を言っている気分じゃないの。あと一時間で帰るし、五時になればクリスタルもくるから、そうしたら夕食をとってきていいわ」

「それまで長生きできるようにがんばるわ」

わたしは何も言わずに電話を切った。

これで容疑者リストからふたりの名前が消えた。マークとグレースだ。ひとを見る目はないほうだけど、興奮したジャックを見て、グレースがとても心配していた姿はこの目で見た。グレースがジャックを傷つけるような真似をするはずがない。いまの危険な健康状態では、驚いただけで死にかねない。

まもなく、誰かの車が私道に入ってくるのが見えた。シモンズにはコテージで待っていると伝えていた。シモンズはひとりで、警察とはわからない車に乗ってきた。わたしは何があったかを話して、シモンズが確認できるように裏まで案内した。吹きあげられた雪が足跡を埋めつつあり、輪郭があいまいになっている。シモンズは足跡の横にしゃがんで、何枚か写真を撮った。そしてコートのポケットからペンを取りだして足跡の横に置き、さらに写真を撮った。

「大きさを測るためよ」シモンズは言った。「すぐに消えてしまうでしょうから」

シモンズは身体を起こして、わたしと同じように、ブーツの跡を追った。わたしが自分の足跡を指さすと、その跡のうえを歩いた。そして足跡が崩れているフレンチドアの近くでまた写真を撮った。誰かがしばらくそこに立ち、なかをのぞきながら足を動かしたのは明らかだ。

「ミスター・オルセンは質問にいくつか答えられる状態？」歩道に戻ると、シモンズが訊いた。

「たぶん。とても怯えていたけど、あなたがくることに興味を持ったみたいだったから。でも、注意してね。グレースはジャックを興奮させたくないでしょう」

シモンズはほほ笑んだ。「それじゃあ、まぶしい光をあてて警棒をふりまわすのはやめるわ」

コテージに戻ると、少しは安心してくれることを願って、グレースに笑いかけた。シモンズはまず看護師のハリエットに話を聞いた。ハリエットは何も見ていないし、何も聞いていないと答えた。ジャックの叫び声を聞いたとき、ハリエットは裏庭ではなく、ホテルを見渡せるコテージの表側にあるキッチンにいた。そして部屋に駆けつけると、ジャックはひどく興奮し、リクライニングチェアから降りようとしていた。ジャックは誰かが窓のところで自分を見ていたと言ったが、ハリエットが確認したときには何も見えなかった。ジャックが落ち着かなかったので、グレースを呼んだのだ。

「自分が見たものくらいわかる」ジャックは言った。「まだ、それほど老いぼれてはいない」

「誰もそんなことは……」グレースが口を開いた。

それでも、ジャックから聞けたのは、誰かがフレンチドアのところで家のなかをのぞいていたということだけだった。男か女かもわからなければ、身長も普通くらいということしかわからなかった。窓は西向きで、低い空にある冬の太陽で逆光になっていたのだ。その人物はフードが付いた分厚いたっぷりしたコートを着ていた。ジャックは顔をあげて、誰かが自分を見ていることに気づいて、叫び声をあげたのだ。そしてハリエットが部屋に入ってきたとき、その人物は消えていた。

シモンズは手帳を閉じると、ジャックに時間を取ってもらった礼を言い、ハリエットとグレースにはまた何かあったら連絡するようにと伝えた。そして部屋から出ていった。わたしは急いであとを追った。

わたしたちはコテージの外階段に立っていた。交代制で勤務する従業員が出勤したり、退勤して家へ向かったりする車が何台か通りすぎた。

「警護のひとが到着するまでいられるから」わたしは言った。

「警護?」シモンズが訊いた。

「ジャックを守るために、誰かを配置するんでしょう? ゴードンを殺した犯人が次にジャックを狙っているのは明らかだから」シモンズがオルセン夫妻とハリエットに質問しているのを見ながら、わたしはずっとレニー・オルセンのことを考えていた。ゴードンが死んだいま、ジャックが死んでもレニーが得るものはなさそうだけれど、ジャックの遺言書の内容はわからない。ゴードンに子どもがいれば遺産をもらえるだろうけど、レニーとゴードンには子どもがいないと聞いている。レニーが妊娠している可能性はあるだろうか? そうなれば、話はすべて変わってくる。

「メリー、そんなふうに動かせるほど人手がないの。それに、たとえ人手があったとしても、あなたと同じ結論には達していないから」

「わかりきったことじゃない。誰かがジャックを狙っているのよ。襲われたりしたら、ジャックは自分で身を守れる体調じゃないのに」

シモンズは顔をこすった。「想像のしすぎよ」

「ばかなことを言わないで。今朝、うちの店のドアに人形がぶら下がっていたのは想像なんかじゃない」

「ええ、そうね。あの人形を見つけたことは信じているわ」

「信じている?」信じてもらえないなんて、一瞬たりとも思わなかった。シモンズはわたしが自分であの人形をぶら下げた可能性があると思っているのだろうか？　どうして、そんなことをしなくちゃいけないわけ？「これはわたしのことじゃない。ジャックのことなのよ」

「ミセス・オルセンの話を聞いたでしょう。ホテルの客が好奇心からなのか、あるいは近道だと思ってのことなのか、中庭に入ってくることがあるって」

「ええ。でも……門があるのよ。看板も」

「門をふさいでいた雪の量から考えると、あの門はしばらくまえから開いていたようね。看板があっても、必ずしもひとは指示に従わないものよ、メリー。しかも、あの看板は雪に覆われて、読みにくかった」

「わかった、わかりました」わたしは腕をふりまわして強調した。「物見高いホテルのお客がなかをのぞきたがるのは認めるわ。コテージにも泊まれるのかと思うのかもしれない。でも、デッキまであがって、窓からのぞく？　気味が悪い」

「そうね、気味が悪い。でも、珍しくはない。お金を払ってホテルにいるのだから、どんな場所にも入りこむ権利があると思いこんでいるひとはいるの。どんな場所にもよ」

「ブーツの足跡は？　裏の模様がわかるくらい、はっきりしていたでしょ。ゴードンの殺害現場に残っていた跡と一致した？」

「いいえ」

「いいえ？　本当に？」

「ええ。メリー、本当よ。殺害現場の足跡はシャープ記号の模様だったの。今回のとはまったくちがう。サイズは同じくらいかもしれないけど、冬用ブーツは大きさがはっきりしないから。分厚い靴下をはくために大きめのサイズを買うひともいれば、ちがうひともいる。ほかの靴とちがって、スノーブーツは男物と女物の差もないし」

「殺人犯だってばかじゃないから、あなたが同じブーツを探しているのに気づいて、処分したかもしれない。きょうのブーツが新しいことに気づいた？　裏の模様のすり減り方でわかるんじゃない？」

「メリー、捜査のじゃまをしないで」

「でも……」

「〝でも〟はなし」シモンズはコートのポケットから車の鍵を出した。「町へ戻って、今回の報告書を書くわ」

「せめてフレンチドアのガラスの指紋は採るんでしょう？」

「メリー、無駄よ。この天候で、手袋なしで外にいるほうが珍しいんだから」両手をあげて、証拠を示した。「定期的にホテルに寄るようパトカーに伝えておきます」

シモンズは車に乗りこみ、走り去った。

14

ヴィクトリアの店に寄って仲直りをしたいと思っていたけれど、町に戻ったときには〝準備中〟の札が下がり、明かりも消えていた。それで家に帰り、マティーを外に出した。そして長いあいだ裏庭に放りっぱなしだった、ひもを撚《よ》りあわせた太いロープでできたおもちゃで遊んだ。グレースとジャックの庭を覆っていたまっさらな雪とちがい、うちの庭はぐちゃぐちゃで、足跡なんてひとつも――人間のも、犬のも――判別できない。おもちゃを投げ、楽しそうなマティーを追いかけ、よだれまみれの口からおもちゃを取り返すということをくり返しやっているうちに、少しだけ気分がよくなってきた。シモンズ刑事に腹を立てていたのだ。わざと自分に関心を引き寄せるためではないとしても、わたしの反応は少し大げさだと思っていると言い渡されたようなものなのだから。

マティーは色鮮やかなロープのおもちゃをくわえて、左右にふりながらうれしそうに庭を走りまわっている。

このまま、すべてを放っておいたほうがいいのはわかっている。何といっても、誰かが放っておけと警告してきたのだから。サンタクロースを吊るすなんて、警告以外に考えられない。

そろそろ、警察にまかせるべきなのだ。結局、これは警察の仕事なのだから。シモンズ刑事もそれを望んでいるのだから。

そのほうが分別のある行動だ。でも、自分が分別のある人間かというと、わからない。わたしはこの町が心配でならない。ここに住むひとたちが。パパ。ヴィクトリア。これまで見てきたところでは、シモンズはとてもよい警官だ。頭がよくて、熱心で、責任感も強い。でも、この町にきたばかりで、しかも大都市の出身だ。その彼女に小さな町の住民や、ルドルフの活力のもとである複雑な対抗意識が理解できるだろうか？

マティーがはっきりした声で一度だけ吠えた。わたしはまばたきをして、注意を戻した。ロープが足もとに落ちていて、マティーが首をかしげている。目のまえの重要な問題に集中していないわたしに、マティーが腹を立てているときにする仕草だと、最近やっとわかってきた。「わかった、わかった」わたしはロープをひろった。マティーもロープを欲しがった。わたしたちはロープを同時につかみ、引っぱりあった。

わたしが顔から雪に突っこんで、笑いながら手足をばたばたさせて、勝負がついた。わたしはあおむけになった。夕方になり、太陽は弱々しい白いボールになって、青みがかった灰色の低い空に浮かんでいる。こんなにも至点に近い緯度だと、五時まえに暗くなる。目のまえに、マティーの顔がぬっと出てきた。温かな茶色い目が生きる喜びで輝いている。マティーが鼻をなめてきた。わたしは手を伸ばしてマティーを引き寄せ、両腕で包んで抱きしめた。

「いいところにおじゃましちゃったかしら？」ウェンディだ。マティーが走って挨拶にいくと、わたしはよろよろと起きあがった。「遊びの時間がとんでもないことになっちゃった」雪を払いながら言った。

ウェンディの腕のなかのスノースーツにくるまれた物体が動きだした。ウェンディはマティーに挨拶できるように、娘を抱いている腕を伸ばした。マティーは赤ちゃんのそばにいると、驚くほどいい子だ。鼻はひくひくさせるものの、決して顔はなめず、丸々とした手に自分の毛をさわらせている。

「あと二カ月たったら」ウェンディが言った。「一緒に遊べそう」

「待ち遠しいわ。明日、あの雨の結果がわかるわね」わたしはマティーを呼び、ウェンディとティナと階段をのぼった。「週末の準備はどう？」

ウェンディは顔をしかめた。「ふたりの議員があなたのお父さんを訪ねたわ。サンタクロースになってくれって頼みに」

「よかった」

「お父さんは町長代理の決定にはさからえないって。スー＝アン自身がお願いにいかないとだめみたい」

割れた氷のうえで土下座ね。父はときおり頑固になるのだ。

「準備といってもたいしたものじゃないけど、ゲームの会場を公民館に移そうという案が進行中よ。歩道に屋台を出して食べ物を売るレストランや商店のオーナーたちは、誰も外に出ないほどひどい雨でなければ、予定どおりやるみたい」

「天気予報は相変わらず？」

「五分ごとに確認しているスー＝アンの秘書によれば、あまりよくないみたい」

「商店といえば、わたしも店に戻らなきゃ。店員たちが反乱を起こしちゃう」

「今夜はおとぎの冬の国の夢を見るわ」ウェンディが言った。

わたしはマティーに餌をやり、お店に持っていくチーズのサンドイッチをつくった。ジャッキーはぶつぶつ文句を言うかもしれないけれど、がまんしてもらうために、最低賃金よりかなり高い給料を払っている。それに、腕のいい売り子だから。ジャッキーは美しい外見と浮ついた魅力で男性客を喜ばせながら、どういうわけか奥さんたちにも嫌われない術を持っているのだ。

店へ戻るまえに父に電話をかけた。シモンズはジャックの家のまわりをうろついている人間がいることを重視していないけれど、わたしはそうは思わない。店のドアに警告の人形が吊るされていた件については心配させたくないので、まだ父にも母にも伝えるつもりはないけれど、ジャックは父の友人だ。この件を黙っていたことを知ったら、ひどく怒るだろう。

「こんにちは、ママ。元気？」

「もう、うんざり。いま受話器をフックからはずそうと思っていたところ。週末のコンサートを中止したことについて、生徒の親たちから次々と電話がかかってきて。一度ですまないひともいるの」

「みんな、怒っているの?」

「八十パーセントはわたしの味方ね。夫の味方をすることに理解を示すひともいれば、町の決定は間違いだというひともいる。でも残念ながら、残りの二十パーセントのほうがやかましいの。〝スージーとジョニーはあんなにがんばって練習したのに……〟って続くわけ。『アメリカン・アイドル』のスカウトがふたりの歌を聴くためだけにルドルフにくるんじゃないかって思うくらい。スージーたちのクラスはセント・ジュード教会でやる公現祭のコンサートにも出演できるからと言っても、まったくなだめられなくて。ほかの子どもの親に聞いたところによると、その親御さんはバプテスト派だからカトリックの教会では子どもにうたわせたくないらしいの。だから、わたしは女戦士じゃないけど、『ワルキューレ』の歌はうたいますよと言ったのよ」

ときおり、わたしには母が女戦士のように思えることがあるけれど。「そう言ってやるといいわ、ママ。パパに用事があって電話したんだけど。そこにいる?」

「まだ書斎にこもっているのよ。だんだん心配になってきて。さっき、町議会の代表がきたら、追い出すようにして帰してしまって」

父が電話に出ると、わたしはオルセン夫妻のコテージであったことを話した。父は〝確かなのか〟とか〝おまえの思いすごしじゃないか〟などと言って時間を無駄にしなかった。

「わたしが知っているかぎりでは、レニーはまだホテルに泊まっているはずよ。別におかしいことではないけど——警察はまだゴードンの遺体を返していないし、ジャックはレニーにとって義理の父親なんだから――でも、きのうレストランで朝食をとったときのことを思うと、もっと居心地のいいホテルに泊まったっていいのに」

「〈ユーレタイド・イン〉ならただで泊まれるからじゃないのか」父が言った。

「それは思いつかなかったわ」

「ジャックたちが雇った看護師は二十四時間付き添っているのか？」

「ううん。ホテルの仕事をするときにジャックがひとりにならないよう午後だけきてもらっていると、グレースが言っていたわ」

「いまから行くよ。今夜はジャックの部屋に泊まって、明日看護師がくるまで付き添おう」

「ありがとう、パパ。でも、ずっとは付き添えないでしょう」

「この週末はほかにやることがないからな」

「ああ、そうね。でも、ゴードンを殺した犯人がすぐに捕まらなかったら？」

「まずはきょうのことを考えるよ」

電話を切り、わたしは仕事に戻った。

わざわざ言うまでもないけれど、その夜の店はとても暇だった。

15

金曜日の朝、ニューヨーク州ルドルフの全員がベッドを出てすぐに天気予報を確認しただろう。わたしはした。まだ温度は氷点下まで下がっておらず、土曜日と日曜日は冷たい雨が降る可能性が高いということだった。

子ども向けのイベントがはじまるのは土曜日の朝だけれど、ジングルベル通りのどの店も今夜から前夜祭のような雰囲気で盛りあげて、買い物客と子どもたちにクッキー、ホットサイダー、キャンディケインといった軽食をふるまう。きのうはヴィクトリアと話すことができず、そのことを後悔していた。午後になったら、ヴィクトリアが〈ミセス・サンタクロースの宝物〉にジンジャーブレッドクッキーがのったトレーを持ってきてくれる。そのときにヴィクトリアにあやまって抱きしめよう。

朝早くから店に出る理由がなかったので、マティーをゆっくり散歩に連れていき、これ以上のんびりすることを正当化できなくなるくらい時間をかけてグラノーラとヨーグルトを食べた。今夜は十時まで営業するので、店にいる時間が長くなる。土曜日と日曜日は、くるぶしまでの赤いスカート、白いブラウス、くるくるの白髪のかつらが付いた赤白のチェックのナイトキャップ、だて眼鏡というミセス・サンタクロースの衣装を着るつもりだ。この衣装を着ると、十五キロも体重が増えて、二十歳も年をとる。それとも、二十キロ増えて、十五歳老けて見える？　今夜はいつもよりおしゃれをするつもりだった。わたしは黒いワンピースに透けない黒のタイツをはいて、赤の革ジャケットに赤いアクセサリーを選んだ。十二時間も立っていることになるのでハイヒールははかず、黒いぺったんこのバレエシューズにした。

家の角を曲がったところで、表のドアが開いて、ミセス・ダンジェロがポーチに飛びだしてきた。

「おはよう、メリー。ご機嫌ようと言いたいところだけど、機嫌のいい日になりそうもないわね」

「わかりませんよ。天気予報ははずれたこともあるし」

「天気が回復しても、かわいそうなジャックの息子を殺した犯人はまだこの町をうろうろしているわ」ミセス・ダンジェロはガウンを着て、決して離さない携帯電話を腰にさげているけれど、その顔はとても悲しそうで、わたしは足を止めた。ミセス・ダンジェロは〝ジャックのかわいそうな息子〟ではなく、〝かわいそうなジャックの息子〟と言った。「ミセス・ダンジェロ、ジャック・オルセンのことをよくご存じなんですか？」

「最近はあまり話していないけれどね。同い年だから、昔はよく知っていたのよ。ハワードとわたしは、ジャックやカレンと親しかったから」ハワードというのがミセス・ダンジェロの夫なのかどうかは知らないけれど、いまはどうでもいい。カレンはジャックの最初の妻。ゴードンの母親だ。

「そうだったんですか？　それじゃあ、ジャックとカレンが離婚したときは辛かったでしょう」

「そう思うでしょうけど、意外でも何でもなかったわ。この町の女はみんなカレンにとても同情したけど。あの頃のジャックはひどい男だったから」

「どういうことですか？」

ミセス・ダンジェロはもったいぶるように鼻の横を指先で叩いた。わたしは期待してほほ笑んだ。「女性に対してよ。高校の頃から罪つくりなひとで、結婚してもあまり変わらなかった。ずっと浮気をしていたの。ジャック・オルセンはいつも町の噂の的だった。みんな、知っていたわ。もちろん、カレン以外ということだけど。妻が知るのはたいてい最後だから」非難するように顔をしかめたことで、ハワード・ダンジェロのしたことが推測できた。「かわいそうなカレンが町じゅうの物笑いの種にされるのを黙って見ていられないと、わたしはとうとう決意したの。カレンは知るべきだ、いやらしい噂話をするひとたちから聞くのを阻止するのは、友人であるわたしの義務だって」

わたしは無表情を装った。ミセス・ダンジェロが〝義務〟を果たすのを存分に楽しんだのは間違いない。

「ふたりは離婚して、カレンは男の子を連れて出ていったわ。わたしはカレンを友だちだと思っていたけど、彼女はルドルフの住民全員と連絡を絶ってしまった。それ以来、カレンからは連絡がなかった。そのあとジャックはグレースと結婚して、急に変わったものだからびっくりしたわ。ジャックはグレースに尽くしているように見えたわね。いまも変わらないけど。もちろん、ヒョウは斑点を変えられないって言うから、こっそりやるのがうまくなったのかもしれないわね」ミセス・ダンジェロは分別がついたという考えを否定して嘲笑った。

そんなはずはない。もしミセス・ダンジェロが知らないなら、ジャックは浮気をしていない。

「つまり、もっともな理由でジャックを嫌いなひとがいるということですよね。ずっと昔の話ですけど、ひとは昔のことを忘れないから」捨てられた女性たちや、腹を立てた夫や父親を思い浮かべた。ジャックに復讐《ふくしゅう》するために、長年待ちつづけたひとがいるのだろうか？あり得そうにないけれど、ジャックが心臓発作を起こして命の危険にさらされたことで、ジャックの敵は復讐を果たす機会だと思ったのかもしれないし、ジャックがまだ生きているうちに復讐すべきだという気になったのかもしれない。

そのいっぽうで、三十年以上も恨みを持ちつづけることも、冷酷な復讐だけが理由で相手の息子を殺すこともわたしには理解できない。

「昔のことを忘れないっていうのはそうね。もちろん、思い出すきっかけもあるだろうし」ミセス・ダンジェロは青みがかった銀色の髪に手をやってふわりとさせた。きょうは古ぼけたガウンの下に着ている化粧着は薄いピーチ色だった。

「きっかけって、どんな?」

「男が浮気をすれば、場合によっては残るものがあるでしょう」

「はい?」すぐに合点がいった。「子どもということ?」

「噂があったの」ミセス・ダンジェロが暗い顔をした。「といっても、あくまでも噂でしかないのだけど」携帯電話が鳴り、すばやく取った。「電話に出ないと。もしもし、マリー!いま、メリー・ウィルキンソンがとても信じられないことを言ったのよ!」

わたしは歩きだした。覚えているかぎり、わたしはミセス・ダンジェロに何も話していないけれど、彼女が自分の結論に飛びついたり、でたらめな噂をでっちあげたりするのは止められない。わたしはジャックに関する噂を頭から追いはらった。ジャックに復讐する機会を長年待っていたのだとしたら、ゴードンを殺す理由がわからない。

わたしはとぼとぼと歩いて町へ向かった。車が泥水を撥ねとばしながら通りすぎる。冬用のどっしりとしたブーツをはいているので、たいていの泥水は平気だ。土手の雪には泥や車軸グリースが混じり、見栄えが悪い。でも、見栄えは悪いかもしれないけれど、公園を突っ切っていくわたしの気分にはぴったりだ。野外音楽堂を曲がったところで、携帯電話が鳴った。「ゴードンを殺害した犯人が逮捕されて、雪が降りはじめたって言って」

「ごめんよ、メリー」ラス・ダラムが言った。「そいつは無理だ。きのう話していた件について、警察から最新情報を仕入れた。いま、家?」

「いいえ。店へ行く途中。何を聞いたの?」

「警察はきみが話していた不動産業者のアリバイは知らなかった。ちなみに、その男の名前はジョン・ベネディクトだ。きみが言ったとおり、見つけるのは簡単だった。不動産欄は《マドルハーバー・クロニクル》でいちばん大きいんだ。ベネディクトは警察のレーダーに引っかかっていなかったから、アリバイも尋ねられなかった。シモンズの耳にはそれとなく入れておいたよ」

「よかった。バウンガートナー町長は？」

「鉄壁のアリバイがあった」

「そんなものは存在しないわ。ひとは何か得になりそうなことがあれば、警察に嘘をつくものよ。そうね、バウンガートナーのアリバイを証明したのは町議会議員じゃない？　大型小売店にぴったりの未開発の田舎の土地を持っているひとかもしれない」

ラスは笑った。「ふたりにはそれより鉄壁なアリバイがあったのさ。バウンガートナーは問題の時間にルドルフ警察署の留置場に入っていた」

「嘘でしょ」

「正真正銘の本当だ。マドルハーバーの町長殿は酒を飲みすぎたようだ。ゴードン・オルセンが殺された夜の八時に〈レッドブル〉で喧嘩して逮捕されている」

「そんな」

「ひと晩留置場に泊まって、翌朝釈放された。これが初めてじゃない。バウンガートナー町長はマドルハーバーの外で飲むのが好きらしい。そして驚くほど弱いらしく、たいていほかの人間が夕食を終えるまえに留置場に放りこまれている」

「バウンガートナーは〈レッドブル〉にいたの？」ルドルフの町内や付近にあるほかのお店と異なり、〈レッドブル〉は一年じゅうクリスマス気分を保とうとはしていない。十二月は一部のストリッパーが赤い帽子と……クリスマスらしいアクセサリーを身に着けているという話は聞いたけれど。

ラスはもう一度笑った。「そうなんだ」

「ラス、ありがとう。犯人にはつながらなかったけど、とりあえず容疑者がひとり消えたわ」

「メリー——」ラスの声が真剣になった。「——事件に関わるな。警察にまかせるんだ。きのうアランとどんな警告について話していたのかは知らないが、想像はつく。これはゲームじゃない。誰がゴードン・オルセンを殺したにしろ、ふざけているわけじゃない」

「知っているわ」わたしはそう答えたし、本当に知っているつもりだ。人材も法医学も通話記録も、銀行口座を調べる令状だってそろっている警察にできないことで、わたしにできることは何？　わたしはこの町の人々を知っている。そして、それだけではたりないことも知っている。

「ありがとう、ラス」

「メリー、気をつけて。何か必要なことがあったら電話して」

「ええ」電話を切った。

店までの道すがら、わたしが考えていたのはルドルフの住民のことでも、子ども向けの週末のイベントのことでも、ゴードン・オルセンを殺した犯人のことでさえなかった。頭にあったのはラス・ダラムのことで、わたしの名前を呼ぶあの南部なまりの声や、その声ににじみ出ていたわたしへの気遣いのことだ。とても、うれしかった。ラスが気遣ってくれるのがうれしかったのだ。友だちがいるというのは、いいものだ。

でも、友だちなのだ。店の鍵を開けながら、気がついた。わたしはラスに友だちでいてほしいだけなのだと。

開店してまもなく、クラーク・サッチャーが〈ミセス・サンタクロースの宝物〉に入ってきた。クラークは二十代だが、十代の不良のような格好をしており、歩きにくそうなほどズボンをずり下げ、かがむと尻が丸見えだった。かなり以前は清潔だったらしいスポーツチームのTシャツを着て、サンタクロースの橇のような大きさのスニーカーをはき、汚いひもを結ばずに引きずっている。うちの倉庫の壁の向こうは〈ルドルフズ・ギフトヌック〉なので、ときおりベティが家に帰って着がえてくるよう怒鳴っている声が聞こえてくる。でも、クラークは決して言うことを聞かない。ベティが息子は若者が好むヒップアーバンな雰囲気を店に加えているのだと、わたしの顔を見ずに説明したこともある。ヒップアーバンがどんなものなのか、ベティにはわかっていなかったと思うけれど。

「メリー、釣り銭ある？」クラークが訊いた。

釣り銭はたくさんある。まだ開店したばかりだから。「少しなら。どのくらい必要なの?」

クラークはポケットに手を突っこんで、くしゃくしゃの紙幣を出した。そしてベンジャミン・フランクリンが描かれている百ドル札をわたしの目のまえでふった。

「百ドル分はないわ。ごめんなさい」

「男がこいつで払って、釣り銭を残らず持っていっちゃったんだ。どうしたらいい?」

「ほかのみんなみたいに、銀行に行けば?」

クラークはとまどった顔をした。

「銀行よ? 二軒先にある〈キャンディケイン・スイーツ〉の隣のビル。正面に青い大きな看板がかかっているでしょう」

「銀行の場所くらい知ってるよ、メリー。でも、母さんから店を離れるなと言われているんだ」

「でも、行かなきゃ。ほかの店だって助けてくれないわよ」

クラークは唇の右側をゆがめた。「わかったよ。二、三分なら店を閉めても平気だろう」

その唇のゆがめ方には見覚えがあった。クラークをじっと見たことなどなかったけれど、いま初めてじっくり見た。目は母親に似て小さくて濃い茶色をしているが、ベティの顔が丸くてあごが細いのに対し、クラークのあごはほぼ真四角だ。

そんなことがあり得る?

「ちょっと待って。クラーク、あなたに訊きたいことがあるの」

クラークはズボンを引っぱりあげた。また、すぐに下がったけれど。「何でも訊いてよ」

わたしは携帯電話を取りだして、すばやく写真を探した。「妹がサンタクロースの人形を息子に買ったの。でも……その……犬が壊しちゃったのよ。それで同じものを手に入れてほしいと言われているんだけど。こういうの、あなたのお店で扱っていない？」携帯電話を差しだした。

クラークは一歩近づいて写真を見た。洗濯していない服と、煙草と、過剰な男性ホルモンのにおいがする。わたしはクラークをじっくり観察した。クラークは興味がなさそうに肩をすくめた。「あるよ。うちの商品だ。でも、いまは売り切れだ。悪いな」

わたしは携帯電話をしまった。「それじゃあ、ほかの店をあたってみる。これと同じものを扱っているお店を知らない？」

クラークはまた肩をすくめた。「さあ」

「ところで、お母さんはどこへ行ったの？　午前中はいつもお店にいるでしょ」ベティは週七日、一日二十四時間、〈ルドルフズ・ギフトヌック〉が開いているときは必ず店にいる。クラークが唯一の店員で、ひとりで店をまかせるほど信用していないのだ。ほかの店員を雇わないのは給料が払えないからなのか、それとも何もかも自分でするのが苦にならないからなのかはわからない（気性が激しい意地悪なおばさんだから、誰も居つかないだろうけど）。わたしが知るかぎり、クラークはベティのひとり息子だ。これまで夫について聞いたことはないし、わたしも自分から尋ねるほど、ジングルベル通りを離れたところにあるベティの人生なんて気にしていなかった。

でも、いまは気になる。「どこへ行くとか、どのくらいで帰るとか言ってなかった？」わたしには関係ないことだと思ったとしても、クラークの顔には出ていなかった。「何も言わずに出かけたよ。でも、一時間もすれば戻ってくる。きのうもそうだったから」

「あら、きのうも出かけたの？」

「ああ。午後からね。おれを信用して、大切ながらくたを預けられるようになったんじゃないの？」クラークはまた唇をゆがめた。その癖は見たことがあるし、どこで見たのかも覚えている。

ジャック・オルセンがまったく同じ仕草をするのだ。クラークの四角い顔、とりわけ力強いあごはジャックそっくりだ。

クラーク・サッチャーの父親はジャック・オルセンだ。

「きのう、お母さんは何時に出かけたの？」

クラークはいぶかしげに目を細めた。「どうして？」

「ええっと……きのう、怪しげな車がジングルベル通りを走っていたの。それで、警察から目を光らせるよう言われて。何か気づかなかったか、ベティに訊こうと思ったものだから」

クラークは話し相手にあきたらしく、百ドル札をポケットに突っこんで、ドアへ向かった。

「一時か、一時半頃かな。戻ったとき、すごく興奮してたさ。最近、何だか変なんだよ。仲間に話したら、更年期だろうって言われたよ。そいつが何なのか知らないけど」

クラークは店から出ていった。そんなことがあり得る？　ええ、きっとあり得るはず。クラーク・サッチャーはジャック・オルセンによく似ている。ずっと気づかなかったけれど、気づくはずがない。ふたりが一緒にいるところを見たことがないのだから。情報の宝庫であるミセス・ダンジェロによれば、ジャックは最初の結婚生活のとき、何度も浮気をして、愛人に子どもを産ませたと疑っているひともいるらしい。

きのう、わたしが〈ユーレタイド・イン〉でマーク・グロッセと話していた頃、ベティ・サッチャーは珍しく息子に店をまかせて出かけた。今朝も。

わたしはオフィスへ駆けだしてバッグをつかんだところで、いつものように家に車を置いてきたことを思い出した。そこで携帯電話を操作しながら表のドアへ向かった。「緊急事態なの。車を出して」

「緊急って、どんな？」ヴィクトリア・ケイシーが訊いた。「いまパン生地にひじまで浸かっているのよ」

「一刻の猶予もない事態よ」わたしはコートもブーツも無視して、ドアの鍵もかけずに店を出た。「いま、そっちに向かうから。一分で着く。ヴィクトリア、冗談じゃないの。重大なことよ」

「バンが裏に停まっているわ。使って」

「マニュアル車は無理。あなたが運転して。お願いよ、ヴィクトリア」

ヴィクトリアはためらわなかった。「一分ね。バンに乗って待っているから」

外では町の修繕班が作業を行っていた。歩道はきれいに雪かきされ、オンタリオ湖が海に変わるほどの塩がまかれている。わたしはものすごい勢いで通りを走り、すれちがう買い物客を驚かせ、町の人々の好奇心をかきたてた。ヴィクトリアの店の裏の道路に続く歩道は警察署の駐車場にぶつかっている。わたしは警察に駆けこんで、シモンズ刑事との面会を求めようかとも考えた。でも、シモンズにはきのう懸念を一蹴されており、過剰反応だと責められるのはまだしも、最悪の場合はわざと自分に関心を集めようとしているなどと思われてしまうかもしれない。でも、それでもまだ迷っていた。

そのとき、キャンディス・キャンベル巡査が手にした鍵をふりながら、警察署のほうへ歩いてきた。そして、わたしに気づいて、足を止めた。「メリー、そんなに急いでどこへ行くの？ 当ててみせましょうか。殺人事件を解決しにいくんでしょ」キャンディは笑った。「やめたほうがいいわ。きのう、シモンズ刑事が想像力がたくましすぎる市民について愚痴を言っていたから。あれ、まさかあなたのことじゃないわよね？」

わたしは右の警察署ではなく、左の〈ヴィクトリアの焼き菓子店〉のほうへ曲がった。

ヴィクトリアはバンの運転席で、エンジンをかけて待っていた。わたしはバンに飛びのった。「何があったの？」ヴィクトリアが訊いた。

「〈ユーレタイド・イン〉へ行って。できるだけ速く」わたしはうしろを見た。「キャンディが見えなくなってからのほうがいいわ。スピード違反の切符を切りたくてうずうずしているから」

ヴィクトリアに急げと言うのは、マティーに食べろと言うようなものだ。説得は必要ない。わたしたちはあっという間に町から出た。

「何が起きているのか、話してくれるんでしょうね？」雪が積もった木々のまえを通りすぎながら、ヴィクトリアが言った。

「いかれていると思われるかもしれないけど、いやな予感がするの。パパに電話」わたしは父に電話をかけるようSiriに命じた。かなり長いあいだ呼び出し音が鳴ってから、相手が出た。

「もしもし？」母の声だ。

「ママ！ 出てくれてよかった。パパに替わって」

「いないわ」

「いま、どこ？」

「家よ。ほかにどこにいるって言うの？ あと十五分で十時の生徒たちがくるのに」

「パパは？」

「まだ〈ユーレタイド・イン〉じゃないかしら。ゆうべジャックとグレースのところに泊まったのは覚えているでしょう？」

「ええ、覚えてる。でも、どうしてママがパパの電話に出るの？」

「パパが忘れていったのよ。でも、ずっと鳴りっぱなしだったから、代わりに出たの。いま電話をもらったから話すけど、ママはイヴのことが心配で……」

わたしは電話を切った。

ヴィクトリアがわたしの顔を見た。「メリー、さっさと話して」

バンが車線をはずれ、わたしは悲鳴をあげた。「いったい、どうしたの?」

支離滅裂な話し方にはなったけれど、わたしは何とか自分の考えを説明した。

「かなり無理がありそうだけど」話が終わると、ヴィクトリアが言った。

「そうかもしれない。でも、警戒するようパパに伝えないと」

ヴィクトリアは車体が傾くほどのハンドルさばきで、バンを〈ユーレタイド・イン〉へ入れた。「きのう、あなたが会いにきたって、マークから聞いたわ」

「その話はあとにして。あそこに停めて。ジャックとグレースの家のまえで」

「あんなにいい友だちがいて、わたしは幸せだって、マークに言われたことを伝えたかっただけ」

わたしはヴィクトリアを見た。「マークがそんなことを?」

「そう。言ってた。それに」ヴィクトリアは小さな声で付け加えた。「わたしもそう思う」

「わあ、ありがとう」わたしはそう言うと、目のまえの問題に戻った。「わたしを降ろしたら、マークを呼んできて」

「こんなに早い時間だといないかも」

「マークがいなかったら、グレースを見つけて連れてきて。ここで降りるわ」わたしはバンが完全に止まるのを待たずに飛びおりた。底が平らな靴のせいでよろけたけれど、何とか転ばずに、正面の階段を駆けあがった。

鐘を鳴らして取っ手を引いた。鍵がかかっている。「パパ！　わたしよ、メリー！　開けて！」ドアを叩いた。返事はない。ドアに耳をつける。声が聞こえた気がしたけれど、何を言っているのかはわからない。もし何か起きているのなら、裏へまわって確かめないと。

きょうに限って、いつもは騒がしいホテルの敷地は静かだった。出勤してくる従業員も、休憩を取っている従業員もいない。楽しい一日を過ごすために出かけていく家族連れも。ヴィクトリアもまだ、ナイフをふりまわすシェフ、マーク・グロッセを連れて戻ってこない。

わたしは階段から飛びおりて、コテージの横を走った。私道はぬかるんでおり、冷たい水が靴から染みこんでくる。車庫のまえに父の車が停まっていた。わたしはためらい、正面のドアをふり返った。いったい何事かとドアを開けてのぞいているひとはいない。どうしよう。どうして、ヴィクトリアをホテルにやってしまったのだろう？　わたしが裏にまわっているあいだに、誰かが表に出てくるかもしれない。

でも、門に続く小道に着いた瞬間に気がついた。足跡だ。新しい。やわらかい雪の上についたジグザグ模様がはっきり見える。きのう見たのと同じ模様だ。気温があがったせいで雪がやわらかくなり、古い足跡は輪郭がぼやけている。わたしは足を置く場所を気にしないで雪が積もった芝生を走り、滑りやすいデッキの階段を駆けあがった。手すりをつかむ程度の平常心は持ちあわせていた。いまはいているのは底に滑り止めの模様が入っていないバレエシューズだ。ここで足を滑らせて骨でも折ったら、誰にも助けてもらえない。

そのとき違和感を覚えたけれど、一瞬、何がおかしいのかわからなかった。けれども、ゆっくりとわかってきた。カーテンが風に揺れているのだ。家の外で。この天候でフレンチドアを開けっぱなしにするひとはいない。家のなかには病人がいるのだからなおさらだ。わたしはそっと足を進めた。デッキの雪がやけに明るく、光っている。目の焦点があうと、雪と氷の上にガラスの破片が散らばっているのが見えた。

フレンチドアのガラスが割れていた。

16

今回は警察に電話した。シモンズの番号を〝連絡先〟に入れておいてよかった。パスワードを入れて彼女の名前を探さなくてもいい。ホームボタンを押し、何とか落ち着いた声でスマートフォンに話しかけた。「ダイアン・シモンズに電話して」アップル社の電子秘書Ｓｉｒｉはきちんと理解してくれ、数時間にも思える数秒後に、シモンズ刑事の力強い声が聞こえた。「メリー、今度は何？」

普段の挨拶は省いた。「誰かがオルセン夫妻の家に押し入ったの。裏にガラスが散らばっていて、誰も表のドアに応えない」

「メリー、家には入らないで。道路に出て、警察の到着を待ちなさい。警察官を急行させるから」

「ごめんなさい。でも、父がなかにいるの」反対するシモンズの声を聞かずに電話を切り、携帯電話をジャケットのポケットに入れた。心臓をどきどきさせながら、フレンチドアのまえに立った。壁に背中をつけ、首を伸ばして家のなかをのぞいた。

脚だ。絨毯の上で伸びている脚が見える。ぶかぶかの茶色いズボンをはいた長い脚。右の靴下がすり切れてかかとがほとんど見えている。

パパだ。父は衣服に無頓着で、母はいつも自分は家政婦ではないと言っている。

「何が望みだ？」

「何が望みかなんて、わかっているでしょう。ずっと言ってきたことよ」女の金切り声が聞こえた。

わたしは一歩まえに出た。靴の下でガラスが鳴った。父は床に伸びていて動かない。生きているのか死んでいるのかわからない。どっしりとした鉄の燭台がそばに転がっている。わたしはフレンチドアのはしから突きでている、とがったガラスの破片に触れないように注意しながら、静かに家のなかに入った。厚い冬用の服を着ていてよかった。ジャック・オルセンはきのうと同じリクライニングチェアにすわり、同じ毛布を脚にかけていた。けれども、少しばかりぼんやりしていた表情は消えていた。目は怒りに燃え、関節が白く浮きでるほど、手を強く握っている。

ベティ・サッチャーはジャックと向きあっていた。ナイフを胸のまえでかまえている。どこにでもある普通のキッチンナイフだけれど、刃は長くて鋭い。

「ベティ」わたしは彼女に呼びかけた。

ベティは少しだけ顔を向けた。「また、あなたなの！　どうして他人の問題に首を突っこむのをやめられないの？　このあいだ、警察から出てくるところを見たわ。そのおせっかいな頭をかち割っておくべきだった。警告してやったのに、まったく聞かないんだから。あなたには関係ないことよ。ここには必要ない。いますぐ出ていって」

「父に乱暴したのね」

「だいじょうぶよ。頭をちょっと殴っただけだから」

そのとき、世界一すてきな音が聞こえた。父がうなって、身体の向きを変えようとしたのだ。

「さあ、早く出ていって。自分をサンタクロースだと思いこんでいる、まぬけな男と一緒に」

「そんなことはできないわ、ベティ。ジャックを脅しているんでしょ。ジャックは心臓発作を起こして、まだ治っていないのよ。こんなことをしていたら、興奮しちゃう。ナイフを置いて話しあわない？」

「もう充分話しあったわよ」ベティは言った。「でも、ジャックはいつも約束をするだけ。果たさない約束を」ナイフを持っていないほうの手で、コートのポケットから紙を取りだし、ジャックの顔のまえでふった。「これに署名して。いますぐに」

「強要された署名は無効だ」ジャックは言った。「時間の無駄だな。ばかな女だ」

「わたしのことをそんなふうに言わないで」ベティが叫んだ。

「クラークのことは知っているわ」わたしは言った。「ジャックの子どもなんでしょう。ベティ、あなたはクラークのために何かしてあげたいのよね？」

「そのとおりよ」ベティは言った。「ずっと何年も、ジャックはあの子を正当に扱うと約束してきた。いつかって。いつも、いつか、いつかちゃんとするって」

表のドアがノックされた。ヴィクトリアが呼んだ。「メリー！　ドアを開けて」ポケットのなかで携帯電話が鳴った。

ふり返らなかったけれど、父のうなり声がして、立ちあがろうとしているのがわかった。そばにいって手を貸すことはできない。目はベティを見たままだ。ベティがジャックに突進したら、何とかして止めなければ。ジャックがいま怒りに燃えているのはいいけれど、ベティの体あたりや鋭い刃先をよけられるような体調ではない。

「もう警察には電話してあるわ」

「警察なんて関係ない」ベティは言った。「これは個人的な問題なんだから」

「その紙には何て書いてあるの？」

携帯電話の音がやんだ。ドアを叩く音は続いている。

「新しい遺言書よ」ベティは言った。「クラークに〈ユーレタイド・イン〉を遺してくれるっていうね。もう生きている息子はクラークしかいないんだから、そろそろあの子を正式に認めてくれてもいいでしょ」

思わず、ジャックに目をやった。彼の顔は真っ青だった。わたしがこの事件の真相に気づくきっかけとなったのと同じように、唇をゆがめている。

「きみが息子を殺したのか」居間のカーテンを揺らしている風のように冷たい声で、ジャックが言った。「きみがゴードンを殺したのか」

誰かが割れたフレンチドアから静かに入ってきて、空気が変わった。すばやくそちらを見ると、マーク・グロッセだった。マークが手にしているナイフの刃はベティが握っているものより長く鋭い。

「警察がこっちに向かっているわ」わたしはそう告げて、じっとしているようマークに伝えた。

ベティはまたひとり部屋にやってきたことに気づいていないようだった。「うちのクラークにホテルの仕事をさせてくれるって言ったじゃない。いつか、ホテルを継げるように鍛えてやるって。それなのに、うちの子をクビにした！」

「クビにしたのは、あいつが役立たずだったからだ」ジャックは言った。「客室の電球を替えるだけだっていうのに、お客がプライベートな時間を楽しんでいるときに、ノックもしないで入っていった。訴えられなくてよかったよ。結局一週間分の宿泊費をただにしたうえに、食事もすべてサービスにした。ベティ、わたしはクラークにチャンスをやったんだ。台なしにしたのは、あいつだ」

ベティはジャックの話を聞いていたとは思えなかった。

「ここの土地は息子ふたりで分けると約束したのよ。それなのに、あいつがきて土地を売りはらう話をしはじめた。あなたはホテルで働くチャンスをもう一度やるって言った。でも、ゴードンの好きにさせていたら、ホテルがなくなってしまう。だから、死んでもらうしかなかった。ほかに方法があった？」

「ナイフをおろすんだ」マークが言った。「ぼくはもっと大きなナイフを持っている」

ベティは一瞬びくりとした。

「マーク、心配いらないわ」わたしは言った。「そうよね、ベティ？　ジャック、書類にサインして。そうすれば、みんな家に帰れるわ」

ありがたいことに、遠くからサイレンの音が近づいてきた。

「サインなんてしない」ジャックが言った。

やめてよ。いま、勇ましいジャックに戻るなんて。

「クラークには財産をやると言ったし、それは守る。クラークには過ぎるくらいに。だが、事業には関わらせない」

ベティがジャックの顔に書類を投げつけて一歩進みでた。マークがナイフを強く握りしめて緊張しているのが雰囲気からも感じられた。ヴィクトリアはドアを叩きつづけ、サイレンは近づいてくる。父が無言でわたしの隣に立った。

「クラークは釣り銭も用意できないのよ」わたしはベティの注意を引くためにとっさに嘘をついた。「さっき、商品を買うのに百ドル札を出されて、釣り銭がなくなってしまったの。そうしたら、クラークは……店を閉めて百ドル札を持って〈レッドブル〉へ行くって。仲間におごるって」

「何ですって！」ベティは金切り声を出した。そして、わたしのほうを向き、ぎらぎらした目を丸くして、一歩近づいてきた。「十分以上ひとりにできないんだから」ナイフを持った手をふりまわした。わたしは少しも考えることなく一歩踏みだし、ベティの手首をつかんで、強く握りしめた。そして目をじっと見つめて、できるだけ穏やかで落ち着いた声で言った。

「ベティ、ナイフは危ないわ。けがをしたくないでしょう」

ナイフが音をたてて床に落ちた。マークが走りよってすばやくひろうと、ベティは泣きだした。

ガラスが崩れ落ちるものすごい音がすると同時に、制服を着た男女の警察官が粉々に割れたフレンチドアからなだれこんできた。

「よせ！　ぼくじゃない」警察官が銃をかまえると、マークは言い、火がついたかのように二本のナイフを落とした。

「彼はいいもののひとり」わたしはシモンズ刑事に伝えた。シモンズがうなずくと、警察官は銃をしまった。ヴィクトリアはマークの腕に飛びこみ、わたしは父の腕に抱かれた。

「だいじょうぶ？」わたしは父に訊いた。

「あとでひどい頭痛になりそうだ」父は言った。「何が起こったのか、まったくわからないんだ。音が聞こえて、寝室から出たら、ガツンだ。気づいたら、床に寝ていて、おまえがいた」

「いったい、何事なの？　ここはわたしの家です。夫はどこ？　なかへ通して！」グレースが部屋に飛びこんできた。そして、ひどく辛そうに叫んで、ジャックの椅子のまえに膝をついた。

「やっと終わった」ジャックは言った。

警察官は泣いているベティ・サッチャーに手錠をかけてドアの外へ連れていった。

「みなさんはホテルへ」シモンズ刑事がわたしたちに言った。「わたしを待っていてください。ミスター・オルセン、病院へ行きますか?」

「いや」

キャンディス・キャンベルがわたしたちを集めて、ホテルへ連れていこうとした。牧羊猫くらいにしか役に立たなかったけれど。

わたしは部屋を見まわした。ヴィクトリアとマークはひしと抱きあって愛をささやきあい、ジャックは泣いているグレースの背中を叩いて声をかけている。「もう、だいじょうぶだ。終わりよければ、すべてよしさ」

二組の幸せなカップルは放っておいたほうがいいだろう。といっても、犯罪現場を保存するために、部屋には警察官がいっぱいいるけれど。わたしは父の腕を取った。「行きましょう」

父とわたしは新たに家に入ってくる警察官たちとすれちがった。外では、ホテルの窓に人々が連なり、道には大勢のひとが集まって、警察官がコテージの敷地のまわりに黄色いテープを張るのを眺めていた。

父とわたしは家から出た。「おーい!」誰かが呼んだ。「サンタクロースだ」

声のするほうへ父は手をふった。一瞬、どうして遠くにあるものがかすんで見えるのだろうと不思議に思った。そして、父を見た。

父はてのひらに雪をのせていた。大きくて、軽くて、ふわふわとした雪が、雲に覆われた空から次々と降っていた。

17

「ホー、ホー、ホー」店の入り口から低い声が聞こえた。

「誰が入ってきたのかな？」女性客が母親のコートをつかんでいる、そわそわした六歳くらいの男の子に話しかけた。「サンタクロース！」

ついさっきまで、オーナメントが壊れないかと心配になるくらい足を踏み鳴らしたり、ぐずったりしていた男の子はぴたりと足を止め、目を丸くして、口をぽかんと開けている。

「いい子にしていたかね？」サンタクロースが訊いた。

男の子は声が出ず、ただうなずいている。

「サンタクロースはこれから公園に行くところなんだ」おもちゃ職人の頭《かしら》が言った。「ゲームをやるのさ」

「サンタさん、わたしたちもすぐに行きます」母親が言った。

サンタクロースは母親が持っているオルゴールを見てうなずいた。「ひいおばあさんはきっと喜びますよ」サンタクロースはウインクをして、子どもにもう一度手をふって出ていった。

母親は息子と同じくらい、うれしそうに目を見開いた。「ひいおばあちゃんがまだ生きているって、どうしてわかったのかしら。今年はひいおばあちゃんの百七回目のクリスマスで、子どものときと同じくらい楽しみにしているの」

「サンタクロースですから」おもちゃ職人が言った。

「おばさんはサンタクロースの奥さん？」男の子がわたしに尋ねた。

「そうよ」いつもであれば、父親の結婚相手にふさわしいほどの年齢に見られたりしたら、きっと腹が立っただろう。でも、きょうはミセス・サンタクロースの扮装をしているし、誰もが信じたいことを信じられる日だから。ルドルフの雰囲気は特別なクリスマスの魔法で満ちていた。

「お包みしましょうか？」エルフが声をかけた。母親がうなずくと、ジャッキーはオルゴールをカウンターに持っていった。ジャッキーとクリスタルはサンタクロース・パレードのときにつくったエルフの衣装を着ていた。ジャッキーがパレードのあと、衣装を直したことには気づかないふりをすることにした。彼女のエルフはＤＶＤ売り場の成人向けコーナーに置いてあるものに近い。親子連れはオルゴールの代金を支払うと、ドアの横のテーブルから一枚ずつジンジャーブレッドクッキーを取って出ていった。

「忙しい？」サンタクロースのおもちゃ職人の頭こと、アラン・アンダーソンが尋ねた。アランだとわかるのは澄んだ青い目と穏やかな声だけだ。上唇には灰色の大きな口ひげ、頬にはもじゃもじゃのもみあげを糊で貼りつけ、鼻は石膏《せっこう》でふくらませ、縁なし眼鏡をかけている。衣装はウールの上着に膝丈ズボン、それにぴかぴかの真鍮《しんちゅう》の留め具が付いた靴だ。

「目がまわりそう。まだお昼だっていうのに」

「しばらく休憩を取ったら？　これからサンタクロースの一回目のゲームがはじまるから」

「それで、思い出した。ジャッキー、カイルから連絡はあった？　どんな感じ？」

「おもちゃ職人の二番弟子だか何だかに降格されたって、そりゃあ文句を言っていたわ。でも、あなたのお父さんがカイルとの取り決めをきちんと守って報酬を払うよう町を説得してくれたから、とりあえずいいみたい」

それならいいのだけれど。じつは昨夜こっそりカイルに電話して、また《マドルハーバー・クロニクル》にルドルフを売るような真似をしたら、町にいられなくしてやると言ったのだ。カイルは怒鳴り、〝報道の自由〟が何とかと訳のわからないことをぶつぶつ言っていたけれど、写真を売って稼いだお金を返せと言っているのではないとわかると引きさがった。この件は父にも、ほかの誰にも話していない。

「二番弟子のほうがお頭より稼いでいるんだぞ」アランは文句を言うふりをした。「お頭はいつもと同じただ働きなんだから」

「正当な報酬よ」わたしは言った。「カイルに解任の連絡があったのは、きのうの午後だったんだから」

「カイルは自腹でサンタクロースの衣装を用意したのよ」ジャッキーが言った。「返品しにいったら〈ルドルフズ・ギフトヌック〉が閉まっていたの。返金なんて無理よね。誰がこんなことになると思ってた？　ベティ・サッチャーが殺人犯だなんて。〈ルドルフズ・ギフトヌック〉はどうなるのかしら」

「ちょっといいかい？」アランがわたしに言った。

「ええ」ある程度はひとの耳を避けられる歩道に出た。きのうは夜半まで雪が降りつづいていたが、今朝は真っ青な空に明るい黄色の太陽が出て、気温は理想的なマイナス十七度。町は湖の入江をスケートリンクにするのは中止したし、ほかにリンクをつくるのも遅すぎたけれど、父の提案で、アイスホッケーの試合を雪上ホッケーに変えたのだ。雪像コンテストと橇レースには、充分な雪が降っていた。橇の鈴と笑い声に混じって、母の声楽教室の年少クラスがコンサートで「ウイ・ウィッシュ・ユー・ア・メリー・クリスマス」をうたう声が聞こえてきた。

これがルドルフのクリスマスで、すべて世はこともなしなのだ。

この鍵がかかったドアと、うちの隣の明かりが消えた店を除いては、ということだけど。

「ちゃんと眠れた？」アランが訊いた。

「ええ、眠れた。正直に言うとね、アラン、やっとすべてが終わって、またみんなが安心できるようになってほっとしているの」わたしは首をふった。「かわいそうなベティ。ジャックが息子を認めてくれることを長年待ちつづけて、おかしくなってしまったのね」

「ベティに同情しすぎるのはどうかな」アランが言った。「クラークを跡継ぎにするために、ゴードンが殺されていいはずがない」

「そうよね。クラークはお店をどうするつもりかしら。彼ひとりではやっていけないわよね」

うなずいてからアランが言った。「そろそろ行くよ。子どもたちの願いごとを書きつけないと」

わたしはほほ笑んだ。アランはまだ動かず、片手でわたしの頬に触れた。そして指でそっとなぞった。「メリー・ウィルキンソン、この扮装をしていなければキスしていた」

「どうして、いまはだめなの？」わたしはからかった。「年をとったら、こんな感じになるかもしれない」

「そうしたら、ぼくも一緒に年をとるよ。でも、ミセス・サンタクロースがおもちゃ職人と浮気をしていたなんて噂を立てられたくないだろう」

わたしはアランにほほ笑みかけた。この二十四時間、顔が痛くなるほど、にやけている。きのう、シモンズ刑事はわたしたち証人を〈ユーレタイド・イン〉の会議室に集めて事情聴取をした。父は誰がオルセン家に押し入って自分を殴ったのか見ておらず、あまり話せることはなかったが、わたしはグレースとジャックの家に着いてから起きたことについて、くり返し話をさせられた。父とわたしがやっとホテルを出ることを許されると、アラン・アンダーソンがロビーの暖炉のそばで待っていた。アランは跳ねるようにして立ちあがり、ペーパーバックの本をコートのポケットに入れた。

ラスからは町へ戻って記事を書かなければならないというメールがきていた。新聞にコメントを出してもらえるかい？ 父に携帯電話を渡すと、父はラスに電話して、ルドルフの地元愛や安全性、歓迎ムード等々をしゃべりつづけていた。

「迎えにきてくれてありがとう」わたしはアランに言った。

アランは長いあいだ、じっとわたしの顔を見ていた。わたしが何だかばかみたいに突っ立ってアランに笑いかけると、アランも笑い返してくれた。ばかみたいでもぜんぜんかまわなかった。

父が電話を返してきた。「車に乗せていって」わたしは言った。「ヴィクトリアの車できたんだけど、ヴィクトリアは仕事に戻らないといけなかったから」

「ぼくが送っていくよ」アランが言った。

父が割って入った。「その必要はない。きみの家は反対方向だろう。ラスの話では週末のイベントは開催決定で、スー＝アンは悔いているふりをする練習中らしい。ということは、アラン、きみも仕事だ。またおもちゃ職人をやってもらうことになるぞ」

「もちろんです」

「よし。さあ、帰ろう、メリー。ぐずぐずしている暇はない。公園のスケートリンクはつくらなかったんだろう？ 気温を見て、入江がひと晩で凍るかどうか確認しないと。たぶん凍らないだろうが、早めにわかったほうがいい」

父はまだ話しながらドアへ向かった。

「アラン」わたしは呼んだ。

「メリー、お父さんの車で帰って。明日、会おう。ぼくには……ぼくたちには……話しあうことがある」

「そうね」

アランはわたしを抱きよせてキスをした。わたしもキスを返し、抱きあったまま、愛しく大切な数秒を味わった。

「メリー！」父がふり向いて呼んだ。「ママに電話してくれ。生徒たちに連絡するようにって。〝ゲームのはじまりだ！〟」父はどんなときも、シャーロック・ホームズからふさわしい台詞《せりふ》を引用できるのだ。

「サンタクロースを待たせちゃだめだ」アランはやわらかいほほ笑みを浮かべて言った。

わたしは最初に家に寄ってもらい、マティーをすばやくトイレに連れだし、ホテルの落し物のなかで唯一わたしにあうサイズだった茶色の〈ビルケンシュトック〉の革サンダルから（また一足だめにしてしまった！）はきかえてから、店まで送ってもらった。わたしは心も身体もくたくただったし、目のまえに一年でいちばん忙しい週末を控えていたけれど、クリスマスまえの金曜日にジャッキーとクリスタルだけに店をまかせるわけにはいかない。町に戻ったときには、雪は絶え間なく降りつづけ、ルドルフの歩道は熱心な買い物客で混みあっていた。

昨夜は〈ミセス・サンタクロースの宝物〉を開いて以来いちばん忙しい夜だった。住民も観光客も、町の全員が〈ユーレタイド・イン〉で起きた事件の内幕話を聞きたがったが、その多くは（とりあえず、住民以外は）礼儀正しく買い物にきたふりをしていた。わたしはジャッキーにささやく以外は、一日じゅう「ルドルフ警察がまもなく発表すると思います」という言葉をくり返した。そして運よく雪の積もり具合を窓から見ていたときに、ラッセル・ダラムが店のほうへ歩いてくるのを見つけてオフィスに逃げ、わたしは留守だと伝えるようジャッキーに頼んだ。

「奥に隠れているわ」というのがジャッキーが実際に口にした言葉だったけれど、ラスは無理じいはしなかった。

いま、鈴の音が近づいてくるのが聞こえ、アランとわたしはばかみたいにほほ笑みあうのをやめた。輓馬のダンサーとプランサーが頭をあげ、尻尾をふり、大きな蹄《ひづめ》で地面を揺らしながら近づいてくる。興奮した子どもたちと幸せそうな親たちで満員の橇を引いて、公園へ向かうのだ。

「あれ」アランがわたしの肩に腕を軽くまわして言った。「いちばん、まえを見て」

わたしは飛びあがって手をふった。ジャック・オルセンが御者の隣にすわっている。厚手のコートを着て、格子縞の毛布を膝にかけ、深紅と緑のマフラーを首に何重にも巻いている。ジャックはアランとわたしの視線に気づいて片手をあげた。うしろにはグレースがすわり、やはり手をふった。まぶしいほどの笑顔で。

「ジャックも楽しんでいるみたいでよかったわ」わたしは言った。「ゴードンを亡くして生きることをあきらめてしまうんじゃないかって、みんなで心配したけど、ベティと相対したことで生気が戻ったみたい」

「ふたたび燃えあがったものは消えにくい」

「ジャックを裁くつもりはないのよ。事情をすべて知っているわけでもないし。でも、今回のことはジャックにも責任がある気がするの。ずっと認知しなかったうえに、クラークが〈ユーレタイド・イン〉で働いたときも、ばかにして辞めさせたのよ。かわいそうに、ベティは二十年以上たってもまだ、ジャックが自分たち親子をまともに扱ってくれることを期待していたのね」

「とにかく、すべて終わって、きみのお父さんの汚名がそそげてよかったよ」

「今朝、最初にきたお客さんはアーリーンとキャシーだったの」

「アーリーンとキャシーというのは何者？」

「〈ファイン・バジェット・インズ〉の社員の奥さんたちよ。今朝、〈ユーレタイド・イン〉をチェックアウトして、ご主人たちが朝食をとったり電話をかけたりしているあいだに、最後の買い物をするために町に出てきたんですって。きょうの便で帰るらしいわ。キャシーは来年の休暇にまたきたいと言ってくれた。でも、〈ユーレタイド・イン〉が〈ファイン・バジェット・インズ〉とフランチャイズ契約をするという話はなくなったそうよ」

「それはよかった」

〈ユーレタイド・イン〉に警察が急行したというニュースは、当然ながらあっという間に町じゅうに広まった。ノエル・ウィルキンソンが容疑者どころか、ゴードン・オルセンを殺して正気を失った犯人に襲われたということが明らかになった瞬間に、スー＝アンは父に電話をかけてきて、サンタクロースに復帰してくれるよう頼んできた。父は根に持つタイプではなく、喜んで承知した。そして気温が下がり、ひと晩じゅう雪が降りそうだとわかると、週末の子ども向けイベントを予定どおり開催することにしたのだ。

「もう行かないと」アランは言った。

「今夜、うちで夕食を食べない？　たいしたものはないけど、スープを冷凍してあるの」この週末の主役は子どもとその家族だ。夕食の時間のあと、店はそれほど忙しくないから休みが取れる。

「うれしいな」

「クリスマスの夜、予定がなければ」何も考えずに、言っていた。「うちにこない？　弟のクリスも帰ってくるし、両親と、両親の友人たちがうちにくるの」

クリスマスはもう三日後に迫っている。うちには十二人分――いま、十三人になった――の皿がそろっていないばかりか、七面鳥やローストビーフも注文していない。それに椅子もなければ、サイドディッシュの皿もない。クリスマスイブは三時まで仕事の予定で、ほかの店も同じ時刻に店を閉める。

「もう招待されているつもりだった」アランが言った。「今年は両親がフェニックスのおばを訪ねる予定だから、弟たちも帰ってこないと聞いて、きみのお母さんが誘ってくれたんだ。あれは質問じゃなかった。きみの家でやるとは知らなかったけど」

「ピザか中華にするつもりよ。膝の上に紙皿を置いて。その膝にはマティーが乗ろうとするだろうけど」

「最高だ」

「父はそうは思わないでしょうけどね」

アランはにやりとすると、もう一度わたしの頬に触れてから、うしろを向いて歩いていった。ジングルベル通りを急ぎ、公園へ向かう。公園の野外音楽堂では父が子どもたちと言葉を交わすことになっており、おもちゃ職人の頭のまえには忍び笑いをする子どもたちの列ができた。

午後早く、ダイアン・シモンズが店へやってきた。ジーンズにふわふわとした青のコートを着ており、小さな女の子と一緒だった。エメラルドのような目に、元気よく跳ねている、くるくるの赤毛。ふたりは見るからによく似ていた。「こんにちは、シャーロット」

シャーロットは目をぱちくりさせた。「どうして、わたしの名前を知っているの?」

わたしは自分の鼻を軽く叩いた。「わたしはサンタクロースの奥さんよ。サンタクロースが教えてくれるの」

シャーロットがおずおずと近づいてくると、わたしは腰をかがめた。「サンタクロースなんていないのよ」小声で言った。「でも、クリスマス・タウンに住んでいるんだから、サンタクロースがいるふりをしなさいってママが言うの」

「サンタクロースに会ってから決めて」わたしは言った。「考えが変わるかも」

「少し、いいかしら」シモンズが訊いた。

「少しなら」ジャッキーとクリスタルは忙しそうだが、いまのところわたしが応対しなくてもよさそうだ。

「シャーロット、おばあちゃんに渡すプレゼントを探しておいて。それから、家に飾るかわいいものをいくつか選んでもいいわ」

シャーロットは人形コーナーにまっすぐ向かった。わたしはシモンズをオフィスに案内した。シモンズは椅子にかけなかった。「きょうは娘のためだけに一日を使うつもりだけど、あなたには事件についてわかったことを知る権利があると思って」

わたしはうなずいた。

「ベティ・サッチャーはすべて自供したわ。ベティがあなたに話したように、ゴードン・オルセンがベティの息子であるクラークを完全に除外して〈ユーレタイド・イン〉の将来を計画しはじめたことで、ベティはひどく腹を立てた。ジャック・オルセンは事業の半分はクラークに譲ると、長年にわたってベティに曖昧な約束をしてきたのね。でも、それは嘘だったとわかった。ジャック・オルセンはクラークには経営能力がまったくなくて、遺産を与えてもすべて無駄遣いしてしまうだろうから、クラークには信託財産を遺すつもりだったと言っているわ」

「その点についてはジャックの言うとおりでしょうね」

「ベティは〈ユーレタイド・イン〉が売却されるという噂を聞いて、クラークに何の相談もなかったことに激怒した。ベティは病院へ行ってジャックに会おうとしたけど、家族以外は面会禁止だったから、会うことができなかった。ゴードン・オルセンが殺害された日の午後、ベティはグレースに注文された装飾品を届けるために〈ユーレタイド・イン〉へ行っていたの」

わたしは婦人用化粧室に飾られていた安物のオーナメントを思い出した。

「そしてホテルから帰るとき、ばったりゴードンに出くわした。ベティは、クラークはゴードンの異母弟だと告げて、クラークも〈ユーレタイド・イン〉の将来の計画に組み入れるよう要求した。でも、ゴードンは簡単に言えば、鼻で笑って取りあわなかった」

「目に見えるようだわ。ゴードンは感じがいいひととは言えなかったから」

「ゴードンは激怒しているベティを置いたまま歩きさった。ベティはルームサービスのトレーが置いてあるのを見つけて、ステーキナイフをポケットに入れた」

わたしは身震いした。

「ゴードンを殺すつもりではなかったと、ベティは言っているわ。ナイフを気に入ったし、ホテルから何かよさそうなものをもらってもいいだろうと考えたと言っている。本当かもしれないし、本当ではないかもしれない。計画性の有無を判断する検察官によるでしょう。とにかく、その夜ベティはグレースにクラークのことを話して、ジャックに対処させるよう要求するつもりでホテルに戻ってきた。でも、ゴードンが庭へ入っていくのを見かけて、車から降りて、あとをつけた。そして、ゴードンにからかわれて、たまたま、まだポケットに入っていたナイフで刺したというわけ」

「ヒイラギは？」

「ゴードンの胸にのっていたヒイラギ？　ポケットにオーナメントから落ちたものが入っていて、ナイフを取りだしたときにポケットからこぼれたんだと話していたわ。悪くない考えだと思って、そのまま残していったって」

わたしは首をふった。「それはどうかしら。あのヒイラギはプラスチックではなくて生で、ホテルにあった飾りから切り取ったものだと話していたわよね。ベティは飾りに生の葉は使わないし、売ってもいない。クリスマス・タウンの精神なんてどうでもいいひとだから」

「それじゃあ、ベティはどうして生のヒイラギを使ったんだと思う？」

「ルドルフの町を救おうとしているひとが犯人だと見せかけて、警察の目を自分からそらそうとしたのよ。たとえば、うちの父とか、ほかの商店主とか、町議会議員とかに罪をなすりつけて」

「ええ、わたしもベティの言い分には少し矛盾があると思っていたの。メリー、あなたにはこの手の探偵稼業が向いているようね」

ほめられて悪い気はせず、わたしはほほ笑んだ。

「でも、調子に乗らないで」シモンズは釘を刺した。「わたしはあなたの手を借りなくても、自分の仕事くらいきちんとできるから。まあ、この小さな町でこれ以上殺人事件を解決したくはないけれど」シモンズはオフィスのドアを開けた。「シャーロットがお店の在庫をどのくらい減らしたか見にいかないと。これから公園へ行くの。母娘部門で雪像コンテストに申し込んだから」

「がんばって」わたしは言った。「コンテストは激戦だから」

シモンズのグリーンの目がきらめいた。「けっこう負けず嫌いで有名なのよ」

だと思った。

そろそろお昼にしようかと考えはじめたところに、昨夜の事件について話を聞きたがるひとがもうひとり入ってきた。ドアから飛びこんできて、クリスマスツリーのオーナメントを直しているわたしを見つけると、近づいてきて手袋をした手を差しだした。「《マドルハーバー・クロニクル》のドーン・ギャロウェイです」

「知っているわ」

「うちの新聞にコメントをお願いできますか？」大声が店じゅうに響いた。品物を見ていた客たちが顔をあげ、レジスターに金額を打ちこんでいたクリスタルが手を止め、店の奥にいた客たちが顔をのぞかせた。

「お断りします」わたしはきっぱり言った。

「本当にだめ？」

「もちろん、本当に」

ドーンが一歩近づいた。「ねえ、メリー――あ、メリーって呼んでいいかしら？」

「ええ、まあ」

「わたしにはこの仕事が必要で、明日の新聞に載せる記事が必要なの。でも、いまわたしには何もない。誰も話してくれないから」ドーンは悲しそうな顔をした。

「あたしが話してあげる」〝赤ちゃんの初めてのクリスマス〟と書いてあるオーナメントにするか、〝サンタクロース最新の助手〟と書いてあるほうにするか十分間悩みつづけている白髪の女性客を放りだして、ジャッキーが言った。「写真も載せてくれるならね」

「いいわ」ドーンが答えた。

「いまから一分あげる」わたしは言った。「でも、わたしとこの店の名前は載せないで」

「ベティ・サッチャーって何か変だって、まえからずっと思っていたのよ」ジャッキーは話しはじめた。

そして一分という約束を守って話し終えるとにっこり笑い、ドーンが携帯電話で写真を撮った。そのあと、図々しい《マドルハーバー・クロニクル》の記者は七面鳥用の白色陶器の大皿に目をとめると、興奮した声をあげて飛びついた。

「お昼はごちそうするわ」ドーンが大皿だけでなく、そろいの小皿もフルセットで買って誇らしげに帰っていくと、わたしはジャッキーとクリスタルに言った。

わたしはふたりのお昼の希望を書きつけて店を出た。そして、しばらく立ったまま、外の様子を見た。空気は身が引き締まるほど冷たいけれど、風はなく、顔にあたる陽ざしは暖かい。大きくふくらんだ買い物袋を抱えて、にこやかな顔で行き交うひとたち。人々を乗せて〈ユーレタイド・イン〉へ向かう二頭の輓馬。〈クランベリー・コーヒーバー〉はドアの外まで人々が並び、〈エルフのランチボックス〉が外に出したココアのテーブルにも行列ができている。「これからサンタさんに会いにいくの？」興奮した女の子が尋ね、母親が「そうよ」と答えると、かん高い喜びの声があがった。

古ぼけたダッジ・ネオンが駐車スペースを探しながら、通りをゆっくり走ってきた。そのとき運よく、暗い〈ルドルフズ・ギフトヌック〉のまえからSUV車が出ていった。ダッジ・ネオンは何度も小さく前後に動き、タイヤを縁石にぶつけながら、空いた場所に停まった。運転席から女性が降りてきて、ドアを勢いよく閉めた。その瞬間に息が止まった。

ベティ・サッチャー！　拘置所にいるんじゃないの？　保釈されたの？

女性が眉根を寄せて見つめているわたしを見た。ベティではないけれど、よく似ている。痩せこけていたベティより少しだけ肉づきがよく、ウールの帽子から飛びでている髪は不自然な焦げ茶色で、青みがかった灰色のベティとはちがう。ビーズのような丸くて小さな黒い目とわし鼻はベティとそっくりだ。わたしを見つけたときの、甘いエッグノッグにレモンを入れられたような表情も。女性が近づいてきた。

「こんにちは」わたしは言った。

女性はわたしを上から下へとじろじろとねめまわし、目にしたものが気に入らないようだった。「あなたがメリーね」

「ええ、そうですけど」

「おかしな格好」

「衣装です」

「誰かがわたしにそんな扮装をしろと言っても、残念ながらお断りよ」

「あの、あなたは？」

「マーガレット・サッチャー。ああ、イギリスのもと首相じゃないわよ。わたしはマージーと呼ばれているわ」

「ベティのごきょうだいですね。ええっと……初めまして」

「双子よ。知りたいなら教えてもいいけど、わたしが二分先に生まれた姉」

こちらは訊いていないと指摘するのはやめておいた。

「ベティがこの不都合な状況から抜けだすまで、わたしが店をやることになったから。あなたのことはベティからいろいろ聞いているわ。目を離さずにいるから、何かしようとは思わないことね」

「何もしません」

マージーはあたりを見まわした。眉間のしわがさらに深くなった。「クリスマス・タウン？ふん、くだらない」

訳者あとがき

メリー・クリスマス！

あれ？　このご挨拶、シリーズ前作でもしたような……。

でも、いいですよね？　ここは一年じゅうクリスマス気分を味わえる町、ルドルフなのですから。


ヴィッキ・ディレイニーの〈赤鼻のトナカイの町〉シリーズ第二作『サンタクロースの一大事？』をお届けします。

前作『クリスマスも営業中？』をお読みくださったみなさまには、すでにおなじみかもしれませんが、舞台となっている町について少しおさらいをしておきましょう。

ここはニューヨーク州北部の小さな町、ルドルフ。オンタリオ湖に隣接するとても美しい町ですが、一時、大きな産業が撤退したときには、町民の仕事がなくなって、そのまま廃れてしまうのではないかという危機に瀕しました。そのとき、当時の町長の頭にひらめいたのが、「ルドルフって、あの有名な赤鼻のトナカイと同じ名前じゃないか！」というもの。それなら「クリスマスの町」として売り出そう！ということで、町民みんなで奮闘して現在に至るというわけです。

……というと、何だか簡単に聞こえてしまいそうですが、困難はあります。それでも、ルドルフの人々はとにかくクリスマスと町が大好き。何とか、ルドルフを盛りあげようと、日々がんばっています。

その筆頭にいるのが、メリー・ウィルキンソン。大学卒業後はニューヨーク・シティで雑誌編集者として華やかな生活を送っていましたが、「婚約者同然」だった恋人と別れて故郷ルドルフへ戻り、クリスマス雑貨店〈ミセス・サンタクロースの宝物〉を開きました。

いまは十二月で、クリスマスはすぐそこ。目がまわるような忙しさのなか、メリーは焼き菓子店を経営する親友ヴィクトリアに誘われ、息抜きをするためにホテル〈ユーレタイド・イン〉の高級レストランへやってくるところから本作ははじまります。

このホテルはメリーの両親の友人、オルセン夫妻が経営していますが、その夜、夫のジャックが心臓発作で倒れてしまいます。ジャックは命は取りとめたものの、手術をして入院。妻のグレースはジャックと離婚した前妻の息子ゴードンとその妻レニーを呼び、ホテルを手伝ってもらいます。

メリーにとって、ゴードンは幼い頃の同級生。最悪のいじめっ子でいやな思い出しかないけれど、もう大人だし、変わっているはず……というのは甘かった。メリーの期待は大きくはずれ、ゴードンは相変わらず、いやな男でした。それどころか、ジャックがいないのをいいことに、勝手にホテルの合理化に乗りだし、ヴィクトリアが納入しているパンの値引きまで迫ってくる始末。そのうえ、格安ホテルチェーンへの「身売り」を考えているは、美しくて有名なホテルの庭まで売ろうとするはで……。

メリーの父であり、もとルドルフ町長のノエルは激怒し、親友ジャックのためにも、ルドルフのためにも、ゴードンを止めてみせると言い放ちます。

すると、そのあとゴードンの死体がホテルの庭で発見され……。


クリスマスだというのに、またしても殺人事件が起きてしまったルドルフ。メリーも事件に巻きこまれそうですが、どうやら動きがあるのは、それだけではない様子。

前作では両手に花（？）状態だったメリー。口下手で朴訥《ぼくとつ》としたおもちゃ職人で、ハイスクール時代のボーイフレンドだったアランとも、地元紙の編集発行人で口がうまそうなラスとも、何だかよい雰囲気でした。ちなみに、どちらも甲乙つけがたいハンサムなのがうらやましい。でも、今回はどちらかにメリーの気持ちが傾きそうな予感がします。

そして、親友ヴィクトリアにもすてきな男性が現れます。〈ユーレタイド・イン〉のレストランの新しいシェフ、マークです。ヴィクトリアはすっかり夢中なようですが、マークには何か隠していることがありそうで、メリーには少し気がかり。

ああ、それからメリーの愛犬、セントバーナードの仔犬、マティーことマッターホルンも元気です。

本書を手に取ってくださった読者のみなさまは、いまどんな季節のなかにいるのでしょう。春夏秋冬いつでも、ルドルフのクリスマスを楽しみにきていていただければ、訳者としてこれ以上の幸せはありません。

二〇一八年四月

コージーブックス

赤鼻《あかはな》のトナカイの町《まち》②
サンタクロースの一大事《いちだいじ》？

著者　ヴィッキ・ディレイニー
訳者　寺尾《てらお》まち子《こ》

2018年4月20日　初版第1刷発行

発行人　成瀬雅人
発行所　株式会社　原書房
〒160-0022 東京都新宿区新宿1-25-13
電話・代表　03-3354-0685
振替・00150-6-151594
http://www.harashobo.co.jp
ブックデザイン　atmosphere ltd.
印刷所　中央精版印刷株式会社

落丁・乱丁本はお取り替えいたします。
定価は、カバーに表示してあります。
 ISBN978-4-562-06079-5 Printed in Japan